VERSCHNEIT [illegible]UM

TRAVEL & DATE

Rike Stienen

Roman

www.rike-stienen.de
Lektorat: Susanne Hoffmann
Coverdesign: Dieter G. Hoffmann
Cover-Abbildung: www.fotolia.com
ISBN: 9781720025528
Independently published

Verschneit auf Borkum

KAPITEL 1

„Entschuldige“, begrüßt Claire ihre Agenturpartnerin und Freundin Elfie am Montagmorgen. „Ich habe verpennt.“
„Wo? Bei dir zuhause und allein?“, fragt Elfie und grinst schelmisch.
„Sei nicht so neugierig.“ Claire zwinkert mit einem Auge, was für Elfie Antwort genug bedeutet. „Zusätzlich stand ich im Verkehrschaos. Da ging zeitweise nichts mehr.“
„Das ist nichts Neues beim ersten Wintereinbruch. Da drehen alle durch.“
Claire fährt ihren Computer hoch.
„Magst du einen Kaffee? Ich habe gerade vor einigen Minuten einen aufgebrüht“, bietet Elfie an.
„Ja gerne, es ist bitterkalt draußen, und etwas Wärmendes tut mir gut.“
Elfie verschwindet kurz in der kleinen Büroküche, um mit einem Becher voll Kaffee zurückzukehren.
„Danke dir. Du bist die Beste.“ Claire nippt zunächst an dem Getränk, um sich offenbar nicht zu verbrennen. „Was gibt es auf unseren Plattformen Aufregendes?“
„Auf meiner haben sich übers Wochenende zwanzig neue Dating-Wütige einen Account eingerichtet. Wie das bei der Travel & Date-Plattform ausschaut, weiß ich nicht. Das ist ja dein Metier.“
„Wow, das ist nicht schlecht“, bewundert Claire und klickt ihre eigene Seite an. Nach einer Weile gibt sie Auskunft.
„Bei mir sind es neun Leute, die im Weihnachtsurlaub Gleichgesinnte suchen.“
„Wo denn?“
„Auf den Malediven, in Österreich, in der Schweiz, auf

Gran Canaria und Rügen."
„Auf Borkum niemand?", erkundigt sich Elfie und setzt eine hoffnungsvolle Miene auf.
„Nein, nur auf Norderney, sehe ich gerade."
„Schade. Ich habe schon lange kein Date mehr gehabt, und ich befürchte, mich bei meiner Patentante jetzt im Winter auf Borkum zu langweilen. Da ist garantiert um diese Jahreszeit der Hund begraben."
Claire kichert. „Wer weiß, vielleicht hat dein Tantchen zu ihrem 50. Geburtstag heiße Insulaner eingeladen, die sich um dich reißen werden."
„Du träumst wohl. Da kommen nur Oldies auf die Feier. Ich bringe wirklich ein Opfer, dort hinzufahren. Blöd, dass Tante Cordula nicht auf einer exotischen Insel wohnt, wo ich in der Hängematte chillen oder mir eine Massage von einem einheimischen Adonis gönnen könnte." Elfie seufzt. „Stattdessen darf ich obendrein stundenlang im Zug hocken und benötige einen ganzen Tag, um nach Borkum zu reisen."
„Sieh es relaxed. Dir bläst der Wind um die Ohren, du tankst frische Nordseeluft und trinkst viel Tee mit Rum. Deine Tante Cordula wird es dir einmal mit ihrem Erbe danken, dass du extra zu ihrem Ehrentag antanzt."
„Ich tue es ihr zuliebe, weil ich sie sehr mag. Wäre sie nur im Sommer geboren worden. Dann ist die Insel ein Traum."
„Jammer nicht rum. Die Auszeit bietet dir auch im Winter Erholung. Zu Weihnachten kehrst du entspannt zurück und feierst mit uns Silvester. Mein Vater plant dieses Jahr eine große Party."
„Wegen seiner Angebeteten?", hakt Elfie nach und schmunzelt.
„Jap, er will ihr ständig imponieren. Mir ist das in diesem Fall recht, da ich auf seine Kosten meine Freunde einladen darf. Dich natürlich auch."
„Ich bin dabei." Elfie nimmt einen Schluck Kaffee aus ihrer Tasse. Insgeheim beneidet sie Claire nicht. Es ist

bestimmt nicht leicht für sie, den verwitweten Vater auf Freiersfüßen zu beobachten.
„Meinst du, ich passe in eure Gesellschaft?", äußert Elfie plötzlich ihre Zweifel.
„Klar, Jung und Alt gemischt. Du darfst mitbringen, wen du möchtest."
„Ha, ha, ha, an wen denkst du dabei? An einen imaginären Verehrer oder einen, den ich aus dem Hut zaubere?"
„Quatsch, vielleicht lernst du bis dahin deinen Traummann kennen."
„Ganz bestimmt", pflichtet Elfie ihrer Freundin voller Ironie bei. „Ich freue mich trotzdem auf dein Fest und ertrage die Woche auf Borkum besser."
„Hey, jetzt sei nicht so negativ, Elfie. Du erholst dich in der guten Nordseeluft von mir und der Agentur und führst nette Gespräche mit deiner Tante Cordula. Womöglich knüpfst du sogar den ein oder anderen nützlichen Kontakt für uns."
„Das darfst du knicken. Viele Hotels, die für Flyer infrage kämen, sind im Winter geschlossen."
„Aber deine Tante kennt sicher Hinz und Kunz auf der Insel, und du deponierst unser Werbematerial in ihrem Laden direkt neben der Kasse."
„Mal sehen", weicht Elfie aus. Ihre Laune sinkt auf den Nullpunkt, wenn sie an die Reise in den Norden denkt. Gerade die Vorweihnachtszeit genießt sie sonst mit Besuchen auf den Christkindlesmärkten, die in fast jedem Stadtteil Münchens ihren zauberhaften Glanz verbreiten. Den großen, touristischen Markt vor dem Rathaus meidet sie jedoch. Hier ist der Trubel so riesig, dass man wie auf Schienen durch die Verkaufsgassen geschoben wird und von den Angeboten in den Buden gar nichts sieht. Die Waren sind oft überteuert und der Glühwein verwässert. Darauf verzichtet Elfie gerne. Ob auf Borkum etwas von Weihnachten zu spüren sein wird? Wohl eher nicht. Jedenfalls hat Tante Cordula nie etwas davon erwähnt. Allerdings gesteht sich Elfie ein, sich bisher nicht wirklich

dafür interessiert zu haben. In ihrer Kindheit war sie einmal mit ihren Eltern auf der Insel bei Cordula zu Besuch, und das war im Sommer. Sie erinnert sich gut daran, weil sie mit ihrem Bruder Hannes an einem Sandburgen-Wettbewerb teilgenommen und den 2. Platz belegt hatte. Der Preis beinhaltete einen Gutschein für die Eisdiele. Es war der bisher einzige Gewinn in Elfies Leben. Warum ihre Familie danach nie wieder Urlaub auf Borkum gemacht hat, weiß sie bis heute nicht. Irgendetwas ist zwischen ihrer Mutter Marion und Tante Cordula vorgefallen, denn sie sind damals plötzlich zwei Tage früher abgereist als geplant, und seitdem wird Cordulas Name in der Familie nicht mehr genannt. Ob sich wohl die Gelegenheit ergibt, einmal mit der Tante darüber zu reden? Elfies Mutter rückt diesbezüglich nicht mit der Sprache heraus und ist nicht begeistert, dass Elfie zu Cordulas Geburtstag fährt, und bezeichnet das sogar als Verrat. Auch ihr Vater Robert hegt Bedenken, macht Elfie jedoch keine Vorschriften und meint, sie wäre erwachsen genug, um selbst zu entscheiden, was sie tut.

Als Patentante verhielt sich Cordula Elfie gegenüber immer sehr spendabel. Zu den Geburtstagen und zu Weihnachten schickte sie immer schöne Geschenke und steuerte sogar zum Führerschein eine ansehnliche Summe bei. Zum Abitur gab es ebenfalls einen großzügigen Geldbetrag für den Start ins Studium oder die Berufsausbildung.

Elfie möchte ihrer Tante den Wunsch deshalb erfüllen, an ihrem Ehrentag anwesend zu sein. Schließlich hat Cordula keine eigene Familie. Elfie fungiert also quasi als Ersatztochter. Oft haben sie ohne das Wissen von Elfies Eltern miteinander kommuniziert. Ob per Skype, per Mail oder WhatsApp. Tante Cordula weiß fast genauso viel über Elfies desaströses Liebesleben wie Claire. Es wird Zeit, sie wiederzusehen und zu ergründen, warum zwischen ihr und den Eltern schon so lange Funkstille herrscht.

Vielleicht schafft es Elfie, dass sie sich aussöhnen oder

wenigstens einmal miteinander sprechen. Auf diese Weise betrachtet sie ihre bevorstehende Reise als eine Art Mission.

♥

KAPITEL 2

Von ihren Eltern verabschiedet sich Elfie nicht ausdrücklich. Ihre Mutter schmollt nach wie vor, weil sie nach Borkum reist, und ihr Vater scheint sich nicht wirklich für ihre Entscheidung zu interessieren. Hoffentlich leidet das bevorstehende Weihnachtsfest nicht darunter, das Elfie wie jedes Jahr im Kreis ihrer Familie verbringt. Mangels Partner hätte sie auch keine Alternative, es anders zu feiern. Allein am Heiligen Abend bei einer Kerze und einem Lachsbrötchen ihr Dasein zu fristen, bedeutet keine prickelnde Option. Dafür liebt sie das Fest zu sehr mit all seinen Ritualen. Am Morgen des Heiligen Abends stellt sie zusammen mit ihrem Vater und ihrem Bruder üblicherweise den Baum im Wohnzimmer auf und schmückt ihn. Anschließend hilft Elfie der Mutter bei den Vorbereitungen für das Festessen. Mittags gönnen sie sich eine Suppe, damit der Magen bis abends zum Fondue nicht auf dem Boden hängt. Es folgt ein ausgiebiger Spaziergang, der in der Kirche endet. Danach findet zuhause die gegenseitige Bescherung bei einem Glas Sekt statt. Der Tisch ist bereits festlich gedeckt mit Tannenzweigen und Glitzersternen. Elfies Vater gebührt es, den Spiritus unter dem Topf zu entzünden. Bei Kartoffelsalat, Hackbällchen, Rinder- und Schweinefilet und Putenfleisch lassen sie es sich schmecken. Es werden Erinnerungen an das vergangene Jahr ausgetauscht, und das Smartphone bleibt in der Schublade. Elfie möchte diesen Festabend nicht missen, bei der die Familie in harmonischer Eintracht wie zu Kinder- und Jugendzeiten beisammen ist. Deshalb hat sie das Rückfahrticket von Borkum kurz vor Weihnachten gelöst, obwohl Tante Cordula vorgeschlagen hat, über die Feiertage bei ihr zu bleiben. Das würden Elfies Eltern garantiert missbilligen, und so sehr sie ihre Patentante wegen ihres Singledaseins bemitleidet, käme das nicht für sie infrage. Am ersten Weihnachtsfeiertag erscheinen nämlich traditionsgemäß die Großeltern zum Kaffeetrinken, und wer weiß, wie lange es sie noch gibt. Elfies Bruder Hannes sind die Feiertage ebenso in der Familie heilig. Im letzten Jahr hatte er zu dieser Zeit eine Freundin, die ihn unbedingt zu einem Wintersporturlaub überreden wollte. Hannes hat sie einfach vor die Wahl gestellt, entweder allein zu reisen oder mit seiner Familie zu feiern. Sie entschied sich für Ersteres und zwar mit einem anderen Mann. Weder Hannes noch Elfie hatten bisher ein glückliches Händchen, was die Partnerauswahl betrifft. Als Claire im Sommer auf Korfu weilte, begann Elfie ein Techtelmechtel mit dem Nachbarn Basti. Plötzlich tauchte seine Freundin auf, von der sie nichts wusste. Elfie fand das gar nicht lustig, während Basti das ganz locker sah und ihr eine Beziehung parallel zu seiner Freundin anbot, wenn diese beruflich unterwegs wäre. Dankend lehnte Elfie ab. Glücklicherweise ist dieser Gigolo vor drei Wochen aus dem Haus wieder ausgezogen, und Elfie muss ihm nicht mehr aus dem Weg gehen. Wie sehr wünscht sie sich, einen Traumprinzen, wie Claire ihn gefunden hat, zu ergattern. Selbst über ihre eigene Dating-Plattform hat Elfie bisher nur Schrott getroffen. Legt sie die Messlatte zu hoch? Oder führt sie das Pech nur zu den falschen Männern? Die Antwort kennt wahrscheinlich nicht einmal das Universum. Deshalb wendet sich Elfie dem Packen ihres Koffers zu. Schnell füllen die dicken Pullover ihn. Ein schickes Kleid für Tante Cordulas Geburtstagsfeier findet trotzdem Platz. Das Geschenk nimmt Elfie lieber in ihrem Rucksack mit.

Cordula sammelt Porzellanfiguren von einem bestimmten Hersteller. Elfie erinnert sich gut an die Vitrine, die die guten Stücke in der Wohnstube beherbergt. Obwohl die handbemalten Exemplare sehr teuer sind, hat Elfie eine Figur erworben. Es handelt sich um ein sitzendes Mädchen, das eine Blume in der Hand hält und aus der diesjährigen neuen Kollektion stammt. So hofft sie, dass Tante Cordula es nicht schon besitzt. Vorsichtig wickelt Elfie die Figur in ein Küchenhandtuch ein und legt sie in eine stabile Holzkiste, die sie in Geschenkpapier hüllt. So müsste das Präsent die Reise unbeschadet überstehen.
In diesem Moment läutet das Smartphone auf Elfies Bett, und Claires Name leuchtet auf.
„Was gibt's?“, meldet sie sich.
„Ich langweile mich und wollte hören, ob du bereits auf deinem Koffer sitzt.“
„Ich habe ihn noch gar nicht geschlossen. Die Winterklamotten nehmen so viel Platz weg. Ich weiß gar nicht, was ich auf der Insel überhaupt brauche.“
„Na, ja, Stiefel bestimmt nicht. Da liegt kein Schnee. Für die eine Woche reichen zwei Hosen und zwei Pullis. Deine Daunenjacke ziehst du sicher auf der Fahrt an“, vermutet Claire.
„Ganz so einfach ist es nicht. Zu dem Kleid, das ich an Tante Cordulas Geburtstagsfeier tragen möchte, passen nur Highheels. Die müssen auf jeden Fall mit.“
„Dafür lässt du das Badezeug zuhause, oder gibt es auf Borkum ein Hallenbad, wo du gut gebaute Sixpack-Insulaner aufreißen könntest?“
Elfie kichert. „Du hast Vorstellungen. Ich habe gar keine Ahnung, was mich auf der Insel erwartet. Damals waren wir jedenfalls am Strand. Ich erinnere mich dunkel an das Gezeitenland, ein Paradies für Wasserratten, aber ich weiß nicht, ob das noch existiert. Ist auch egal, denn schließlich besuche ich Cordula und verbringe die Zeit hauptsächlich mit ihr.“
„Na, ja, hast du nicht erzählt, dass sie einen kleinen Laden

betreibt?", fragt Claire. „Dann ist sie einige Stunden am Tag beschäftigt, und du hängst rum."
„Mag sein, dass sie das Geschäft im Winter eingeschränkt öffnet. Ich helfe ihr einfach oder kümmere mich um unser Essen."
„Kommen denn außer dir andere Gäste vom Festland und übernachten bei Cordula?" Claires Neugierde bringt Elfie zum Schmunzeln. Ihre Patentante bot bisher eher selten Gesprächsstoff zwischen ihnen, und deshalb weiß Claire nichts Konkretes über Cordula und ihr Umfeld.
Elfie überlegt einen Moment. „Keine Ahnung. Allerdings habe ich meine Tante nicht danach gefragt. Ihr Haus verfügt jedoch über viele Zimmer, sodass sie durchaus einige Gäste darin einquartieren könnte."
„Cool, dann besteht ja Hoffnung, dass du interessanten Leuten begegnest."
„Ha, ha, ha, die sich bereits auf der Rentnerroute befinden? Ich glaube kaum, dass Cordula jüngere Freunde hat."
„Auf alle Fälle besteht ein Hoffnungsschimmer. Bitte berichte mir von deinen Abenteuern auf Borkum per WhatsApp."
„Versprochen, wenn du mir sofort Bescheid sagst, sobald sich jemand auf unserer Travel & Date-Plattform Gesellschaft auf Borkum wünscht."
„Das käme ja einem Lottogewinn gleich", raubt die Freundin Elfie diese Illusion. „Wer verirrt sich denn kurz vor Weihnachten auf eine Nordseeinsel?"
Elfie atmet tief durch. „Ich zum Beispiel."
„Gezwungenermaßen. Normalerweise würdest du um diese Jahreszeit eher auf die Seychellen düsen."
„Oh, ja, zu dem schnuckeligen Hochzeitsmanager. Weißt du, ob er wieder zu haben ist?", scherzt Elfie.
„Ganz im Gegenteil. Er und seine Frau erwarten bald ihr erstes Kind. Er hat mir neulich ein Foto von dem Babybauch geschickt."
„Wäre auch zu schön gewesen."

„Ach, im Gebrauchtwarenmarkt für Männer kannst du immer noch stöbern. Ich habe es im Gefühl, dass du bald deinem Traumprinzen über den Weg läufst", prophezeit Claire.
„Süß, dass du mich trösten willst. Ich habe den Mut nach dem Debakel mit Basti endgültig verloren, einen anständigen Mann zu treffen."
„Vielleicht gefällt dir Gunters Freund, den du auf unserer Silvesterparty kennenlernen wirst. Er ist neu in der Clique."
„Wetten, dass der auch wieder einen Haken hat?"
„Sei nicht so pessimistisch. Ich horche Gunter mal über ihn aus. Dann wissen wir vorher ein wenig, wie der tickt."
„Okay, tue, was du nicht lassen kannst. Ich muss weiter packen und wünsche dir eine ruhige Zeit, während ich dich im Büro nicht nerve."
„Und dir einen mega tollen Urlaub. Ich vermisse dich jetzt schon." Mit diesen Worten verabschiedet sich die Freundin von Elfie.
Obwohl sie die Zugtickets auf ihrem Smartphone gespeichert hat, druckt Elfie sie vorsichtshalber aus, um möglichen Pannen mit dem Akku vorzubeugen, und steckt sie in ihren Rucksack.
Praktischerweise zieren als einzige Pflanzen etliche Orchideen Elfies Wohnung. Diese werden einmal in der Woche in ein Wasserbad gestellt, in dem sie sich vollsaugen dürfen. Deshalb benötigt Elfie niemanden zum Gießen. Wenn sie länger verreist, erledigt das Claire.
Nach einem leichten Abendessen, bestehend aus einem Blattsalat mit Thunfisch und Tomaten und einem Glas Rosé, krabbelt Elfie ins Bett, um zu lesen. Wenn sie gedacht hat, dies in Ruhe zu tun, wird sie enttäuscht. Ihr Festnetz klingelt. Um den Anruf entgegenzunehmen, huscht sie in den Flur. Zu ihrer Überraschung handelt es sich um ihre Mutter.
„Hallo, Ma", haucht Elfie in den Hörer und läuft zurück zum Bett.

„Grüß dich, mein Kind. Ich möchte dir eine gute Reise wünschen."
„Lieb von dir. Ist das alles?", hakt Elfie nach, denn sie spürt, dass ihre Mutter noch etwas anderes auf dem Herzen hat.
„Darf ich dich um etwas bitten?"
„Ja, klar." Elfie hat keine Ahnung, um was es sich handelt. Womöglich soll sie herausfinden, was sich ihr Bruder zu Weihnachten wünscht. Aber warum erkundigt sich ihre Mutter nicht selbst bei ihm? „Weißt du mal wieder kein Geschenk für Hannes?", schickt Elfie einen Versuchsballon in die Luft.
„Nein, ich ...", druckst Marion herum, „möchte nicht, dass du Cordula etwas über unsere Familie erzählst."
Elfie steht auf dem Schlauch. „Wie meinst du das?"
„Wir haben so lange keinen Kontakt mehr zu ihr. Sie braucht nicht zu wissen, was in dieser Zeit alles passiert ist. Tust du mir den Gefallen?"
„Von mir aus, aber ich begreife nicht, was wir in unserer Familie für Geheimnisse haben, die Tante Cordula nicht wissen darf. Vater hat keine Bank überfallen, du bist nicht fremdgegangen, und Hannes hat höchstens einige Frauen verschlissen. Wo ist das Problem?"
„Eben, es gibt nichts zu berichten. Erwähne uns einfach nicht. Ist das zu schwer für dich?"
Elfie merkt, wie ihre Mutter allmählich die Geduld verliert.
„In Ordnung, auch, wenn ich es nicht einsehe. Ihr beide wart mal ganz enge Freundinnen. Sonst hättest du Cordula kaum als meine Patentante ausgewählt. Was ist damals im Urlaub geschehen, als wir vorzeitig von Borkum abgereist sind?"
„Schnee von gestern. Dein Vater ruft gerade nach mir. Ich muss Schluss machen."
Ehe sich Elfie versieht, ist die Leitung tot. Seltsam, wie sich ihre Mutter verhält. Nun ist sie endgültig entschlossen, das Rätsel des Zerwürfnisses zwischen den beiden Frauen auf Borkum zu lösen. Womöglich ist Cordula kooperativer

als ihre Mutter.
Bevor Elfie das Licht ausknipst, stellt sie den Wecker auf 6 Uhr. Eine unmenschliche Zeit zum Aufstehen, vor allem als Langschläferin.

♥

KAPITEL 3

Ein Klingeln an der Wohnungstür dringt in Elfies Unterbewusstsein. Komischer Traum: Sie liegt im Bett und hat ihre Reise nach Borkum verschlafen.
Mit einem Ruck fährt sie senkrecht hoch und stellt mit Entsetzen fest, dass das erneute Läuten der Realität entspricht. Mit einem Hechtsprung von der Matratze stürzt sie an die Sprechanlage und stößt sich dabei am Schirmständer im Flur die Zehe.
Den stechenden Schmerz unterdrückend meldet sie sich: „Wer ist denn da?“
„Sie haben ein Taxi zum Bahnhof bestellt. Bitte beeilen Sie sich. Ich stehe im absoluten Halteverbot.“
Elfie bricht der Schweiß aus. Warum hat ihr Wecker nicht funktioniert? Der Zug wartet nicht. „Ich komme gleich“, schreit sie in den Hörer.
In einem Tempo, das sie sich niemals zugetraut hätte, schlüpft Elfie in ihre Klamotten, verzichtet auf das Zähneputzen und Bürsten ihrer Haare, und wirft sich in Daunenjacke, Mütze und Schal. Glücklicherweise hat sie am Vorabend ihren fertig gepackten Koffer bereits in den Flur gestellt. Es bleibt jedoch keine Zeit mehr, den Inhalt ihres kleinen Rucksacks auf Vollständigkeit zu überprüfen.
Im Haus gibt es keinen Aufzug, sodass Elfie ihr Gepäck unter Stöhnen und Ächzen die Treppen hinunter hievt. Dabei schmerzt ihre Zehe in dem Stiefel, den sie eine Nummer zu klein gekauft hat. Es war ihr zu lästig, ihn

umzutauschen, was sich in diesem Augenblick bitter rächt. Der Taxifahrer begrüßt sie mit grimmiger Miene durch das Seitenfenster und macht keine Anstalten, ihr beim Verfrachten des Koffers ins Auto zu helfen. So ein Idiot. Ein mögliches Trinkgeld hat er damit verspielt.
Elfie steigt hinten ein, wobei sie darauf achtet, dass der Rucksack nirgendwo anstößt. Die Porzellanfigur dankt es ihr.
„Zum Hauptbahnhof?", vergewissert sich der Fahrer.
„Ja, bitte."
Zunächst schnauft Elfie durch. Noch einmal Schwein gehabt. Hoffentlich ist ihr Verpennen kein schlechtes Omen. Kaum hat sie diesen Gedanken zuende gesponnen, fällt ihr Blick zufällig auf das Taxameter. Waaas? Nach einigen hundert Metern Fahrt zeigt es bereits zwanzig Euro an? Soll sie für ihren Vorgänger mitbezahlen?
„Hey", ruft Elfie nach vorne. „Sie haben beim Start vergessen, Ihren Taxameter wieder auf Null zu drehen."
Der Typ lacht blechern. „Gute Frau, ich habe zehn Minuten auf Sie gewartet. Da läuft die Zeit. Sie haben mich für 6 Uhr bestellt, und ich war pünktlich. Es ist nicht meine Schuld, wenn Sie noch in Ruhe einen Kaffee schlürfen."
„Habe ich nicht", erwidert Elfie patziger als gewollt. „Mein Wecker hat nicht funktioniert."
„Nicht mein Problem. Tut mir leid."
Elfie registriert, dass mit dem Taxifahrer nicht zu verhandeln ist und hält innerlich zähneknirschend den Mund. Hauptsache, sie erwischt ihren Zug rechtzeitig. Das rausgeschmissene Geld wird sie verschmerzen.
Auch beim Ausladen des Gepäcks ist Elfie auf sich gestellt. Der ungehobelte Klotz nimmt mürrisch den exakten Betrag, der auf dem Taxameter angezeigt wird, entgegen und saust davon. In fünf Minuten fährt der Zug ab. Beeilung ist angesagt. Elfie erhöht das Lauftempo und verzieht das Gesicht. Ihre Zehe tut verdammt weh. Ob sie gebrochen ist? Ihre Unkonzentriertheit führt dazu, den Koffer

unsensibel über die Treppenstufen zu schleifen. Ein Rad bricht ab. Das darf nicht wahr sein. Die Minuten schwinden dahin, und völlig außer Atem erreicht Elfie das Gleis, ohne einen Überblick zu haben, wo sich ihr Abteil befindet, in dem sie einen Sitzplatz extra reserviert hat. Der Zug glänzt allerdings durch Abwesenheit. Wie kann das sein, wenn er in einer Minute abfahren soll? Menschenmassen drängen sich auf dem Bahnsteig und diskutieren laut durcheinander. Erst jetzt bemerkt Elfie die Anzeige:

Der ICE nach Hannover verspätet sich um circa eine Stunde.

Blitzschnell rechnet sich Elfie aus, dass sie dadurch den Anschlusszug nach Emden wahrscheinlich nicht erwischen wird, geschweige denn die Fähre nach Borkum. Was für ein Reisestart. Das zuviel gezahlte Taxigeld war erst der miese Anfang. Sie fröstelt und beschließt, erst einmal ihr Frühstück nachzuholen. Mit leerem Magen denkt es sich schlecht.
Elfie hat jedoch die Rechnung ohne die anderen Passagiere gemacht. Anscheinend sind sie ebenfalls auf die Idee gekommen, etwas Warmes zu sich zu nehmen. Überall bilden sich Schlangen vor den Getränkeautomaten, in den Bistros und Cafés. Aufgrund ihrer überstürzten Abreise hat es Elfie nicht geschafft, sich eine Thermoskanne voll Kaffee mitzunehmen, wie sie es sonst bei Ausflügen tut.
Allmählich reißt ihr die Geduld. Hunger und Durst plagen sie. Es hilft nichts, wenn sie ihre Bedürfnisse befriedigen will, muss sie sich einer Schlange anschließen. Plötzlich fällt ihr ein, dass sich außerhalb des Bahnhofgebäudes in der Nähe ein Fastfood Restaurant befindet. Dort kann sie ganz in Ruhe einen Kaffee trinken und ein Croissant mit Butter und Marmelade essen. Ihre Laune bessert sich, als sich Elfie kurze Zeit später mit ihrem Tablett an einen kleinen Tisch in besagtem Restaurant setzt. Der Kaffee mit aufgeschäumter Milch spült einen winzigen Teil ihres

Ärgers hinunter, und das Croissant füllt ihren knurrenden Magen. Ein Blick ins Netz ihres Smartphones zeigt an, dass Elfie in Hannover einen späteren Zug nach Emden nehmen kann. Ein Problem stellt die Fähre dar. Im Winter hat sie eingeschränkten Betrieb. Sie müsste die Letzte aber gerade noch erreichen, wenn nicht wieder eine Verzögerung dazwischenkommt.
In diesem Moment rempelt jemand Elfies Stuhl an und damit ihren Rucksack, der an der Lehne gefährlich baumelt und runter zu fallen droht. Knapp vor der Katastrophe greift Elfie nach ihm.
„Hey, können Sie nicht aufpassen?“, brüllt sie der rüpelhaften Person hinterher, die sich daraufhin umdreht.
Vor Schreck gleitet Elfie selbst fast die Tasche mit der Figur aus den Händen, als sie Basti erkennt. „Du?“, murmelt sie fassungslos.
Er grinst und kehrt mit seinem Becher in der Hand zu ihrem Tisch zurück. Ohne um Elfies Erlaubnis zu bitten, setzt er sich ihr gegenüber.
„So ein Zufall“, beginnt er die Konversation. „Mit dir hätte ich so früh am Morgen nicht gerechnet. Was tust du hier?“
Elfie verspürt keine Lust, Basti aufzuklären, dessen Blick auf ihren Koffer gerichtet ist.
„Aha, du verreist“, beantwortet er seine Frage selbst. „Darf ich wissen, wohin?“
Seine Hartnäckigkeit bringt Elfie auf die Palme.
„Das geht dich nichts an. Ich frage dich auch nicht, wohin du umgezogen bist.“
„Das ist kein Geheimnis. Ich wohne zwei Querstraßen weiter, und weil unsere neue Küche erst nächste Woche geliefert wird, ernähre ich mich solange hier. Du darfst mich übrigens gerne besuchen. Alkohol habe ich ausreichend gelagert.“
„Du meinst, wenn deine Freundin wieder unterwegs ist?“ Elfies ironischer Unterton ist nicht zu überhören.
„Ja, warum nicht? Sie vögelt auch öfters mit irgendwelchen

Kollegen. Ich habe kein Problem damit."
„Aber ich", faucht Elfie. „Es ist unverschämt von dir, mir erneut solch ein Angebot zu machen. Hat dir die Ohrfeige damals nicht gereicht?"
„Ich fand sie erotisch."
Ob Basti diese Aussage ernst meint, wartet Elfie erst gar nicht ab, hängt sich ihren Rucksack um und flieht mit ihrem Koffer nach draußen. Was für ein Pech, ausgerechnet ihm über den Weg zu laufen. Das verunglückte Date mit Basti hatte sie mühsam in die hinterste Schublade ihres Erinnerungsvermögens verbannt. Warum klopft ihr Herz dann so heftig? Das hat er gar nicht verdient, dieser Frauenverschleißer. Mit Groll im Bauch betritt Elfie den Bahnhof und trabt zu ihrem Gleis. Tatsächlich ist der Zug inzwischen eingetroffen, und die Passagiere drücken sich gegenseitig hinein. Elfie ist froh über ihren reservierten Platz, denn ihre Nerven liegen blank und benötigen Regenerierung. Als sie endlich ihren Sitz erreicht, staunt sie nicht schlecht. Darauf hockt jemand, dessen Gesicht durch eine aufgeschlagene Zeitung verdeckt ist. Der Hose und den Schuhen nach handelt es sich um einen Mann.
„Entschuldigung", räuspert sich Elfie, „Sie sitzen auf meinem Platz."
Keine Reaktion.
„Hallo", wird Elfie lauter. „Bitte stehen Sie auf."
Nichts rührt sich. Allmählich weicht Elfies Geduld aufsteigender Wut. Was für ein rabenschwarzer Tag, an dem nichts so läuft, wie es sollte. Wäre sie doch im Bett geblieben. Gegen ihren Willen füllen sich ihre Augen mit Tränen. Auch das noch. Warum hat sie so nahe am Wasser gebaut? Dafür gibt es wirklich keinen Grund. Entschlossen tippt sie dem hartnäckigen Besetzer auf die Schulter, der zusammenzuckt und die Zeitung sinken lässt. Er schaut sie verdutzt aus grünblauen Augen an und nimmt seine Stöpsel aus den Ohren, aus denen leise Musik dudelt.
Elfie entspannt sich. Der Typ hat sie gar nicht gehört.

Freundlich, aber mit fester Stimme, wiederholt sie ihr Anliegen.
„Das ist ein Irrtum“, behauptet er. „Ich habe ebenfalls reserviert. Schauen Sie besser einmal auf Ihr Ticket.“
Elfie folgt seiner Aufforderung, um sich endlich hinzuhocken. Der Fuß mit der maroden Zehe brennt wie Feuer, und sie hat nur den einen Wunsch, den Stiefel so schnell wie möglich auszuziehen.
Mit starrer Miene hält sie dem Mann ihr Ticket unter die Nase und zeigt auf die Reservierungsnummer.
Der Zeitungsleser grinst. „Ja, die Nummer stimmt, allerdings ist hier Wagen 223 und nicht 224.“
Elfies Gesichtshaut läuft rot an wie die Farbe ihres Lieblingsrotweins, nicht vor Kälte, sondern vor Scham. Wie peinlich ist das denn? „Entschuldigung“, murmelt sie und wendet sich ab. Nach drei Minuten plumpst sie auf den richtigen Sitz und atmet tief durch. Inzwischen rollt der Zug bereits aus dem Bahnhof.
Elfie frohlockt, denn der Platz neben ihr und die beiden gegenüber sind frei geblieben. Eine willkommene Entschädigung für die morgendlichen Strapazen. Als Erstes befreit Elfie ihre Füße von den Stiefeln und schiebt sie unter ihren Sitz. Was für eine Wohltat. Durch die Strumpfhose, die sie unter ihrer Jeans trägt, erkennt sie nicht, ob die verletzte Zehe blau angelaufen ist, ein mögliches Indiz für einen Bruch. Wie sie von Hannes weiß, kann man dagegen ohnehin nichts tun. Er hatte sich einmal beim Fußballspielen die kleine Zehe gebrochen, die der Arzt nicht eingipste. Tante Cordula hat vielleicht Mull, mit dem Elfie ihre ein wenig schützen kann.
Plötzliches Geschrei erregt ihre Aufmerksamkeit. Ein Zugbegleiter betritt den Waggon und hält einen kleinen Jungen an der Hand, gefolgt von einer Frau, die ein Baby auf dem Arm trägt, das wie am Spieß brüllt.
Alle Köpfe wenden sich zu der Gruppe.
Zu Elfies Bestürzung bringt der Zugbegleiter die Mutter mit ihren Kindern zu ihr.

Der etwa vierjährige Knirps pflanzt sich gleich neben sie, schaut auf ihre Füße und entledigt sich ebenfalls seiner Schuhe.
Die Frau wirkt hektisch und weist ihren Sohn zurecht. „Felix, zieh bitte die Schuhe wieder an. Sonst wirst du krank. Oma wird das kaum zu Weihnachten gefallen."
„Will nicht", knurrt der Dreikäsehoch. „Die Frau da hat auch keine an." Damit meint er wohl Elfie.
„Können Sie bitte mal Chiara halten?", fragt die Mutter des Jungen. Ohne eine Antwort abzuwarten, drückt sie ihre Tochter Elfie in den Arm.
Dem Baby gefällt dies offenbar gar nicht. Es schmeißt seine Kreissäge an und schreit den Waggon zusammen.
„Können Sie nicht Ihre Kinder ruhigstellen?", ruft eine männliche Stimme von den hinteren Reihen. „Es gibt extra Kinderabteile. Eine Zumutung ist so etwas."
Elfie tut die Frau plötzlich leid und steckt Chiara den Schnuller in den Mund, den sie um den Hals an einer Kette trägt. Zunächst ist das Kind offenbar darüber so irritiert, dass es tatsächlich zu nuckeln anfängt und Elfie entgeistert anstarrt. Sogenannte Schocktherapie.
Unterdessen versucht die Mutter, dem Jungen die Schuhe wieder überzustülpen, was in ein längeres Prozedere ausartet, da er sich sträubt und seine Füße immer wieder wegzieht.
„Halt endlich still", verlangt sie. „Bald verliere ich die Geduld."
Ein ekliger Geruch schleicht sich in Elfies Nase. Ihr wird übel. Der Duft könnte von verdautem Spinat stammen, aber wahrscheinlich bekommt das Baby noch gar keine feste Nahrung. Elfies Vermutung bestätigt sich wenig später. Inzwischen hat die junge Frau, die etwa in Elfies Alter sein dürfte, den Kampf mit ihrem Sohn aufgegeben und lässt ihn in Socken. Bevor sie Elfie das Baby wieder abnimmt, schiebt sie ihren Pullover hoch, um es anschließend zu stillen.
„Danke Ihnen. Alle Plätze im Mutter-Kind-Abteil waren

besetzt, und so sind wir hier gelandet“, erklärt sie. „Ich heiße Monika.“
„Elfie.“ Im Grunde will sie keinen näheren Kontakt, aber irgendwie rührt sich ihr Mitleid für Monika. Sie wirkt völlig gestresst und ausgelaugt. Ihr Pullover weist einige Flecken auf, ihre Haare stehen auf Sturm, und unter ihren Augen sind Ringe erkennbar. Wahrscheinlich hat sie unruhige Nächte hinter sich oder gar keinen Schlaf.
„Sicher nicht leicht, mit zwei kleinen Kindern allein zu reisen“, tastet sich Elfie vor.
„Nein, es ist außerdem das erste Mal, dass wir mit dem Zug fahren. Mein Mann ist Handelsvertreter und deshalb bereits in Hannover, wo wir Weihnachten bei meiner Schwiegermutter verbringen.“ Monikas Stimme hört sich nicht begeistert an.
„Mir ist langweilig“, unterbricht Felix. „Wann sind wir endlich da?“
Elfie schmunzelt und erinnert sich, dass Hannes und sie diese Frage früher auch bei jeder Fahrt nach wenigen Minuten an die Eltern gestellt haben.
Monika wendet sich an Elfie. „Würdest du mir einen Gefallen tun? Ich darf dich doch duzen, oder?“
Elfie nickt.
„In meiner Tasche befindet sich ein Bilderbuch. Gibst du es Felix bitte?“
„Klar.“ Elfie kramt in der fremden Handtasche und reicht Felix das Gewünschte.
Er wirft es auf den Boden. „Das kenne ich schon“, mault er.
„Felix, heb das sofort auf“, fordert seine Mutter. „Sei nicht so frech, sonst bringt dir das Christkind nichts.“
Das wirkt. Felix bückt sich nach dem Buch und klettert schweigend zurück auf seinen Sitz. Seine grimmige Miene spricht Bände.
Eine wohltuende Ruhe kehrt ein, die jedoch nicht lange währt.
„Chiara stinkt. Ich muss mal die Windel wechseln. Passt

du solange auf Felix auf?", bittet Monika Elfie.
Auch das noch. Auf den Rotzlöffel achtzugeben, steht nicht auf dem Programm. Trotzdem stimmt Elfie zu. Solange wird Monikas Abwesenheit nicht dauern.
„Will mit", verlangt Felix, als seine Mutter mit dem Baby aufsteht.
„Nein, du bleibst bei der Tante hier. Vielleicht erzählt sie dir ein Märchen."
Was fällt Monika ein, solch einen Vorschlag zu machen? Elfie verspürt nicht den Hauch von Lust, sich mit Felix zu beschäftigen, ihm erst recht keine Geschichte vorzukauen.
Felix sieht das offenbar anders, denn er rückt näher an Elfie heran. „Mein Papa erzählt mir jeden Abend eine Gute-Nacht-Geschichte. Kannst du das auch?"
„Ich glaube nicht. Ich habe keine Kinder. Nur Eltern können so etwas", versucht sie, sich aus der Schlinge zu ziehen. Vergeblich.
„Probier mal. Wenn du Kinder bekommst, kannst du das dann schon."
Gegen ihren Willen lacht Elfie. So ein Kind ist einfach entwaffnend. „Okay, aber sei nicht so streng mit mir."
Felix schüttelt den Kopf und lehnt seinen Kopf an Elfies Seite.
Sie beginnt: „Es war einmal ein kleiner Delphin, der ..."
Felix lauscht gespannt und verhält sich mucksmäuschenstill, sodass er die Rückkehr seiner Mutter mit Chiara gar nicht wahrnimmt.
Als Elfie geendet hat, klatscht er in die Hände und strahlt sie an. „Siehst du, jetzt kannst du ein Baby bekommen."
„Mein Sohn macht Komplimente? Du scheinst eine tolle Geschichte erzählt zu haben. Felix ist nicht so schnell zufrieden."
„Da habe ich ja Glück gehabt."
„Ich muss mal", stellt Felix fest.
Monika stöhnt auf. „Ich sitze kaum wieder. Du hast doch gar nichts getrunken." Sie setzt eine verzagte Miene auf. Es ist ihr anzumerken, dass ihre Kräfte schwinden.

„Muss aber trotzdem“, beharrt Felix.
Erneut legt Monika das Baby Elfie in den Arm.
„Am besten hältst du sie aufrecht und klopfst ihr auf den Rücken. Ihr Bäuerchen fehlt.“
Elfie bleibt nichts erspart und führt Monikas Befehl aus. Es wird ein voller Erfolg. Ein gigantischer Rülpser befreit Chiaras Magen, der einen Teil des Inhalts zutage befördert und auf Elfies Strickjacke fließt. So eine Sauerei. Elfie bettet das Baby neben sich auf Felix‘ Platz, um die übel riechende Muttermilch notdürftig mit einigen Taschentüchern zu reinigen, nachdem sie die Jacke ausgezogen hat. Zu allem Überfluss bleiben Papierfetzen hängen. Die Jacke kann sie nicht mehr tragen.
Chiara fängt wieder an zu schreien. Dieses Mal nutzt auch der Schnuller nichts.
Die Leute um sie herum schimpfen, sodass Elfie nervös wird.
„Die Mutter der Kleinen kommt ja gleich zurück“, kontert sie und nimmt Chiara wird auf den Schoß.
Endlich taucht Monika auf. „Entschuldige. Hat länger gedauert. Felix musste ein größeres Geschäft erledigen, und das Klopapier war alle. Ich habe beim Zugbegleiter Nachschub geholt. So viele frische Unterhosen habe ich nämlich nicht dabei.“
„Ich mag keine Kacki in der Hose“, posaunt Felix aus und strahlt Elfie an.
„Bitte sei still, Felix. Das wollen die anderen Passagiere nicht wissen“, flüstert Monika ihrem Sohn zu, der offenbar einen Spaß wittert, seine Mutter zu ärgern. Er rutscht vom Sessel und huscht zur gegenüberliegenden Reihe, wo eine ältere Dame sich die Zeit mit Stricken vertreibt. Laut verkündet er: „Hast du schon mal Kacki in der Hose gehabt?“
Einige Leute lachen, andere schütteln missbilligend mit dem Kopf.
Die Angesprochene linst über ihren Brillenrand und lächelt Felix an. „Das weiß ich gar nicht mehr. Ist zu lange her.“

Sie legt ihr Strickzeug auf den Tisch vor sich und hält ihm eine Tüte mit Gummibärchen unter die Nase. „Hier, greif zu. Ich darf die sowieso nicht essen."
Während Felix' kleine Hand versucht, so viele Bärchen wie möglich zu ergattern, fragt er naseweis: „Warum kaufst du dir dann welche?"
„Meine Enkelin hat sie mir als Proviant für die Reise geschenkt."
„Toll. Wie heißt die?" Felix stopft sich den Mund voll und packt erneut in die Tüte.
„Helena."
„So heißt ein Mädchen aus meinem Kindergarten."
Monika scheint mit ihrer Toleranz am Ende und wendet sich an Felix' Gesprächspartnerin. „Bitte entschuldigen Sie. Mein Sohn ist manchmal etwas vorlaut." Und an Felix adressiert: „Komm bitte zurück und lass die Frau in Ruhe weiterstricken."
Er zeigt keinerlei Reaktion und bleibt wie angewurzelt stehen, bis die Frau meint: „Gehorch deiner Mutter lieber. Die Gummibärchen darfst du mit auf deinen Platz nehmen."
Das wirkt. Felix schnappt die Tüte und bietet Elfie und seiner Mutter von dem Inhalt an.
„Danke, das ist ja nett von dir." Elfie schiebt einen grünen Bär in den Mund und realisiert, dass sie Hunger hat.
Als hätte Monika Elfie den Gedanken von der Stirn abgelesen, holt sie aus ihrer Tasche eine Tupperbox mit belegten Broten und bietet ihr ein Sandwich an.
Elfie zögert nicht und langt zu. „Super, du rettest mich. Danke." Sie erzählt Monika von ihrer überstürzten Abreise am Morgen und erhält daraufhin eine kleine Wasserflasche.
„Ich habe reichlich zu essen und zu trinken dabei, denn in den Speisewagen traue ich mich mit den Kindern nicht", erläutert sie. „Es gibt leider nur wenige Menschen wie dich, die eine Mutter unterstützen."
Elfie fühlt sich ertappt. Auch ihr war am Anfang nicht recht, dass sich Monika zu ihr gesellte. Inzwischen

betrachtet sie die kleine Familie als Abwechslung.
Ihr Blick auf die Uhr zeigt nämlich, dass sie Hannover bereits in einer Stunde erreichen. Die Zeit ist wie im Flug vergangen. Allerdings drückt nach dem Konsum des Wassers aus Monikas Flasche Elfies Blase. Soll sie ihre Füße dafür wieder in die Stiefel zwängen? Elfie verwirft diese Idee. Bis zur Toilette ist es nicht weit, die sich laut Monika am Ende des Waggons verbirgt. Also läuft sie auf Socken zum Örtchen und hat nicht mit der Sauerei gerechnet, die sie dort erwartet. „Igitt“, schreit Elfie auf, als sie Nässe unter den Fußsohlen spürt. Offensichtlich ist sie in eine Urinpfütze getreten. Angewidert verrichtet sie ihre Notdurft, ohne die Klobrille zu berühren. Was soll sie jetzt tun? Die Strumpfhose unter der Jeans ausziehen und später mit nackten Füßen in die Stiefel steigen? Dafür ist es viel zu kalt. Den Koffer öffnen und sich frische Socken herausholen? Keine gute Idee. Felix könnte seine Nase in den Inhalt stecken und ihre Unterwäsche entdecken, um sie dann für die anderen Passagiere zu kommentieren. Die Fantasie geht mit Elfie durch. Lieber hoffen, dass die Strumpfhose bis Hannover trocknet und nicht riecht. Dort hat sie eine halbe Stunde Aufenthalt bis zum Anschlusszug und wird sich einfach im Bahnhof neue Socken oder eine Strumpfhose kaufen.
„Alles in Ordnung?“, erkundigt sich Monika mit leiser Stimme, als Elfie wieder auftaucht.
„Ja, alles okay.“ Verwundert registriert sie die Stille. Beide Kinder schlafen, Chiara auf dem Arm ihrer Mutter, und Felix nimmt Elfies Platz mit seinen Beinen in Beschlag.
Monika flüstert: „Macht es dir etwas aus, dich neben mich zu setzen? Ich bin so froh, dass Felix eingenickt ist.“
„Natürlich nicht“, versichert Elfie und hockt sich neben Monika. „Wie hältst du die Rasselbande überhaupt rund um die Uhr aus?“
„Ich liebe meine Kinder, aber manchmal gehe ich echt auf dem Zahnfleisch. Vor allem, wenn mein Mann länger unterwegs ist und ich keine Unterstützung habe.“

„Das glaube ich dir sofort und bewundere dich", zollt Elfie Anerkennung. „Ich helfe dir später beim Aussteigen."
Monika schenkt ihr dafür ein Lächeln. „Das ist lieb von dir, aber nicht nötig. Unser Gepäck und den Kinderwagen hat der Zugbegleiter irgendwo deponiert und wird uns nach draußen begleiten. Ich hoffe, er vergießt uns nicht."
Elfie und Monika unterhalten sich mit gedämpfter Stimme und tauschen für WhatsApp ihre Handynummern aus, bis der Zug den Bahnhof erreicht.

Nachdem Elfie die kleine Familie verabschiedet hat, will sie sich die Stiefel anziehen. Zu ihrer Überraschung sind die Schuhe nicht mehr unter ihrem Sitz. Fieberhaft durchsucht sie jeden Winkel. Nichts zu sehen. Sie sind wie vom Erdboden verschluckt.
Die Frau mit dem Strickzeug meldet sich plötzlich zu Wort. „Der kleine Junge hat ihre Stiefel anprobiert, als sie auf der Toilette waren. Er meinte, nun würde er wie der gestiefelte Kater von besagtem Märchen aussehen."
„Und was hat Felix mit ihnen danach gemacht?", schwant Elfie Übles.
„Keine Ahnung. Ich habe durch seinen Auftritt eine Strickmasche verloren und mich darauf konzentriert, sie zurückzuholen."
Elfie fackelt nicht lange, denn der Zug wird gleich abfahren. Sie schnappt ihren Rucksack, hievt ihren Koffer aus dem Gepäcknetz und eilt zum Ausgang, als wäre ihr ein Tiger auf den Fersen. „Was für eine verdammte Schei...", flucht sie vor sich hin und fällt fast auf den Bahnsteig. Jemand fängt Elfie im letzten Moment auf. Es ist der Mann mit den grünblauen Augen aus Waggon 223. Er blickt an ihr hinunter und grinst. „Mit Schuhen wäre das sicher nicht passiert."
Sein Spott hat Elfie gerade noch gefehlt, die kurz davor ist, ihre Fassung endgültig zu verlieren. „Haben Sie einen kleinen Jungen mit seiner Mutter und einem Baby

gesehen?“
„So einen, der Pumuckel ähnelt?“, vergewissert sich der Typ.
„Ja, genau. Der hat mir meine Stiefel geklaut.“
Elfies Retter lacht. „Das wäre mir aufgefallen. Er hatte ganz normale Schuhe an.“
„Diese Rotzgöre hat die Dinger versteckt“, ereifert sich Elfie. „In welche Richtung ist die Mutter denn gelaufen?“
„Darauf habe ich nicht geachtet. Die sind längst über alle Berge. Ihre Stiefel können sie als Verlust abschreiben.“
Elfie weiß, dass er recht hat. Kälte durchdringt ihre Fußsohlen auf dem Bahnsteig. Zum Glück liegt kein Schnee.
„Sie zittern ja“, stellt der Mann fest. „Sie sollten sich schleunigst aufwärmen und Schuhe anziehen. Ich nehme an, in Ihrem Koffer ist ein Ersatzpaar? Ich heiße übrigens Jakob.“
Elfie nickt und presst nur ihren Namen aus, denn aufsteigende Tränen schnüren ihr die Kehle zu. Eine nach fremdem Urin stinkende Strumpfhose, eine mit Muttermilch bekotzte Strickjacke und gestohlene Stiefel sind eindeutig zu viel für ihre Nerven.
Ohne mit der Wimper zu zucken, hebt Jakob Elfie plötzlich hoch, trägt sie ins Bahnhofsgebäude und setzt sie auf eine Bank.
„Warten Sie einen Moment. Ich hole unser Gepäck. Bin gleich zurück.“
Selten war Elfie so erleichtert, dass jemand die Initiative ergreift und für sie handelt. Ihr fehlt jegliches Denkvermögen.
„Ihr Koffer hat wohl auch schon bessere Zeiten erlebt“, meint Jakob mit Blick auf das fehlende Rad, als er zurückkehrt. „Haben Sie ihn abgeschlossen?“
„Nein.“ Elfie bückt sich hinunter und öffnet ihn. Mit einem gezielten Griff fischt sie die Sportschuhe heraus und ein Paar Socken, die sie sofort über ihre Strumpfhose streift. Als sie ihre kaputte Zehe berührt, stöhnt sie vor

Schmerz auf.
„Was ist los?“, fragt Jakob.
Elfie schildert ihm kurz das Malheur.
„Hier im Bahnhof gibt es eine Mission. Bestimmt kann sich dort ein Sanitäter deine Zehe einmal anschauen. Soll ich dich hintragen?“
„Nein“, wehrt Elfie vehement ab. „Ich muss die nächste Verbindung nach Emden erwischen, sonst erreiche ich die letzte Fähre nach Borkum nicht mehr und muss auf dem Festland übernachten.“
„Okay, deine Entscheidung, aber ich helfe dir später beim Einsteigen.“
Stillschweigend akzeptiert Elfie Jakobs Duzerei, obwohl sie sich wohl nie mehr begegnen werden.
„Das ist mega nett von dir, aber nicht nötig. Sicher wirst du schon erwartet.“
Jakob lächelt. „Ja, aber in Emden. Ich steige auch hier um.“
Jetzt ist Elfie tatsächlich überrascht. Was für ein Zufall, ein angenehmer dazu. Hoffentlich gestaltet sich der nächste Reiseabschnitt entspannter als der erste.
„Ich hole uns mal einen Kaffee, damit dir wieder warm wird.“ Bevor Elfie etwas darauf erwidert, ist Jakob in Richtung Bistro verschwunden. Was für ein aufmerksamer Mann. So viel Fürsorge ist Elfie gar nicht gewohnt, und Jakobs grünblaue Augen haben eine magische Wirkung auf sie. Sie würde ihn als Reisebegleiter bis Emden nicht verachten, aber bestimmt finden sie nur einzelne Plätze in unterschiedlichen Abteilen. Kaum hat Elfie die Vermutung zuendegesponnen, erscheint Jakob mit den Getränken und reicht ihr einen Becher.
„Soll ich uns etwas zu essen holen? Das Bistro hat leckere Sandwiches.“
„Danke, ich habe im Moment keinen Hunger. Der Kaffee tut gut. Woher wusstest du, dass ich ihn mit Milch trinke?“
„Erfahrung. Ich sehe einer Frau an der Nasenspitze an, was sie mag“, scherzt Jakob und grinst.

„Dann darf sich deine Frau glücklich schätzen." Mit dieser Bemerkung hofft Elfie, Näheres über Jakobs Verhältnisse herauszufinden.
Leider reagiert er nicht, denn gerade rollt ihr Anschlusszug nach Emden ein.

♥

KAPITEL 4

Da die Waggons nicht ausgebucht sind, können Elfie und Jakob zusammensitzen.
Er entpuppt sich als charmanter Plauderer und erzählt Anekdoten aus seinem Leben als Strafverteidiger. In München hatte er gestern einen Prozess am Oberlandesgericht, der solange bis in den Abend hinein dauerte, dass er seinen Flieger verpasste und für heute nur auf der Warteliste gestanden hätte. Deshalb entschied er sich für das Bahnticket und nimmt es mit Humor.
„Dann kannst du mich ja gegen den kleinen Dieb Felix vertreten", meint Elfie scherzhaft.
„Abgesehen von seiner mangelnden Strafmündigkeit, weißt du gar nicht, ob er es überhaupt war. Vielleicht hat jemand deine Stiefel als Fundsache eingestuft, mitgenommen und beim Zugbegleiter abgegeben."
„Egal, sie haben mir ohnehin nicht gepasst. Auf Borkum gönne ich mir ein neues Paar."
„Machst du Urlaub dort?", fragt Jakob.
„So ähnlich." In wenigen Sätzen berichtet Elfie vom Geburtstag ihrer Patentante.
„Da hast du dir eine trostlose Jahreszeit für deinen Besuch ausgewählt. Im Winter ist auf der Insel kaum etwas los."
„Tante Cordula kann nichts dafür, dass sie nicht im Sommer geboren wurde."
„Cordula Hansen?" Jakob schaut Elfie gespannt an.
„Ja, kennst du sie etwa?"

„Wer nicht? Jeder Insulaner kauft in ihrem Laden ein."
„Ich denke, du wohnst in Emden?", hakt Elfie nach.
„Auf Borkum besitze ich ein Ferienhaus, in dem ich oft die Wochenenden verbringe, allerdings selten im Winter."
Insgeheim ist Elfie beeindruckt. Jakob sieht nicht nur attraktiv aus, sondern scheint auch noch betucht zu sein. Fette Beute? Ein heftiger Ruck des Zuges unterbricht ihre Spekulationen und schleudert sie in Jakobs Arme.
Die anderen Passagiere kreischen durcheinander.
„Was hat das zu bedeuten?" Ängstlich krallt sich Elfie an Jakob fest, der sie wie selbstverständlich an sich drückt und erst wieder freigibt, als der Zug stoppt.
„Ein Unfall?", stellt sie die bange Frage.
„Nein", beruhigt Jakob. „Das glaube ich nicht. Wahrscheinlich hat der Zug kein Freisignal."
„Hoffentlich ist er trotzdem pünktlich in Emden." Elfie bemerkt Jakobs bedenkliche Miene, aber er äußert sich nicht dazu.
Eine Durchsage bringt Licht ins Dunkel. Jemand hat angeblich versehentlich die Notbremse gezogen.
Nun hat Elfie die Gewissheit, die letzte Fähre nicht mehr zu erreichen.
Offenbar ist Jakob das auch in diesem Moment klar. „Du kannst bei mir übernachten und morgen das erste Schiff nehmen. Kein Problem", bietet er an.
Elfie ist nicht wohl bei dem Angebot. Obgleich sich Jakob bisher als Gentleman aufgeführt hat, hegt sie Bedenken, bei einem Fremden das Nachtquartier aufzuschlagen. Tante Cordula wird sich ebenfalls Sorgen um sie machen.
Ausweichend erklärt Elfie deshalb: „Danke, aber ich werde mir ein Hotelzimmer buchen."
„Wie du willst." Glücklicherweise vermittelt Jakob nicht den Eindruck, wegen ihres Korbes beleidigt zu sein.
Zunächst teilt Elfie ihrer Patentante die Situation mit, die wenig später über WhatsApp antwortet:

Ach, Du armes Kind. Ich habe extra heute den Laden eher

geschlossen, um uns etwas Leckeres zu kochen. Was für ein Pech. Ich empfehle Dir das Hotel Anker. Dort sind die Zimmer günstig und sauber. Bitte melde Dich, sobald Du morgen auf der Fähre bist.

Liebe Grüße,
Cordula

Jakob ist ebenfalls mit Nachrichten auf seinem Smartphone beschäftigt. Ob er verheiratet ist oder eine Freundin hat? Ziemlich unwahrscheinlich, dass solch ein Mann sein Leben als Single fristet. Insgeheim interessiert sich Elfie brennend für seine Familienverhältnisse und wie er wohnt. Ob sie ihm einfach eine Visitenkarte entlocken soll unter dem Vorwand, vielleicht mal einen Strafverteidiger zu benötigen? Käme das zu plump? Es wäre ja naheliegender, einen Anwalt aus München zu beauftragen.
Endlich setzt sich der Zug nach einer Stunde wieder in Bewegung. Unter dem Vorwand, auf die Toilette zu gehen, verlässt Elfie das Abteil, um per Handy ein Hotelzimmer im Anker zu reservieren. Zu ihrem Bedauern sind dort alle Zimmer bereits ausgebucht. Bei drei weiteren Unterkünften erhält sie die gleiche niederschmetternde Auskunft. Viele Passagiere dieses Zuges müssen offenbar in Emden unfreiwillig übernachten, weil sie die letzte Fähre verpassen und haben schneller reagiert als Elfie.
Jetzt bleibt nur Jakobs Angebot übrig. Wie peinlich, ihn nun doch um Unterschlupf zu bitten.
Wenn er wegen Elfies Sinneswandel frohlockt, lässt er es sich zumindest nicht anmerken, sondern begrüßt ihre Entscheidung. „Super, es erwartet uns ein gemütlicher Kaminabend. Am Feuer wird es dir schnell warm, denn du siehst sehr verfroren aus."
Wow, was für eine Beobachtungsgabe dieser Mann hat. Allmählich kriecht in Elfie eine gewisse Vorfreude auf den Abend mit ihm hoch. In seiner Nähe fühlt sie sich mehr und mehr wohl und legt ihre Skrupel, bei einem Fremden zu nächtigen, ab. Stattdessen ist sie gespannt, wie Jakob

lebt, was für einen Einrichtungsgeschmack er hat, ob er ordentlich ist oder eher chaotisch wie sie selbst. Normalerweise darf niemand unangemeldet in Elfies Reich, da sie es mit dem Aufräumen nicht so eng sieht. Gerne liegt ihre Klamottenübersicht von drei Tagen im Bad verstreut herum, oder das Geschirr türmt sich im Spülbecken, weil Elfie zu faul ist, es in die Maschine zu räumen. Oft nimmt sie sich vor, weniger schlampig mit ihren Sachen umzugehen. Vergeblich. Zumindest wenn sie verreist wie jetzt, ist ihre Wohnung pikobello aufgeräumt, obwohl Claire dieses Mal nicht zum Blumengießen kommt. Da Elfies Mutter jedoch einen Hausschlüssel für den Notfall besitzt, hat sie lieber einer möglichen Peinlichkeit vorgebeugt. Marion soll nicht wissen, dass jegliche Erziehungsmaßnahmen hinsichtlich Ordnung bei Elfie fehlgeschlagen sind. Von ihren Überlegungen ahnt Jakob indes offenbar nichts und plaudert über seine spektakulärsten Verteidigungen.
Elfie begreift nicht, wie man einen Vergewaltiger oder Mörder vor Gericht vertritt, um ihn vor seiner Strafe zu bewahren.
„Das ist mein Job. Allerdings habe ich auch schon Mandate niedergelegt, wenn ich das Gefühl hatte, von meinem Klienten belogen und an der Nase herum geführt zu werden“, räumt Jakob ein.
„Ist es dir schon mal passiert, dass du einem Verbrecher zum Freispruch verholfen hast und sich nachher herausstellte, dass er doch schuldig war?“, fragt Elfie interessiert.
„Leider ja. Das sind die bitteren Momente im Leben eines Strafverteidigers, besonders, wenn der Täter auf freiem Fuß kurz darauf rückfällig wird.“
„Schrecklich. Wie schaffst du es, damit umzugehen?“
„Zum Glück geschieht es nicht allzu oft. Natürlich plagen mich Vorwürfe, und beim ersten Mal hatte ich wochenlang Albträume. Mit der Zeit lernst du, mit solchen Situationen besser umzugehen, und ein gewisser Verdrängungsprozess

tritt ein. Mein Kanzleipartner und ich fangen uns gegenseitig auf. Es tut gut, sich mit einem Gleichgesinnten auszutauschen. Ganz allein würde ich solche Momente wahrscheinlich nicht verarbeiten. Einmal habe ich allerdings psychologische Hilfe in Anspruch genommen."
„Darf ich wissen, warum?" Elfies Neugierde ist geweckt.
„Bitte sei mir nicht böse, wenn ich darüber nicht reden möchte. Sonst kommt alles wieder hoch."
Elfie ahnt, dass es sich um ein besonders schlimmes Mandat handelt und Jakob schwer belastet, wenn er nicht darüber sprechen mag.
Eine Weile schweigt der Anwalt, um plötzlich das Thema zu wechseln. „Was tust du, wenn du nicht gerade nach Borkum unterwegs bist?"
Normalerweise berichtet Elfie nicht so gerne über ihre Dating-Plattformen, weil sie Sorge hat, Fremde könnten das als anrüchig empfinden. Bei Jakob reagiert sie dagegen auf seine Frage völlig unbefangen und plaudert über ihre und Claires Geschäftsidee mit Travel & Date, die immer erfolgreicher wird.
„Eure Seite schaue ich mir direkt morgen an", verspricht Jakob.
Elfie nimmt das verwundert zur Kenntnis. Ob Jakob sich sogar einen Account einrichtet? Das könnte bedeuten, dass er Single ist. Voller Erwartung steigt Elfie nach der Ankunft im Emdener Bahnhof mit Jakob in ein Taxi und gesteht sich ein, aufgeregt zu sein.
Als der Fahrer vor einer weißen Villa hält, fallen ihr fast die Augen aus dem Kopf. Dass man mit der Verteidigung von Verbrechern anscheinend so viel Geld verdient, hätte sie sich nicht ausgemalt. Als sie ihr Portemonnaie zückt, um den Transport zu bezahlen, wiegelt Jakob ab.
„Lass stecken. Ich setze das ohnehin von der Steuer ab."
Ehe Elfie protestieren kann, hat er den Taxifahrer mit einem großzügigen Trinkgeld obendrauf entlohnt." Ganz selbstverständlich trägt er Elfies Koffer bis zum Hauseingang, der seltsamerweise bereits beleuchtet ist. Auch aus

einem Fenster scheint gedämpft Licht. Im Grunde logisch, dass Jakob nicht allein in solch einem großen Haus lebt, sondern womöglich bei seinen Eltern wohnt.
Das Rätsel löst sich, als die Tür auffliegt und sich eine junge Frau auf Jakob stürzt, um ihn zu umarmen. „Endlich bist du wieder zuhause."
Zwei kleine Jungen, etwa im Alter von Pumuckel Felix aus dem Zug, umringen die beiden und ziehen Jakob am Hosenbein, bis er sich zu ihnen hinunterbückt und Aufmerksamkeit schenkt. „Habt ihr mich etwa vermisst?"
„Jaaa, hast du uns etwas mitgebracht?", fragt der etwas älter aussehende Sohn.
„Klar, ich würde es nicht wagen, mit leeren Händen zurückzukommen. Erst einmal begrüßt ihr bitte unseren Gast. Das ist Elfie, und sie schläft heute Nacht bei uns."
Blitzschnell verstecken sich die beiden hinter dem Rockzipfel ihrer Mutter, die ihre Kinder entschuldigt. „Sie waren bereits im Bett, wollten aber unbedingt ihren Vater sehen. Normalerweise sind sie nicht so schüchtern. Bitte kommen Sie herein. Draußen ist es bitterkalt geworden. Das Feuer habe ich eingeheizt und das Essen im Ofen. Zum Glück hat mein Mann Ihren Besuch rechtzeitig angekündigt, sodass ich die Portionen erhöht habe. Ich heiße übrigens Beate", stellt sich Jakobs Frau vor und reicht Elfie die Hand, die erst mal ihre Fassung wiedergewinnen muss. Hat sie sich fälschlicherweise einen romantischen Abend zu zweit mit dem heißen Verteidiger vor dem Kamin eingebildet. Diese Seifenblase platzt in diesem Augenblick.
„Danke für Ihre Gastfreundschaft. Ihr Mann hat Ihnen sicher erzählt, dass ich heute nicht mehr nach Borkum komme", bemüht sich Elfie um Haltung und überlegt, wann Jakob wohl mit seiner Frau telefoniert hat. Wahrscheinlich, als Elfie im Zug auf der Toilette war. Wie dem auch sei, Jakob ist vergeben, wie schade. Endlich trifft sie einen Mann, der ihr gefällt und wieder hat er einen Haken. Zum Glück hat sie sich nicht spontan in ihn

verliebt, wie in Basti.
Wider Erwarten verlebt Elfie einen schönen Restabend, denn Beate entpuppt sich als eine geniale Köchin und charmante Gastgeberin, nachdem Jakob seine Söhne wieder zu Bett gebracht hat. Sie tischt einen köstlichen Meeresfrüchtesalat auf und anschließend eine Lasagne, die sogar die von Elfies Lieblingsitaliener übertrifft. Dazu trinken sie einen leichten Rotwein.
Neidisch beobachtet Elfie die verliebten Gesten und Blicke zwischen Beate und Jakob. Dabei verraten die beiden ihr, dass sie schon zehn Jahre liiert sind. Er hat sie im Krankenhaus anlässlich eines Blinddarmdurchbruchs kennen- und liebengelernt, denn Beate war als Krankenschwester für seine Betreuung zuständig.
Jakob wendet sich plötzlich an Elfie: „Zeig Beate mal deine Zehe."
„Was ist passiert?", fragt Jakobs Frau, und Elfie erzählt das Missgeschick. Allerdings verspürt sie wenig Lust, Beate ihren nach Urin stinkenden Fuß zu präsentieren. Weil sie durch den Alkoholgenuss ihre Hemmungen verliert, sagt sie die Wahrheit und bringt Beate damit zum Lachen.
„Das braucht dir nicht peinlich zu sein. Was glaubst du, was ich alles als Krankenschwester erlebt habe. Ein riechender Fuß ist harmlos dagegen."
Später untersucht Beate Elfies Zehe vorsichtig im Gästezimmer. „Ganz schön blau angelaufen. Ob sie gebrochen ist, zeigt nur eine Röntgenaufnahme. Allerdings gipst man eine Zehe ohnehin nicht ein. Ich gebe dir eine schmerzlindernde Salbe drauf." Danach fixiert Beate die Zehe mit einem Tapeverband. „Sollten die Schmerzen sich verschlimmern, gehst du am besten auf Borkum ins Krankenhaus", lautet Beates Empfehlung.
„Danke, die Salbe kühlt und tut gut. Auch finde ich es wahnsinnig nett von euch, dass ich hier übernachten darf."
„Kein Thema. In eine Notlage kann jeder einmal geraten. Frische Handtücher findest du im Gästebad im Schrank hinter der Tür. Gute Nacht."

Als Beate verschwunden ist, erinnert sich Elfie daran, ihr Smartphone auf lautlos gestellt zu haben. Ihre armen Eltern. Denen hatte sie versprochen, ihre Ankunft auf Borkum sofort zu melden. Ein Blick auf das Display bestätigt ihre Befürchtung. Drei Sprachnachrichten von ihrer Mutter mit der Bitte, sofort anzurufen und Bescheid zu geben. Das holt Elfie per WhatsApp umgehend nach, denn um diese Uhrzeit liegen ihre Eltern längst im Bett, und ein Anruf würde sie unnötig aufscheuchen und womöglich erschrecken.
Auch von Claire gibt es eine Anfrage, wie die Reise war. Elfie schreibt zurück:

Es war sehr turbulent. Wegen diverser Verspätungen der Bahn bin ich erst einmal in Emden gestrandet und übernachte privat bei einem smarten Strafverteidiger. Morgen früh nehme ich die erste Fähre nach Borkum. Ich melde mich, wenn ich bei Tante Cordula eingetroffen bin. Schlaf gut.
Liebe Grüße,
Elfie.

Es dauert keine Minute, bis Elfies Smartphone klingelt. Schmunzelnd nimmt sie das Gespräch entgegen. „Na, habe ich dich neugierig gemacht, Claire? Das ging ja flott."
„Du darfst mir keine derartigen Brocken hinwerfen und mich im Regen stehenlassen", empört sich die Freundin. „Wer ist der geheimnisvolle Mann, bei dem du gleich eingezogen bist?"
„Übertreib mal nicht. Ich schlafe lediglich in seinem Haus, weil in Emden die Hotelzimmer ausgebucht sind. Außerdem ist er mit einer netten Krankenschwester verheiratet und hat zwei kleine Söhne."
„Ach, so ein Mist", klingt Claires Stimme enttäuscht. „Das hättest du gleich dazu schreiben dürfen. Ich hatte die Hoffnung, dir keinen Traumprinzen mehr backen zu müssen. Dafür erzählst du mir jetzt alle Einzelheiten, auch wenn du sicher müde bist."

Elfie sieht ein, es Claire schuldig zu sein, und berichtet von ihrer chaotischen Fahrt. Immer wieder hört sie Claires Kichern, die sich offenbar über ihre Anekdoten von Monika und dem Pumuckel-Felix köstlich amüsiert.
„Hoffentlich hast du dir ohne Stiefel keine Erkältung eingefangen", meint Claire.
„Die hätte mir zu meiner maroden Zehe noch gefehlt."
„So viel Pech auf einen Haufen kann gar kein Mensch haben. Du tust mir echt leid. Die Reise nach Borkum steht unter keinem guten Stern", prophezeit Claire.
„Du machst mir Mut. Sie hat gerade erst angefangen. Jetzt fallen mir aber wirklich die Augen zu, aber vorher möchte ich duschen und mir meine Urinfüße endlich abschrubben."
Claire lacht laut, sodass Elfie den Hörer in einigem Abstand zum Ohr hält.
„Okay, davon halte ich dich nicht länger ab. Tschüss und bis bald."
Erst kurz vor der Duschwanne realisiert Elfie, dass ihre getapte Zehe nicht nass werden darf. Deshalb verzichtet sie auf ihr Vorhaben und wäscht sich nur die Füße, ohne das Tape zu beeinträchtigen. Die Ganzkörperreinigung muss bis zu Tante Cordula eben warten.
Als Elfie fertig zur Nachtruhe aufs Bett plumpst, entdeckt sie einen entgangenen Anruf auf ihrem Smartphone. Hat Claire sich erneut gemeldet? Nein, die Nummer ist ihr nicht bekannt. Soll sie einfach zurückrufen?
In diesem Moment geht eine Nachricht via WhatsApp ein:

Hallo Elfie,
entschuldige bitte meinen späten Anruf. Leider habe ich Dich nicht erreicht, weil Du wahrscheinlich längst schläfst. Felix hat gebeichtet, dass er Deine Stiefel unter einem anderen Sitz im Waggon versteckt hat. Ich bin geschockt über sein Verhalten, von dem ich bis eben keine Ahnung hatte. Hast Du sie rechtzeitig vor dem Aussteigen entdeckt? Ich hoffe es so sehr. Falls nicht, komme ich selbstverständlich für den Schaden auf. Nenne mir bitte die Summe

und Dein Konto, damit ich Dir das Geld sofort überweise. Eine Strafe werde ich mir für Felix ausdenken. Darauf darfst Du Dich verlassen.
Herzliche Grüße
von Monika

Allem Ärger darüber zum Trotz lacht Elfie laut los und hält sich dann den Mund zu, um die Jungen nebenan nicht zu wecken. Einem richtigen Lausbubenstreich ist sie aufgesessen, und die arme Monika macht sich Vorwürfe. Diese mildert sie sogleich in einer Antwort ab:

Hi Monika,
bitte sei Deinem Sohn nicht mehr böse. Er fand das Versteckspiel sicher lustig. Ich habe die Stiefel nicht gefunden, aber sie waren mir ohnehin viel zu klein. Es ist also kein Schaden entstanden. Wir haben als Kinder alle irgendwelche Dummheiten gemacht. Das gehört einfach dazu. Sieh es locker. Ich tue es auch.

Herzliche Grüße,
Elfie

Monika erwidert nichts mehr. Gewiss ist sie inzwischen vor Erschöpfung eingeschlafen nach diesem anstrengenden Tag mit ihren Sprösslingen.
Für Elfie ist die Angelegenheit damit erledigt, und sie kuschelt sich in die flauschige Decke. Was für ein Tag! Trotz aller Unannehmlichkeiten hat sie sympathische Menschen getroffen: die überforderte Mutter Monika, den hilfsbereiten Strafverteidiger Jakob und seine nette Frau Beate. Ohne die Komplikationen der Bahn hätte Elfie sie alle nicht kennengelernt. Wer weiß, was sie auf der Insel bei Tante Cordula erwartet. Irgendwie keimt das Gefühl auf, dass die Zugfahrt erst der Anfang einer turbulenten Reise war. Hoffentlich ist die See morgen nicht stürmisch. Schwankende Schiffsplanken gehören nicht zu Elfies Leidenschaften. Alles, was den Magen umdreht, meidet sie,

auch Achterbahnen in Freizeitparks.
Während Elfie ihre Erlebnisse vor ihrem inneren Auge Revue passieren lässt, fallen ihr die Augen zu, und sie schläft wie ein Murmeltier.

♥

KAPITEL 5

Diesen Morgen lässt der Smartphone-Wecker Elfie nicht im Stich. Ihre Glieder fühlen sich bleischwer an, aber glücklicherweise schmerzt die Zehe nicht mehr. Hoffentlich hält dieser Zustand an, wenn sie die Halbschuhe anzieht. Vorsichtig schlüpft Elfie hinein, als sie fertig angezogen ist. Ein leichter Druck ist vorhanden, den sie bis zu Tante Cordula aushalten muss.
Elfie ergreift ihren Rucksack und den Koffer, um sich in die Küche zu begeben, wo Beate sie freudig empfängt.
„Guten Morgen, Elfie. Wie hast du geschlafen?“
„Wie ein Bär. Ich war wirklich total erschöpft. Deine Behandlung meiner Zehe hat geholfen. Ich spüre kaum mehr etwas.“
„So soll es sein. Bitte setze dich. Kaffee oder Tee?“
„Kaffee bitte.“ Elfie wundert sich, dass sie allein sind. „Wo sind denn Jakob und die Jungen?“
Beate gießt frischen Kaffee in Elfies Becher und hockt sich auf den gegenüberliegenden Stuhl. „Jakob lässt sich entschuldigen und wünscht dir einen wunderbaren Aufenthalt auf Borkum. Er bringt morgens Peter und Knut in den Kindergarten, bevor er in die Kanzlei fährt. Daher ist er bereits aufgebrochen.“
„Wie schade. Dann kann ich mich gar nicht persönlich bei ihm bedanken.“
„Zerbrich dir darüber nicht den Kopf.“
„Wie kann ich mich revanchieren?“, fragt Elfie und greift

nach einem Brötchen aus dem Korb.
„Ich habe tatsächlich eine Bitte“, beginnt Beate. „Mein Bruder war gestern kurz zu Besuch und hat sein Flugbuch vergessen. Würdest du es nach Borkum mitnehmen und es ihm aushändigen? Ausgerechnet die nächsten Tage fliegt er nicht nach Emden und kann es nicht abholen.“
„Er ist Pilot?“, hakt Elfie verwundert nach.
„Ja, ein Flugdienst fliegt bis zu fünfmal täglich von Emden nach Borkum. Es dauert ungefähr fünfzehn Minuten. Außerdem arbeitet er als Fluglehrer.“
„Das hört sich cool an. Wenn du mir seine Adresse nennst, erfülle ich deinen Wunsch.“
„Am besten gibst du mir deine Handynummer, und ich leite sie an meinen Bruder weiter. Die meiste Zeit ist er unterwegs. Vielleicht trefft ihr euch irgendwo.“
„Wie heißt denn dein Bruder?“
„Carsten Harms.“
„Okay.“ Elfie kramt in ihrem Rucksack und überreicht Beate ihre Visitenkarte. „Hier steht meine Nummer drauf. Er kann sich ja melden. Das kriegen wir geregelt.“
„Das ist total nett von dir. Das Flugbuch darf auf keinen Fall verlorengehen. Deshalb mag ich es ungern mit der Post schicken.“
„Ich bestelle mir ein Taxi zum Hafen“, verkündet Elfie, als sie ihr Brötchen mit Käse gegessen und ihren Kaffee ausgetrunken hat.“
„Das brauchst du nicht. Ich fahre dich. Muss ohnehin einkaufen.“
„Wirklich? Danke. Das ist ja super.“
„Wir sollten gleich los, damit du die Fähre nicht verpasst.“
Elfie nimmt das Flugbuch von Carsten entgegen und verstaut es in ihrem Rucksack.
Zehn Minuten später sitzt sie mit Beate am Steuer in einem Kombi.
„Bist du Weihnachten noch auf Borkum?“, fragt Beate und startet das Auto.
„Nein, kurz vorher reise ich zurück nach München. Die

Feiertage verbringe ich mit meinen Eltern und meinem Bruder."
„Schade. Carsten holt uns mit dem Flieger einen Tag vor dem Heiligen Abend auf die Insel. Wir feiern mit ihm und meinem Vater zusammen Weihnachten in unserem Ferienhaus. Die Jungen lieben das."
„Ihr habt es gut. Den Urlaub immer direkt vor der Haustür."
„Du doch auch. Von München ist es ein Katzensprung in die Berge. Sicher läufst du Ski, oder?"
„Nein. Ich fahre nur Schlitten", gibt Elfie zu.
„Selbst das können wir hier oben nicht. Ganz selten schneit es überhaupt mal." Beate stoppt vor dem Terminal und steigt aus, um Elfies Gepäck aus dem Kofferraum zu holen. Zum Abschied umarmt sie Elfie. „War schön, dich kennenzulernen. Hab viel Spaß auf der Insel."
„Danke für alles. Grüße an Jakob und die Jungen." Elfie ist gerührt über Beates Geste. Bisher hat sie geglaubt, die Ostfriesen genießen eher den Ruf, eigenwillig zu sein und sich nicht sofort mit jedermann zu befreunden. Auf Menschen, die nicht aus dem Norden stammen, kann das mürrisch wirken, auch wenn es nicht so gemeint ist. Über die legendären Ostfriesenwitze konnte Elfie nie lachen und fand sie einfach nur diskriminierend. Beate und Jakob bestätigen das Vorurteil über die Art der Norddeutschen jedenfalls nicht. Elfie hat den Eindruck, neue Freunde gefunden zu haben, auch wenn es sich zukünftig schwierig gestaltet, sich wiederzusehen. Zum Glück gibt es WhatsApp zum Austausch. Auf Elfies Smartphone sind Jaboks und Beates Nummer gespeichert.
Da das Zugticket gleich die Überfahrt mit der Fähre beinhaltet, bleibt Elfie das Stehen in der Warteschlange am Schalter erspart. Gerne hätte sie die bevorstehenden zweieinhalb Stunden Reisezeit nach Borkum draußen an Deck verbracht. Leider weht ein eisiger Wind. Eine Erkältung will Elfie nicht riskieren, denn sonst wäre die Teilnahme an Cordulas Geburtstagsfeier in Gefahr. Sie ist

froh, dass das Laufen ohne Stiefel auf dem Bahnsteig bisher keine negativen Folgen nach sich zieht.
Im Inneren der Fähre ist es dagegen angenehm warm. Nie hätte Elfie es für möglich gehalten, einen Sitzplatz suchen zu müssen. Dass um diese Jahreszeit derartig viele Menschen die Insel besuchen, verwundert sie. Handelt es sich schon um Weihnachtsurlauber?
Nach längerer Ausschau entdeckt Elfie eine Lücke auf einer Bank und quetscht sich zwischen eine ältere Frau und einen jungen Mann, der pausenlos auf seinem Smartphone herumhämmert. Dabei fällt Elfie ein, Tante Cordula ihre Ankunft mitzuteilen und entdeckt eine Nachricht von Monika:

Liebe Elfie,
danke für Dein Verständnis und Deine coole Reaktion. Felix hat Dir als Wiedergutmachung ein Bild gemalt. Du kannst es im Anhang öffnen. Schöne Ferien und herzliche Grüße,
Monika

Kurz darauf schmunzelt Elfie und ist gerührt, als sie Felix' Malkünste begutachtet. Er hat sich anscheinend selbst dargestellt und zwar als gestiefelter Kater. In krakeligen Buchstaben prangt darunter das Wort *Entschuldigung*. Wahrscheinlich hat Monika ihrem Sohn beim Schreiben geholfen. Damit ist für Elfie diese Angelegenheit erledigt.
Die Frau neben ihr gibt plötzlich Schnarchgeräusche von sich. Ihr Kopf fällt auf Elfies Schulter, die nicht so recht weiß, wie sie darauf reagieren soll. Um das lästige Übel loszuwerden, müsste sie aufstehen und ihren Platz aufgeben. Diesen Gedanken verwirft Elfie sogleich.
Plötzlich wendet sich ihr männlicher Nachbar an sie. „Halten Sie der Alten einfach die Nase zu, damit sie aufwacht. Die zersägt sonst das ganze Schiff. Ist ja nicht zum Aushalten.“ Da Elfie nicht sofort reagiert, greift er über sie hinweg und erledigt es selbst.
Die Frau schnappt einige Male nach Luft, ohne die Augen

zu öffnen, und schnarcht weiter.
„Ein hoffnungsloser Fall, wie mir scheint“, stellt der Mann klar und lächelt Elfie Zustimmung heischend an.
„Schlimmer ist ihr schwerer Kopf auf meiner Schulter. Er fühlt sich wie ein Sack Kartoffeln an.“
„Sollen wir die Plätze tauschen?“, bietet der Typ an.
„Danke, nach meiner Uhr erreichen wir in fünfzehn Minuten den Hafen von Borkum. Solange halte ich durch.“
„Okay.“ Damit ist die Konversation beendet, denn der Typ stopft sich Kopfhörer in die Ohren und schreibt wieder auf seinem Smartphone.
Bevor Elfie von dem Geschnarche taub wird, ergreift sie doch vorzeitig die Flucht nach draußen.
Die Fähre hat inzwischen ihren Motor gedrosselt und läuft im Hafen ein.
Elfie zieht ihren Schal bis unter die Nase.
Der Wind bläst stärker als auf dem Festland, und auch die Temperatur erscheint ihr niedriger.
Vom Hafen aus steigt Elfie in die Borkumer Kleinbahn um.
Die mit Biodiesel betriebene Schmalspurbahn ist glücklicherweise beheizt, und sie ergattert in einem der bunten Waggons einen Platz am Fenster. Sie erinnert sich gut an diese Inselattraktion, die die Passagiere in die Stadt bringt. Damals waren Hannes und sie als Kinder total begeistert von diesem Zug. So beginnt Elfies Aufenthalt mit einer Fahrt durch Dünen, Salzwiesen und Wald. Die herrliche Aussicht bewirkt, dass sich Elfie endlich zu entspannen beginnt, und die Vorfreude auf das Wiedersehen mit Tante Cordula die Strapazen der Reise vergessen lässt.
Schließlich erreicht der Zug sein Ziel, und ehe sich Elfie versieht, wird sie von hinten auf den Bahnsteig geschubst. Manche Drängler kennen einfach keine Rücksicht.
„Huhu, hier bin ich“, ruft eine vertraute Stimme, und Elfie entdeckt Cordula, die wild mit den Händen fuchtelt.
Gleich darauf liegen sie sich in den Armen und reden

durcheinander.
„Wie war die Überfahrt? Wie hast du im Anker geschlafen? Wie geht es dir nach der chaotischen Reise?“, prasseln die Fragen von Tante Cordula wie kirschgroße Hagelkörner auf Elfie nieder.
„Erzähle ich dir alles. Können wir erst einmal zu dir gehen? Ich muss ganz nötig auf ein Örtchen.“
„Ja, natürlich. Ich habe das Geschäft über Mittag geschlossen, und das Essen von gestern wärmen wir auf.“
„Obwohl ich gut gefrühstückt habe, verspüre ich Hunger.“
„Ja, das Hotel Anker ist bekannt für sein üppiges Büffet.“
„Ich war gar nicht dort“, beichtet Elfie.
„Nicht? In welchem Hotel denn dann?“
„In gar keinem. Das sage ich dir später.“
Cordula schaut erstaunt. „Da bin ich gespannt.“
An den genauen Weg zu Cordulas Haus erinnert sich Elfie nicht mehr, nur, dass es irgendwo mitten im Zentrum liegt. Wenn Elfie gedacht hat, auf Borkum gäbe es keine Weihnachtsstimmung, wird sie eines Besseren belehrt. In den Gassen hängt überall Weihnachtsschmuck in den Bäumen oder an den Laternen, und die Geschäfte sind festlich dekoriert. Glühweinstände gibt es ebenfalls. Hier lässt das Weihnachtsherz nichts vermissen.
Der Fußmarsch dauert gerade mal gefühlte fünf bis zehn Minuten.
Die Tante schließt die Ladentür ihres roten Backsteinhauses auf und bittet Elfie hinein. Gleich hinter dem Verkaufsraum befindet sich eine kleine Toilette, die Elfie direkt aufsucht.
Eine Etage darüber liegt der Wohnbereich, der über eine rückwärtige Treppe außerhalb des Ladens zu erreichen ist. Mit vereinten Kräften hieven Elfie und ihre Tante den Koffer in den ersten Stock.
„Hast du Weihnachtskugeln aus Blei mitgebracht?“, fragt Cordula und lacht.
„Die Winterklamotten sind einfach schwerer als Sommerkleidchen“, verteidigt sich Elfie.

Die Räume in der ersten Etage sind zwar zahlreich, aber winzig, dafür urgemütlich. Vor allem ihr Gästezimmer entzückt Elfie mit dem rosaroten Himmel über dem Bett.
„Ich habe den Raum im vorigen Jahr renoviert", erklärt Cordula mit stolzer Stimme.
„Wirklich schön geworden. Allerdings habe ich vergessen, wie es vorher aussah", räumt Elfie ein.
„Verständlich. Als du das letzte Mal auf der Insel warst, musst du zwölf oder dreizehn gewesen sein."
„Stimmt. Im Laden scheint es auf den ersten Blick keine Veränderung zu geben."
„Dort habe ich nur die Regale ab und zu ausgetauscht. Ich hatte mal die Waren umdekoriert und prompt von Urlaubern Schelte erhalten, weil die Kinder die Lutscher nicht mehr an ihrem gewohnten Platz fanden. Danach habe ich alles wieder umgeräumt."
Elfie kichert. „Gibt es die Himbeerlutscher noch?"
„Was glaubst du denn?" Cordula öffnet den antiken Kleiderschrank. „Hier darfst du deine Sachen hineinhängen. Handtücher liegen im Bad. Leider gibt es nur eines in dieser Etage, das sich die Gäste teilen müssen. Ich wohne nach wie vor im Dachgeschoss. Solange meine Knie mitmachen, bleibe ich oben."
„Ich bin neugierig, ob ich dort etwas wiedererkenne. Darf ich mich vor dem Essen kurz frischmachen?"
„Natürlich. Wenn du fertig bist, komm einfach nach."
Zehn Minuten später erklimmt Elfie die Stufen zur obersten Etage und betritt Cordulas Reich. Dicke, weiche Teppiche schmeicheln Elfies Füßen, die sich ihrer Schuhe entledigt hat, und ihr Blick fällt sofort auf die Vitrine, die die Porzellanfiguren beherbergt. Schnell registriert ihr Auge, dass es erheblich mehr geworden sind, aber sich ihr Geschenk nicht darunter befindet. Welche Erleichterung.
Der Essbereich ist durch einen Rundbogen vom Wohnraum abgetrennt, und der Tisch liebevoll für zwei gedeckt. Es gibt sogar Stoffservietten passend zur gelben Tischdecke und Rosen mit Tannenzweigen in der Vase.

„Hast du das extra für mich so schön dekoriert?", fragt Elfie.
„Sicher, für wen sonst? Siehst du hier jemand anderen?", scherzt die Tante. „Schließlich träume ich schon seit vielen Jahren von deinem Besuch. Das muss gefeiert werden, dass es endlich geklappt hat." Sie holt eine Schüssel aus der Küche und stellt sie mitten auf den Tisch. Dampf steigt aus ihr auf, und ein köstlicher Duft strömt unter Elfies Nase.
„Was hast du uns gekocht?"
„Es ist ein Eintopf mit Rinderfilet, Würstchen, Linsen, Suppengemüse und Kartoffeln. Ich hoffe, es schmeckt dir. Magst du ein Bier oder ein Glas Wein dazu?"
„Lieber keinen Alkohol. Den heben wir uns für heute Abend auf. Ich nehme an, du musst nach der Pause zurück in den Laden", vermutet Elfie.
„Ja, leider habe ich heute Nachmittag geöffnet. Meine Aushilfe hat mich im Stich gelassen, die mich vertreten sollte."
Während des Essens erzählt Elfie von ihren kuriosen Reiseerlebnissen und erwähnt auch das Malheur mit ihrer Zehe.
„Willst du sie nachher vorsichtshalber im Krankenhaus röntgen lassen?", schlägt Cordula vor.
„Nein. Ich glaube nicht, dass sie gebrochen ist. Beate, von der ich dir berichtet habe, hat mir eine schmerzstillende Salbe darauf getan und mitgegeben. Die Zehe tut kaum noch weh."
„Okay, was magst du unternehmen, wenn ich im Laden bin?"
„Ich helfe dir."
„Das ist lieb. Du bist jedoch so kurz hier, dass du die Zeit auf der Insel besser nutzen solltest. Wenn es deine Zehe erlaubt, wäre ein Spaziergang auf der Strandpromenade eine wunderbare Option. Allerdings mit Mütze und Schal. Der Wind ist momentan ungewöhnlich kalt."
„Ich habe wahrscheinlich später eine Verabredung."

Irritiert setzt Cordula ihr Glas Apfelschorle ab, das sie offenbar gerade an ihren Mund führen wollte.
„Du kennst jemanden auf Borkum?“
„Nein, nicht direkt. Beate hat mich gebeten, ihrem Bruder sein Flugbuch zu übergeben, das er bei ihr liegengelassen hat.“
„Er ist Pilot?“
„Ja.“
„Wie heißt er?“ Cordulas Stimme klingt skeptisch.
„Carsten Harms.“
„Ach, der.“
Elfie beobachtet, wie Cordulas Gesichtszüge sich verkrampfen. Was hat das zu bedeuten? „Kennst du ihn?“
„Ich weiß, wer er ist.“
„Das hört sich an, als könntest du ihn nicht leiden.“
„Er kauft ab und zu in meinem Laden ein Flugmagazin.“ Mehr zu diesem Thema spuckt Cordulas Mund nicht aus, und Elfie hakt intuitiv nicht weiter nach. Damit Cordula ihr Geschäft pünktlich öffnen kann, übernimmt Elfie das Abräumen des Tisches. Danach entleert sie ihren Koffer und hängt ihre Kleidung in den wunderschön mit Intarsien verzierten Eichenholzschrank und versteckt das Geschenk für ihre Tante hinter der Wäsche.
Plötzlich meldet sich ihr Smartphone. Ob es der Pilot ist? Elfies Vermutung wird bestätigt.
„Hallo, hier ist Carsten Harms. Entschuldigen Sie bitte die Störung. Meine Schwester Beate hat mir Ihre Nummer gegeben. Sie haben mein Flugbuch, stimmt's?“
„Ja.“
„Wäre es möglich, es mir zum Flugplatz zu bringen?“
Der Typ hat Nerven. Wie soll sie dorthin kommen?
„Hallo? Sind Sie noch da?“ Carstens Stimme weist Ungeduld auf.
„Ja. Ich bin nicht mit dem Auto hier.“
Zu Elfies Erstaunen lacht Beates Bruder.
„Dafür benötigen Sie kein Auto. Der Flugplatz liegt gerade mal zwei Kilometer vom Stadtzentrum entfernt, und es

gibt eine Busverbindung. Oder Sie leihen sich ein Fahrrad."

„Sonst noch irgendwelche Wünsche?", hakt Elfie irritiert nach. Dass die hilfsbereite Beate so einen Oberbefehlshaber zum Bruder haben könnte, hätte sie nicht vermutet.

Ganz ruhig antwortet der Pilot. „Nein, das wäre alles. Ich bin Ihnen sehr dankbar. Sie dürfen sich Zeit lassen, denn ich bin länger hier."

Bevor Elfie aufmuckt, ist Carsten aus der Leitung verschwunden. So ein Idiot. Anscheinend ist er es gewohnt, Befehle zu erteilen, denen andere gehorchen. Nicht mit ihr. Wenn das Flugbuch so wichtig für ihn ist, findet er einen Weg, es bei ihr abzuholen. Elfie ist davon ausgegangen, dass sie sich zur Übergabe in einem nahegelegenen Café treffen und Carsten sie auf einen Tee einlädt. Weit gefehlt. Beates Bruder hat sie sich sympathischer vorgestellt. Offenbar eine Fehleinschätzung.

Um sich abzureagieren, plant Elfie, wie von Tante Cordula vorgeschlagen, einen Spaziergang auf der Promenade. Die frische Luft wird ihren Groll wegblasen.

Der Gedanke an Carsten und sein Flugbuch ist fast verdrängt.

Elfie hat die Rechnung jedoch ohne Beate gemacht. Als sie gerade ihr Zimmer verlassen will, trudelt eine Nachricht auf WhatsApp ein:

Hi, Elfie,
mein Bruder hat mir eben mitgeteilt, dass Du ihm sein Buch sogar zum Flugplatz bringst. Das ist sooo nett von Dir, denn er bekommt sonst Ärger, wenn er es nicht bis heute Abend wieder in den Flieger zurücklegt. Noch hat sein Chef den Verlust nicht bemerkt.
Wie war Deine Überfahrt? Ich hoffe, nicht zu stürmisch.
Es grüßt Dich herzlich,
Beate

Oh, nein. Jetzt sitzt Elfie in der Zwickmühle. Wie

schlängelt sie sich aus der Nummer heraus, ohne Beate zu enttäuschen? Warum verhält sich Carsten so machomäßig? Plötzliche Neugierde auf diesen Kerl ist in Elfie geweckt. Sie wird diesem ungehobelten Klotz das Flugbuch liefern, steckt den Gegenstand seiner Begierde innen in ihre Daunenjacke, die über eine große Tasche verfügt, und steigt die Treppen zum Laden hinab.

„Na, hast du dich zu einem Spaziergang entschlossen?“, fragt Cordula, die sich ganz allein im Verkaufsraum befindet.

„Mehr oder weniger unfreiwillig.“ Elfie berichtet von Carstens Anruf und seiner Forderung.

„Von dem habe ich nichts anderes erwartet.“

Elfie runzelt die Stirn. „Wieso?“

„Der Apfel fällt nicht weit vom Stamm. Er scheint seinem Vater zu ähneln.“

„Davon musst du mir unbedingt Näheres erzählen“, verlangt Elfie. „Jetzt sollte ich mich beeilen, bevor es draußen dunkel wird. Weißt du, wann der nächste Bus zum Flugplatz fährt?“

„Den hast du um einige Minuten verpasst. Im Winter endet der Betrieb früher als im Sommer. Du darfst mein Fahrrad benutzen. Es steht im Gartenschuppen, und durchs Tor bist du gleich auf der richtigen Straße. Nach rechts geht es in Richtung Flugplatz und dann immer den Wegweisern nach. Vergiss nicht, den Helm aufzusetzen“, ruft Cordula Elfie hinterher, die darüber schmunzelt. Für die Tante ist sie offenbar immer noch das kleine Mädchen von damals.

♥

KAPITEL 6

Elfie strampelt auf dem Fahrrad gegen den Wind an, der schneidend in ihr Gesicht bläst und ihre Nase rötet. Auf was hat sie sich da eingelassen? Ihre Zehe schmerzt wieder beim Treten in die Pedale. Von der nunmehr weihnachtlich erleuchteten Stadt nimmt Elfie kaum etwas wahr. Erst als sie durch die Dünen radelt, keimt trotz der Kälte so etwas wie Urlaubsfeeling auf. Die Bewegung tut außerdem ihrem Kalorienkonto gut, das sie seit gestern mächtig überzogen hat. Bei Beate hatte sie einen Nachschlag von der Lasagne nicht verschmäht, und auch eben bei Tante Cordula mit gutem Appetit zugeschlagen. Dabei stehen die Weihnachtsfeierlichkeiten mit all ihren Leckereien erst bevor. Jedes Jahr kosten sie Elfie mindestens zwei Kilos, die es nach Silvester wieder abzuspecken gilt. Glücklicherweise sitzt Claire regelmäßig mit im Diätboot. Im Büro knabbern sie drei bis vier Wochen im Januar an Knäckebrot mit Quarkaufstrich und Salatblättern. Geteiltes Leid ist halbes Leid. Manchmal raffen sie sich sogar nach der Arbeit ins Hallenbad auf und schwimmen zwanzig Bahnen. Ob Claire das noch mitmacht, wenn sie eines Tages mit einem Mann zusammenwohnt? Freundschaften verändern sich oft, wenn plötzlich ein Partner ins Spiel kommt. Claires derzeitiger Favorit gräbt bereits am Wochenende die Zeit ab, die Claire sonst mit Elfie verbracht hat.
Sie vermisst die Aktivitäten mit der Freundin.

Keine Kinobesuche mehr mit Popcorn, keine Mädelsabende mit Chips, Schokolade und Liebesfilm, keine Shoppingtouren am Samstagvormittag mit anschließendem Essen im Kartoffelhaus.
Während der Woche haben Elfie und Claire am Abend selten Lust auf Unternehmungen. Je nach Laune trinken sie nach dem Ausschalten des PCs ein Glas Tee miteinander, um dann jede für sich nach Hause zu gehen.
Wie schön wäre es, wenn Elfie auch einen Freund hätte und sie zu viert Ausflüge machen würden.
Claire bietet Elfie zwar oft an, gemeinsam etwas zu unternehmen, wenn ihr Anhang in München ist, aber es liegt ihr fern, als drittes Rad am Wagen zu fungieren. Verliebte Pärchen sind vielen Singles ein Gräuel.
Elfies Gedanken kehren zurück zur Realität und konzentrieren sich auf das Ziel, den Verkehrslandeplatz, der auf einmal hinter einer Düne auftaucht.
Fünf Minuten später stellt sie das Rad in einem Ständer neben dem Turm ab. Zu ihrer Überraschung ist das Gelände größer als gedacht. Sie betritt das Gebäude mit Wartebereich für die Passagiere und sieht sich um. Der Raum zeichnet sich durch Menschenleere aus. Vermutlich starten und landen heute keine Flieger mehr.
„Suchen Sie jemanden?“, fragt eine Stimme hinter Elfie, die sich nach ihr umdreht.
Ein älterer Mann grinst sie freundlich an.
„Ja, Carsten Harms. Wo finde ich ihn?“
„Aha.“ Der Mann mustert Elfie von oben bis unten, bevor er antwortet: „Eine neue Flugschülerin? Carsten ist drüben im Hangar.“ Er deutet mit der Hand zur Tür, die aufs Vorfeld führt.
Elfie bedankt sich und eilt nach draußen. Sie will so schnell wie möglich zu Tante Cordula zurück, denn die
Dämmerung bricht herein. Im Dunkeln durch die Dünen zu radeln, ist keine angenehme Vorstellung.
Der Hangar ist verschlossen. Leise Geräusche dringen an Elfies Ohr. Folglich befindet sich jemand im Inneren. Sie

hämmert an den separaten Eingang neben dem Rolltor. Keine Reaktion. Allmählich reicht es Elfie. Soll sie das Flugbuch einfach im Turm abgeben? Das scheint auf den ersten Blick die einfachste Lösung. Allerdings könnte Elfie an Carstens Chef geraten und ihn damit verpetzen, denn sie weiß schließlich nicht, wie er aussieht. Das darf sie Beate nicht antun, die auf Elfies Loyalität vertraut.
Einer Eingebung zufolge ruft Elfie auf ihrem Smartphone Carstens Nummer auf. Es läutet im Hangar. Also ist er anwesend. Warum öffnet er die Tür nicht?
„Hallo", meldet sich Carsten endlich.
„Hier ist Elfie. Ich stehe vor dem Hangar. Warum machst du nicht auf?" In ihrer aufsteigenden Rage duzt sie ihn, ohne nachzudenken.
„Oh, entschuldige. Ich komme sofort an die Tür."
Keine drei Sekunden später steht Carsten Harms vor ihr. Er trägt einen mit Öl verschmierten Overall, und schwarze Flecken in seinem Gesicht deuten auf eine schmutzige Tätigkeit hin. Seine kastanienbraunen Augen blitzen. „Hereinspaziert", begrüßt er Elfie. „Meine dreckige Hand reiche ich dir lieber nicht. Es tut mir leid, dass ich dein Klopfen nicht gehört habe. Ich schraube an einem Flieger. Er ist kaputt und muss morgen wieder startfähig sein. Das dauert womöglich die ganze Nacht. Deshalb finde ich es super, dass du extra gekommen bist, um mir das Flugbuch zurückzugeben."
Mit dieser Einleitung nimmt er Elfie den kompletten Wind aus den Segeln.
Ihr Groll verraucht wie eine Feuerstelle, auf die jemand einen Eimer Wasser gießt. Carsten hat sie nicht aus Bequemlichkeit und Schikane zum Flugplatz beordert, sondern, weil er eine Nachtschicht einlegen muss, um die Maschine wieder flott zu kriegen. Elfie kapiert, dass ein Ausfall des Gerätes Finanzeinbußen für die Fluglinie zur Folge hätte.
„Ich war deiner Schwester einen Gefallen schuldig", stellt Elfie klar und zieht aus ihrer Jacke das Buch.

„Leg es bitte dort drüben auf den Tisch. Ich will es nicht mit Öl besudeln, denn es ist ein amtliches Dokument. Jedenfalls vielen Dank. Du hast etwas gut bei mir. Leider habe ich in diesem Schuppen nichts zum Anbieten. Das holen wir nach."

„Danke, aber daraus wird wohl nichts. Ich bin nur eine Woche auf der Insel und habe volles Programm."

„Vielleicht hast du trotzdem ein bisschen Zeit, und ich zeige dir die Insel als kleines Dankeschön aus der Luft."

Elfie wird sofort flau im Magen. „Du meinst einen Rundflug?"

„Ja. Ich schenke dir einen für deine Hilfe."

„Nicht nötig. Trotzdem danke für dein Angebot." Niemals wird sich Elfie in solch ein Höllengerät setzen, geschweige denn damit in die Luft steigen. Dagegen wäre eine Achterbahnfahrt sicher harmlos. Von ihren Phobien verrät sie Carsten jedoch nichts. Vor diesem Piloten will sich keine Blöße geben, zumal ihr seine Einladung schmeichelt. Unter normalen Umständen wäre es aufregend, neben Carsten die Welt von oben zu betrachten. Wer erhält schon solch eine Gelegenheit? Zu schade, dass Elfie eine Angsthäsin ist. Schon längst wollte sie in einem entsprechenden Seminar dagegen ankämpfen.

„Vielleicht überlegst du es dir in den nächsten Tagen." Carsten scheint die Hoffnung nicht aufzugeben. Abrupt wechselt er das Thema. „Bist du mit dem Bus hierhergefahren?"

„Nein, den Letzten habe ich verpasst."

„Hast du etwa ein Taxi genommen? Ich erstatte dir die Hin- und Rückfahrt natürlich."

„Nein. Ich habe mir das Rad meiner Tante ausgeliehen."

„Cordulas?"

„Ja." Täuscht sich Elfie oder verfinstert sich Carstens Miene? Cordula war umgekehrt nicht gut auf ihn zu sprechen. Folglich mögen sie sich nicht. Aber was ist der Grund?

„Ich wusste nicht, dass sie eine Nichte hat", meint Carsten.

„Sie ist nicht mit mir verwandt, sondern meine Patentante. Meine Mutter war mit ihr früher eng befreundet“, erklärt Elfie und bereut ihre Redseligkeit kurz darauf, als Carsten nachhakt:“ Und warum sind sie es nicht mehr?“
Seine Neugierde geht Elfie zu weit. Außerdem weiß sie die Antwort selbst nicht. „Ich muss los, bevor es dunkel ist. Viel Erfolg für die Reparatur.“
„Danke nochmal für das Flugbuch und schöne Ferien auf Borkum“, wünscht Carsten.
Der Rückweg gestaltet sich schneller, da der Wind mithilft. Als Elfie im Laden von Cordula eintrifft, macht die Tante Kassensturz. „Alles erledigt?“
„Ja, ich bin das Flugbuch los.“
Cordula schaut vom Geldzählen hoch. „Du siehst aus wie Rudolf Rotnase. Wie wäre es mit einer heißen Dusche und anschließend einem echten Friesentee?“
„Da sage ich nicht nein. Seit ich München verlassen habe, friere ich unentwegt.“
„Dann nichts wie unter das warme Wasser. Ich komme gleich nach, verriegle nur noch die Tür.“

Wie neu geboren fühlt sich Elfie nach dem Brausen.
Tante Cordula hat bereits die Teekanne auf einem Stövchen auf dem Wohnzimmertisch platziert. Auch der braune Kandiszucker, genannt Kluntje, fehlt nicht und Weihnachtsplätzchen.
„Du hast für mich gebacken?“, erkundigt sich Elfie.
Cordula lacht. „Die sind gekauft. Für Plätzchen habe ich tatsächlich nicht die Zeit. Für meinen Geburtstag befinden sich allerdings einige Torten in der Tiefkühltruhe, die ich selbst fabriziert habe.“
Elfie beobachtet ihre Tante, wie sie mit einer Art Minisuppenkelle entgegen dem Urzeigersinn Sahne am Rand der mit Tee befüllten Tassen entlang einträpfelt. Diese sinkt ab und steigt in kleinen Wolken wieder nach oben.
Cordula reicht Elfie eine Tasse. „Nicht umrühren.“
„Wieso nicht?“

Die Tante erklärt es ihr: „Damit bei jedem Schluck ein anderer Geschmack hervorsticht. Zuerst die Sahne, dann der Tee und zum Schluss der Kandiszucker."
Elfie probiert und bestätigt den einzigartigen Teegenuss. An diese Kultur kann sie sich gewöhnen.
„Du darfst mir gerne Aufträge erteilen. Ich helfe dir bei den Vorbereitungen", bietet Elfie an.
„Das ist lieb. Vielleicht magst du die Betten in den anderen beiden Gästezimmern beziehen. Meine Freundinnen haben sich für Freitag angesagt."
„Welche Freundinnen?"
„Meine uralte Clique aus der Schule. Uns nannte man das kichernde Kleeblatt. Die Lehrer waren nicht gut auf uns zu sprechen, weil wir ständig im Unterricht gequatscht und gelacht haben."
„Hört sich lustig an. Die reisen extra zu deinem Geburtstag an? Krass."
„Ich freue mich sehr darüber. Wir haben den Kontakt nie abreißen lassen, uns jedoch sehr selten in den letzten dreißig Jahren gesehen. Ab und zu haben die beiden mal Urlaub mit ihrer Familie hier auf Borkum gemacht, aber nicht bei mir gewohnt, sondern bei ihren Verwandten. Wir Frauen haben uns dann mal allein zum Essen getroffen. Das war immer schön."
„Ich bin gespannt, das restliche Kleeblatt kennenzulernen. Wie heißen deine Freundinnen?"
„Astrid und Karla."
„Wo wohnen die beiden inzwischen?"
„Astrid in Hamburg und Karla in einem Dorf nahe Hannover."
„Warst du auch auf ihren 50. Geburtstagen?"
„Nein, ich bin die Älteste."
„Bleiben sie solange wie ich?", setzt Elfie ihr Verhör fort.
„Nein, am Sonntag fahren sie wieder. Wir treffen uns bereits in sechs Wochen bei Karla wieder, die als Nächste ihren runden Geburtstag feiert."
Elfie knabbert an ihrem fünften Keks. Sie fühlt sich wohl

in Cordulas Gesellschaft und versteht nicht, was ihre Mutter an der Tante auszusetzen hat. Der Moment, nach dem Grund zu fragen, ist noch nicht reif. Offensichtlich meidet Cordula das Thema und fragt nicht einmal nach Marion und Robert, nur was Hannes inzwischen treibt. Deshalb beschließt Elfie, sich eine Weile zu gedulden. Vielleicht bringt ein Zufall sie auf die Spur in die Vergangenheit. Möglicherweise führt der Weg über Astrid und Karla. Jemanden auszuhorchen, ist schon immer eine Spezialität von Elfie gewesen. Allerdings benötigt sie dafür eine günstige Gelegenheit, damit das Interesse an einem bestimmten Thema oder einer Person nicht allzu offensichtlich erscheint. Ein Opfer zum Üben ist Claire, die alles ausspuckt, was Elfie über sie und ihre Beziehung wissen will. Manchmal findet sie es sogar unangenehm, fast jedes Detail darüber zu kennen. Da Claire keine weibliche Bezugsperson zuhause hat, ist Elfie als Freundin ihre Vertraute. Wahrscheinlich hat Elfie deswegen leichtes Spiel. Wie dem auch sei: Es gilt bis zum Ende ihres Borkum-Aufenthaltes, das Motiv für den Zwist von Cordula und ihrer Mutter aufzudecken.

♥

KAPITEL 7

Als Elfie am nächsten Morgen aus dem Fenster ihres Zimmers schaut, präsentiert sich der Himmel verhangen und grau. Was soll sie heute, außer Betten zu beziehen, anstellen? Tante Cordula schmeißt ihren Laden und hat wahrscheinlich bis auf die Mittagspause keine Zeit für sie. Es bleiben ein Bummel durch die Stadt und ein Einkauf für das Mittagessen. Elfie hat angeboten zu kochen und Cordula damit zu entlasten.

Ob Carsten es geschafft hat, seine Maschine zu reparieren? Was interessiert sie sich überhaupt dafür? Sein Pilotenschicksal sollte ihr egal sein. Im Nachhinein ist sie tatsächlich froh, ihm wenigstens den Ärger mit dem Flugbuch erspart zu haben. Elfies erstem negativen Eindruck am Handy zum Trotz wirkte er im Hangar durchaus sympathisch. Wie Carsten wohl ohne Overall und verschmiertem Gesicht ausschaut? Das wird sie nicht mehr erfahren, es sei denn, sie würde sich überwinden und seine Einladung zum Rundflug annehmen. Diese Möglichkeit scheidet allerdings aus. Zwar ist Elfie bereits mit größeren Linienflugzeugen in Urlaub geflogen, hat aber vorher Beruhigungstabletten geschluckt. Das käme in der kleinen Maschine neben Carsten komisch, wenn sie im Halbschlaf vor sich hindösen würde, während er ihr die Welt unter ihnen erklärt. Elfie überlegt. Wofür gibt es Facebook? Vielleicht hat Carsten dort einen Account.

Elfie gibt auf der Plattform seinen Namen ein, der leider

häufiger vorkommt. Erst beim fünften Klick wird sie fündig. Auf dem Hintergrundfoto ist der Borkumer Flugplatz zu erkennen und als Beruf Pilot angegeben. Leider trägt Carsten auf dem Profilfoto eine typische Fliegerbrille und eine tief in die Stirn gezogene Kappe. Sein Gesicht ist deshalb nicht gut zu erkennen.
Trotzdem übt das Foto eine gewisse Anziehungskraft aus. Soll Elfie es wagen und ihm eine Freundschaftsanfrage schicken? Oder käme das zu plump? Ihr fällt eine andere Idee ein. Sie sucht nach Beate und Jakob und erkennt beide sofort anhand ihres Profilbildes.
Von Beate erhält Elfie wenige Minuten später eine Annahme und eine Nachricht:

Hallo Elfie,
was für eine coole Überraschung. Auf die Idee, Dich hier mit mir zu vernetzen, hätte ich auch kommen können. So bleiben wir zusätzlich in Verbindung. Was hast Du heute vor?
LG Beate

Elfie schreibt sofort zurück, dass das Wetter keine großartigen Ausflüge draußen zulässt und sie ihre Tante unterstützt.

Als Krankenschwester rate ich Dir trotzdem, ans Meer zu gehen. Die Seeluft hat einen positiven Einfluss auf die Gesundheit. Viele Gäste, ob mit oder ohne Atemwegserkrankungen, wissen das spezielle Klima der Nordsee zu schätzen.

Beates Empfehlung leuchtet ein. Außerdem möchte Elfie den Strand wiedersehen, an dem sie damals mit ihrer Familie die Ferien verbracht hat.
Sie bedankt sich bei Beate für die Anregung und wünscht ihr einen schönen Tag.

Das Frühstück nimmt Elfie allein ein. Cordula ist längst im Laden, hat ihr jedoch alles bereitgestellt, angefangen vom

Kaffee in der Thermoskanne, über Wurst-und Käseplatte, bis hin zum frischgepressten Orangensaft und einem gekochten Ei mit Wärmemützchen. Elfie überfällt ein Hauch von Nostalgie. Sie hat es als Schulkind gehäkelt und es Cordula einmal zu einem Geburtstag geschenkt. Dass die Tante es aufbewahrt hat, ist wirklich rührend.
Den Einkaufszettel findet Elfie neben ihrer Kaffeetasse. Es sind nur wenige Posten, die Cordula nicht in ihrem Geschäft verkauft, im Wesentlichen Kräuter und Gewürze, die es im Bioladen gibt.
Für Cordulas Geburtstag möchte Elfie außerdem noch Blumen bestellen und Wunderkerzen besorgen. Die Tante hat es verdient, Aufmerksamkeit zu erhalten. Aus einem unerklärlichen Grund fühlt sich Elfie verpflichtet, die Missachtung ihrer Mutter Cordula gegenüber auszugleichen.
Elfie begrüßt sie kurz im Laden, um sich gleich auf den Weg zu machen. „Ich gehe spazieren und kaufe ein. Hast du noch einen Wunsch, der nicht auf dem Zettel steht?"
„Nein, da wir meinen Geburtstag abends im *Hotel Düne* feiern und dort verköstigt werden, benötige ich nichts mehr. Für unser Frühstück am Samstag habe ich alles, sogar eine Flasche Champagner zum Anstoßen."
In diesem Moment schwingt die Ladentür auf. „Moin moin", spricht eine Stimme, die Elfie bekannt vorkommt. Kein Wunder: Sie gehört zu Carsten, der lächelnd auf sie zusteuert und Cordula flüchtig zunickt.
„Moin", erwidert Elfie und bemüht sich um eine korrekte Aussprache. Diese in Friesland gebräuchliche Grußformel fühlt sich ungewohnt an. Wie die Tante ihr erläutert hat, heißt sie nicht, wie viele vermuten, *Guten Morgen*, sondern bedeutet *schön* oder *gut*. Die Norddeutschen wünschen sich damit also alles Gute und Schöne, egal ob morgens, mittags oder abends. Für Elfie macht das mehr Sinn, als das *Grüß Gott* in Bayern.
Zielgerichtet greift Carsten nach einem Magazin auf einem Stapel Zeitschriften und legt das passende Geld dafür vor

Cordula auf den Tresen. „Danke, Herr Harms." Danach wendet sie sich abrupt einer neuen Kundin zu, die nach der Tageszeitung verlangt.
Offenbar nutzt Carsten die Ablenkung der Tante, um mit Elfie ungestört zu reden. „Du siehst so aus, als wärest du auf dem Sprung nach draußen."
„Ich gehe einkaufen."
„Das trifft sich gut. Ich brauche deine Hilfe."
„Schon wieder?", kommt es Elfie forsch über die Lippen.
„Es betrifft deine Tante."
Elfie wird hellhörig und wittert eine interessante Information darüber, warum Cordula Carsten und seinem Vater nicht wohlgesonnen ist. Deshalb verlässt sie mit ihm widerstandslos das Geschäft, um fernab von Cordulas Ohren sofort nachzuhaken, um was es sich handelt.
„Schieß los. Womit kann ich dir dieses Mal dienen?"
Anscheinend überhört Carsten die Ironie in Elfies Frage. „Welche Blumen mag deine Tante und was nascht sie gerne?"
Irritiert schaut Elfie Carsten bei Tageslicht ins Gesicht. Ohne den Schmutz und die Ölschmiere entdeckt sie die Grübchen rechts und links im Mundwinkel, die besonders beim Lachen ihren Auftritt haben. Er trägt einen Drei-Tage-Bart, den Elfie äußerst sexy findet. Seine mit Lammfell gefütterte braune Lederjacke verleiht ihm die typische Fliegeroptik.
„Stimmt etwas an mir nicht? Habe ich einen Ölfleck auf der Stirn übersehen?", fragt er. Offensichtlich ist ihm Elfies Musterung nicht entgangen.
„Nein, nein. Ich habe einen Moment überlegt, welche Blumen Tante Cordula mag. Auf jeden Fall Rosen und Lilien."
„Und was für Schokolade?"
„Die mit der Kirsche im Schnaps."
„Danke. Das werde ich weiterleiten."
„An wen?" Elfie steht auf dem Schlauch.
„An meinen Vater."

In Elfies Gehirn arbeitet es. Wieso gedenkt Carstens Vater Tante Cordula etwas zum Geburtstag zu schenken, wenn sich die beiden nicht leiden können? Sie schluckt diese Frage hinunter. „Ich wusste gar nicht, dass sie in Verbindung stehen."
„Tun sie auch nicht, aber mein Vater ist 2. Bürgermeister von Borkum und kümmert sich bei den Einwohnern um die runden Geburtstage."
„Um den fünfzigsten? Bei uns fängt das nicht vor dem achtzigsten an."
„Wir Insulaner ticken eben anders als der Rest der Republik. Die isolierte Lage auf kleinem Raum bringt es mit sich, dass hier jeder jeden kennt und achtet, und dazu gehört die Gratulation zum Geburtstag."
„Auf alle Fälle eine nette Geste." Elfie traut dem Braten nicht und ist davon überzeugt, dass eine andere Absicht von Harms-Senior dahintersteckt. Nur was für eine?
Elfie wechselt das Thema. „Hast du den Flieger wieder flott gekriegt?"
„Ja, zum Glück. Bis Mitternacht habe ich an ihm herumgeschraubt, und heute Morgen ist mein Kollege damit bereits nach Emden gedüst."
„Du bist folglich nicht nur Pilot, sondern auch Mechaniker?"
Carsten nickt. „Auf einer Insel muss man alles beherrschen."
„Und was sagt deine Frau dazu, wenn du dir die Nächte im Hangar vertreibst?" Elfie ist überrascht für ihre eigene Forschheit.
Carsten schmunzelt in seinen Bart. „Mit anderen Worten, du willst wissen, ob ich Single bin?"
Ertappt. Ohne es zu verhindern, errötet Elfie. Wie peinlich, dass Carsten ihre Absicht sofort durchschaut hat. Am liebsten möchte sie wie ein Erdmännchen im nächsten Loch verschwinden.
Carsten wartet Elfies Reaktion erst gar nicht ab. „Für eine Beziehung habe ich keine Zeit. Mein Leben gehört der

Fliegerei. Mit ihr bin ich verheiratet. Jetzt muss ich auch zurück zum Platz. In einer halben Stunde habe ich eine neue Flugschülerin."
„Im Winter?"
„Ja, warum nicht? Unsere Flugschule bietet ganzjährig Ausbildungskurse und Sicherheitstraining an, vorausgesetzt, es stürmt oder schneit nicht."
„Wow, ich dachte, das sei nur in den Sommermonaten möglich."
Carsten grinst. „Du kannst sofort mit dem Unterricht anfangen."
Elfie findet seinen Vorschlag alles andere als lustig und verabschiedet sich.
„Sehen wir uns, bevor du abreist noch einmal?" fragt Carsten überraschenderweise.
„Wozu?"
„Mein Versprechen, dir Borkum von oben zu zeigen, gilt. Ich würde mich freuen."
Merkt der Kerl nicht, dass er Elfie quält? Ausweichend erwidert sie: „Das ist nett von dir, aber es ist nicht jeder flugbesessen."
„Heißt das etwa, du hast Angst?"
„Ich bin noch nie mit einer kleinen Maschine geflogen, und meine knappe Zeit gebührt Tante Cordula."
„Die nehmen wir einfach mit. Ich wette, sie hätte Spaß daran."
Das Gespräch fährt sich allmählich fest und endet in einer Sackgasse, aus der Elfie nicht mehr herauszukommen droht. „Der Geburtstag hat erst einmal Priorität. Ich melde mich, wenn es mit einem Rundflug passt."
„Okay, ich gebe mich vorläufig geschlagen, aber die Hoffnung nicht auf, dass wir uns wiedersehen." Spontan haucht Carsten Elfie einen Kuss auf die rechte Wange.
„Moin, moin." Dann verschwindet er um die nächste Ecke.
Um Carstens Auftritt erst einmal zu verarbeiten, läuft Elfie schnurstracks zur Strandpromenade, deren begehbarer Teil

sich zwischen *Café Seeblick* an Buhne 1 und der *Heimlichen Liebe* an Buhne 4 erstreckt und sich direkt an Borkums Zentrum anschließt. Hier ist der Treffpunkt für fast alle Besucher der Insel.
Elfie wundert sich über die zahlreichen Menschen, die trotz Wind und Kälte auf der sogenannten Wandelbahn, wie die Promenade genannt wird, flanieren.
Restaurants, Hotels und Cafés reihen sich hier aneinander und laden die Urlauber zum Konsumieren ein.
An kleinen Holzständen locken Sanddornglühwein, frische Waffeln oder deftige Delikatessen. Natürlich fehlen typische Warenangebote ebenso wenig, wie Mützen, Schals, Handschuhe oder Geschenkartikel.
Den Kalorien zum Trotz gönnt sich Elfie ein Tütchen mit gebrannten Mandeln, die buchstäblich himmlisch schmecken. Knabbert sie eben einen Tag länger nach den Feiertagen am Knäckebrot. Schließlich taucht eine Bude mit Gewürzen und getrockneten Kräutern auf. Hier arbeitet Elfie gleich Cordulas Einkaufszettel ab, denn der Stand gehört zu dem Delikatessenladen, den sie ohnehin aufgesucht hätte. Glücklicherweise führt sie einen Jutesack mit sich, um alles hineinzustopfen.
Nie hätte Elfie es für möglich gehalten, dass die Insel so viele Weihnachtsurlauber anzieht, die vermutlich nichts mit Bergen und Skilaufen am Hut haben, sondern den herben Charakter eines winterlichen Nordseestrandes bevorzugen.
Nach einer Weile ist plötzlich ein Motorengeräusch in der Luft zu hören.
Elfie sucht den Himmel ab und entdeckt einen kleinen Punkt am Horizont, der sich beim Nähern als Kleinflugzeug entpuppt. Ob Carsten der Pilot ist und seine neue Flugschülerin in die Geheimnisse des Fliegens einweiht? Fast keimt in Elfie Eifersucht hoch, dass sich die Fremde das Abenteuer traut und Carstens Aufmerksamkeit beansprucht.

♥

KAPITEL 8

Nachdem Elfie für Cordulas Gäste, Astrid und Klara, die Betten bezogen hat, widmet sie sich den Nachrichten auf ihrem Smartphone. Ihre Freundin Claire hat sie gänzlich vernachlässigt und holt es nun nach, ihr von ihren ersten Eindrücken auf der Insel zu berichten. Dabei verschweigt sie ihre Begegnung mit Carsten nicht.
Prompt reagiert Claire:

Wow, mich hat noch nie jemand zu einem Rundflug eingeladen. Den darfst Du auf keinen Fall versäumen. Du könntest tolle Bilder für unseren Internetauftritt schießen. Die Plattformen haben dringend ein Aufpeppen nötig. Wie alt ist denn Dein Pilot?

Typisch Claire. Sie denkt gleich ans Business in Verbindung mit potenziellen Dates mit attraktiven Männern.

Du weißt, dass ich mich nicht in so eine fliegende Kiste quetsche, höchstens im Koma, wenn ich gerettet werden müsste. Zu Deiner Frage: Er ist erstens nicht mein Pilot, und zweitens habe ich ihn nicht nach seinem Alter gefragt, schätze ihn aber auf Mitte dreißig. Zufrieden?

Claire:

Nicht ganz. Entspricht er Deinem Beuteschema? Finde ich ein Foto von ihm auf Facebook oder der Website der Fluglinie?

Elfie:

Keine Ahnung. Ich habe ihn auf Facebook gefunden, aber auf seinem Foto erkennt man sein Gesicht nicht.

Allmählich wird Elfie die Fragerei zu bunt.

Ich koche jetzt für Cordula und mich. Bis bald.
Gruß Elfie

Claire:

Immer verabschiedest Du Dich, wenn es spannend wird. Ich habe Dir von Korfu aus auch alles berichtet. Sei keine Spielverderberin und lass Deine Freundin an Deinen Borkumer Abenteuern teilhaben. Hier ist es nämlich langweilig. Mein Schatz trifft sich übers Wochenende mit seiner Familie. Zwar hat er mich gefragt, ob ich mitkommen will, aber ich habe auf die Verwandtschaft keinen Bock. So bleibe ich mit meinem Dad daheim.

Elfie schmunzelt und versteht ihre Freundin, die lieber mit ihrem Freund die Zweisamkeit suchen würde.

Wenn es etwas Neues zu erzählen gibt, melde ich mich. Versprochen. Schade, dass ich nicht in München bin. Wenn Du allein bist, hätten wir einen Mädelsabend verleben können.
Das haben wir leider solange nicht gemacht.

Claire reagiert nicht mehr darauf, und Elfie lässt es bei dem letzten Satz bewenden.
Ihren Eltern schickt sie eine kurze Mitteilung mit Bild von der Strandpromenade, schweigt sich jedoch über Tante Cordula aus.
Anschließend beginnt Elfie mit den Vorbereitungen für

den Kaiserschmarrn, den sich Cordula zu Mittag gewünscht hat und der ihr später köstlich schmeckt.
„Wie damals, als ich deine Mutter zum ersten Mal in München besucht habe“, schwärmt die Tante. „Ist das Marions Rezept?“
Elfie nickt. „Es stammt sogar von meiner Oma.“ Wäre jetzt die Gelegenheit beim Schopf zu packen und Cordula auszuhorchen? Sie scheint in Erinnerungen zu schwelgen.
Vorsichtig tastet sich Elfie vor: „Wie war das damals, als ihr euch kennengelernt habt?“
„Du meinst unsere erste Begegnung?“
„Ja. War das nicht irgendwo in den Bergen?“
„Genau, ich Flachlandtirolerin war in den Sommerferien mit einer Jugendfreizeit im Chiemgau. Bis dahin hatte ich die Alpen nur auf Postkarten oder im Fernsehen gesehen und war mächtig beeindruckt. Wir waren wandern und übernachteten auf einer Hütte, in der auch deine Mutter mit Mitgliedern des Deutschen Alpenvereins schlief. Beim Abendessen saß sie zufällig neben mir, und wir hatten sofort einen Draht zueinander. Von da an standen wir in ständigem Kontakt und haben uns viele Jahre lang gegenseitig geschrieben und besucht. Zuletzt habe ich sie hier auf Borkum getroffen, als sie mit Robert und euch Kindern Urlaub gemacht hatte.“
Cordula seufzt und schweigt.
Elfie wittert den richtigen Zeitpunkt, um das Rätsel zu lösen. „Warum habt ihr euch ...“
Das Läuten auf Cordulas Festnetz unterbricht Elfie.
„Entschuldige. Mal sehen, wer es wagt, uns in der Mittagspause zu stören“, meint sie sichtbar genervt. Ob Cordula selbst gerade das Bedürfnis hatte, über ihr Zerwürfnis mit Marion zu reden? Elfie scheint es so. Zu dumm, dass der Anruf im falschen Moment kam. Wie Elfie den Bruchstücken von Cordulas Unterhaltung mit dem anderen Gesprächspartner entnimmt, handelt es sich um jemanden vom *Hotel Düne,* um mit der Tante Details des Geburtstagsessens zu besprechen. Das wird dauern.

Derweil räumt Elfie die schmutzigen Teller in die Spülmaschine und stellt den Wasserkocher für den Ostfriesentee an. Es ist ein Ritual von Cordula, nach dem Essen einen zu trinken, wie bei vielen Insulanern.
Elfie wirft einen Blick aus dem Fenster. Dunkle Wolken schieben sich vor die Sonne, die eben noch geblinzelt hat. Dabei wollte sie eine Erkundungsrunde mit dem Fahrrad über die Dünen unternehmen. Bei Regen sicherlich kein Vergnügen. Kaum hat sie diesen Gedanken zuende gesponnen, setzt ein Platzregen ein, der mit lautem Getöse ans Küchenfenster platscht. Ob Carsten gerade im Flieger hockt? Warum denkt Elfie unentwegt an ihn? Sie sollte ihn aus ihrem Gedächtnis verbannen, denn ein Wiedersehen wird es nicht geben.
„Das war der Chefkoch vom Hotel", holt Cordula Elfie aus ihren Grübeleien in die Gegenwart zurück. „Er wollte wissen, ob es bei den 81 Personen bleibt."
„So viele?", fragt Elfie erstaunt.
„Gemessen an den Leuten, die ich auf der Insel kenne, sind es eher wenige. Es handelt sich um gute Freunde, treue Kunden und Lieferanten. Irgendwo musste ich eine Grenze ziehen, sonst kostet mich die Feier ein Vermögen."
„Das tut sie bestimmt jetzt schon." Elfie lauert darauf, ihr Gespräch dort fortzusetzen, wo es bei dem Anruf gestoppt wurde. „Da wäre es auf meine restliche Familie tatsächlich nicht mehr angekommen." Mit Spannung erwartet sie Tante Cordulas Reaktion.
Ihre Miene verfinstert sich auf einmal. „Mich ruft die Arbeit. Ab Morgen habe ich zwei Vertreterinnen, um mich ganz dir, Astrid und Karla zu widmen. Schließlich sehe ich euch so selten. Dir wünsche ich einen schönen Nachmittag."
Bevor Elfie etwas erwidert, ist Cordula im Flur verschwunden. Was tun bei diesem Mistwetter? Zu dumm, dass Elfie ihren Laptop nicht mitgenommen hat. Damit ließe sich die Zeit vertreiben. Claire hatte ihr jedoch

geraten, einmal wirklich abzuschalten und die Auszeit zur Erholung zu nutzen. Was bei dem Regen bleibt, ist ein Besuch im Hallenbad. Zum Glück ist der Badeanzug entgegen Claires Empfehlung in den Koffer gewandert. Wie Elfie von Cordula weiß, benötigt sie für den Besuch im Gezeitenland eine Kurkarte, die sie erst bei der Touristeninformation besorgen muss. Jeder Urlauber zahlt Kurtaxe, die erhoben wird, um beispielsweise die Strände zu pflegen oder Parkanlagen zu säubern. Nicht zuletzt wird damit ein buntes Unterhaltungsprogramm für die Gäste finanziert. Bei dieser Gelegenheit könnte Elfie einige Flyer für Travel & Date im Tourismusbüro hinterlegen. Diese Idee gefällt ihr, und sie packt ihre Badesachen zusammen. Einen Schirm leiht sie sich aus Cordulas Ständer im Flur.
Glücklicherweise hat der Wolkenbruch nachgelassen.
Trotzdem ist es draußen düster, sodass die Weihnachtsbeleuchtung in den Straßen bereits am frühen Nachmittag eingeschaltet ist.
Nach wenigen Minuten erreicht Elfie das Tourismusbüro und löst bei einem jungen Mann die Kurkarte. Zögerlich fragt sie, ob ihre Flyer ausliegen dürfen.
Der Typ studiert einen davon sorgfältig und gelangt zu dem Ergebnis: „Warum nicht. Das klingt spannend. Werde ich selbst einmal ausprobieren."
Damit hat Elfie nicht gerechnet und freut sich über sein Interesse. Mit der Kurkarte in der Jackentasche verabschiedet sie sich und läuft in Richtung Hallenbad.
Der Besuch entpuppt sich als keine gute Idee, denn bei dem schlechten Wetter sind viele Gäste anwesend, sodass Elfie sogar Mühe hat, ein freies Schließfach zu finden. Endlich geschafft.
Kurz darauf staunt Elfie über die Pool-Vielfalt. Für Groß und Klein ist alles geboten bis hin zur Riesenrutsche. Nichts für Elfie. Allein der hohe Treppenaufgang verursacht Unbehagen bei ihr. Auf dieses Vergnügen verzichtet sie gerne. Für ihren Bruder Hannes wäre es

dagegen ein großer Spaß.
Elfie versucht vergeblich, einige Bahnen im Becken zu ziehen. Immer wieder stößt sie mit anderen Schwimmern zusammen. Es ist schlichtweg zu überfüllt. Als sie gerade über die Badeleiter heraussteigt, prallt sie mit einem Mann zusammen und staunt, als sie ihn wiedererkennt. Es ist der nette Typ aus dem Tourismusbüro.
Auch er scheint sich an sie zu erinnern. „Hey, du nutzt deine Kurkarte gleich?"
„Ja, und du hast Dienstschluss?", kontert Elfie.
„Seit einer Viertelstunde. Nach dem langen Stehen, brauche ich Bewegung. Sonst jogge ich am Strand entlang. Dafür ist es mir heute zu nass und zu windig. Ich heiße übrigens Alex."
„Elfie", nennt sie ihren Namen.
„Wie ich von der Kurtaxe weiß, bleibst du nicht so lange auf Borkum", beginnt Alex Smalltalk. „Bist du geschäftlich hier?"
„Nein, ich bin zur Geburtstagsfeier meiner Tante angereist. Vor Weihnachten fahre ich nach München zurück."
„Schade, sonst hätte ich dir unser sensationelles Silvesterfeuerwerk empfohlen, ein Highlight des Jahres."
„Da bin ich längst wieder zuhause." Fast bedauert Elfie dies plötzlich, denn sie findet Gefallen an dem sportlich aussehenden Mann. Um die Unterhaltung nicht abreißen zu lassen, fragt Elfie: „Wie ist der Wellnessbereich hier? Was rätst du mir? Die Sauna oder eine Massage?"
„Weder noch. Bist du abenteuerlustig?"
„Hm ... kommt darauf an", weicht Elfie aus und befürchtet, Alex könnte die Riesenrutsche vorschlagen.
„Schon mal etwas von Flow-Riding gehört?"
Elfie schüttelt mit dem Kopf. „Was soll das sein?"
Alex ergreift ihre Hand und zieht sie hinter sich her, bis sie zu einer anderen Halle gelangen.
„Voilà, hier siehst du die einzige Indoor-Surfanlage Norddeutschlands. Hast du so etwas schon mal probiert?"

„Nein", gibt Elfie zu und schwant nichts Gutes. Prompt meint Alex: „Dann holst du das jetzt nach. Ich zeige dir, wie es funktioniert. Ich kenne den, der die Aufsicht führt. Offiziell öffnet dieser Bereich erst am Abend, aber vielleicht dürfen wir ausnahmsweise rein."
Nach Rücksprache mit seinem Kumpel, schnappt sich Alex eines der bereitgestellten Funboards und stürzt in das Brandungsbecken.
Ein Wasserfilm schießt mit hoher Geschwindigkeit über eine wellenförmige Fläche. Zuerst surft Alex bäuchlings auf der endlosen Welle, um sich dann geschickt in den Stand zu schwingen und sogar Kunststücke zu zeigen.
Elfie ist sprachlos über seine Balance. Ihr wird schummrig bei dem Gedanken, das gleich nachahmen zu sollen.
Nach einer Weile stoppt Alex und landet wieder neben Elfie.
„Du bist dran. Nur keine Angst. Für Anfänger gibt es besondere Boards." Er hilft Elfie mit samt dem Brett ins Wasser. „Leg dich einfach drauf. Ich halte es solange fest."
Gesagt, getan. Elfies Arme umschlingen das Brett, bevor Alex es loslässt.
Zu ihrer Verwunderung rutscht sie nicht runter, sondern genießt den Spaß. Am liebsten würde sie gar nicht mehr aufhören.
Plötzlich taucht Alex mit seinem Funboard neben ihr auf, und sie surfen beide im Einklang mit der Welle.
„Na, habe ich dir zu viel versprochen", erkundigt sich Alex, als sie sich am Beckenrand schließlich ausruhen.
„Es war fantastisch. Ich hätte nicht geglaubt, dass das so aufregend ist. Hoffentlich habe ich noch einmal die Gelegenheit dazu, solange ich auf Borkum bin."
„Dann komme ich gerne wieder mit. Mit mir sparst du dir sogar den Zusatzeintritt, weil ich ab und zu Unterricht gebe."
„Cool. Wie lange betreibst du den Sport?"
Alex scheint zu überlegen, denn er antwortet nicht sofort.
„Ich bin schon als Kind gesurft. Mein Vater behauptet, ich

hätte es zeitgleich mit dem Laufen erlernt, was sicher Quatsch ist. Allerdings war ich noch im Kindergarten, als mein Vater mich das erste Mal auf sein Board gesetzt und mich durchs Wasser geschoben hat.“
„Hast du von der Eisbachwelle am Haus der Kunst im Englischen Garten gehört?“, erkundigt sich Elfie.
„Logisch. Ich habe sie sogar selbst vor zwei Jahren ausprobiert, als ich in München war. Mega cool“, schwärmt Alex. „Für Anfänger ist sie allerdings nicht zu empfehlen. Zu gefährlich.“
„Das stimmt leider. Auch Profis sind dort bereits verunglückt. Ich schaue manchmal zu, aber der Begriff *Flow-Riding* war mir nicht geläufig. Da musste ich erst dir begegnen“, meint Elfie schmunzelnd.
„Heute ist mein Glückstag. Ich wollte dich schon im Tourismusbüro auf einen Kaffee einladen, habe mich jedoch in der Nähe meiner Chefin vorhin nicht getraut. Die mag es nicht, wenn wir mit Kunden anbandeln. Ein Wunder, dass wir uns hier wiedergetroffen haben bei den vielen Leuten.“
Flirtet Alex gerade mit Elfie? Falls ja, fehlt ihr im Moment die Schlagfertigkeit, um darauf einzugehen.
Ihr letzter Fehlgriff mit Basti sitzt wie eingebrannt in ihrem Gedächtnis, und die Angst, wieder auf jemanden hereinzufallen, im Genick. Dabei würde sie zu gerne einmal wieder das prickelnde Gefühl genießen, von einem Mann begehrt und umworben zu werden.
Alex ist wahrscheinlich als Flow-Rider ein gefragter Typ. Bestimmt umschwirren ihn seine Schülerinnen wie die Motten das Licht. Was sollte er an Elfie finden? Sie fühlt sich mit ihrem überschüssigen Hüftgold plötzlich grau und unattraktiv und bereut die konsumierten gebrannten Mandeln.
„Träumst du gerade?“, holt Alex ihre auf Wanderschaft gegangenen Gedanken in die Realität zurück.
„Ja, davon, das Surfen einmal wie du zu beherrschen“, lügt Elfie.

Er bietet ihr an, ein zweites Mal auf der Welle zu surfen, was ihre begeisterte Zustimmung findet, zumal er ihr imponiert.
Lauter heiße Insulaner auf Borkum, ob Pilot oder Flow-Rider. Damit hat Elfie nicht gerechnet, als sie die Einladung von Tante Cordula annahm.

♥

KAPITEL 9

Zu Elfies Freude lädt Alex sie nach dem Aufenthalt in der Schwimmhalle auf einen Sanddornglühwein an einer der Weihnachtsbuden ein. Zwar hat sie ein schlechtes Gewissen, weil Cordula wahrscheinlich auf sie wartet, aber die Zeit etwas länger mit Alex zu verbringen, ist zu verlockend. Deshalb vertröstet Elfie die Tante per WhatsApp um eine halbe Stunde und folgt Alex zu einem Stand, den er direkt ansteuert.
„Hier gibt es den besten Sanddornglühwein“, erläutert er und bestellt zwei Becher, mit denen sie sich anschließend an einen Stehtisch gesellen.
„Auf dein Talent“, schmeichelt Alex ihr und zaubert damit ein Lächeln und einen rosaroten Teint in Elfies Gesicht.
„Du übertreibst“, wiegelt Elfie ab. „Ich bin leider keine Sportskanone.“
„Was nicht ist, kann ja noch werden. Prost.“
Sie stoßen an, und bereits der erste Schluck vermittelt Elfie ein wohlig warmes Gefühl. „Ich wusste nicht, dass dieser Glühwein so gut schmeckt.“
„Sanddornbüsche findest du auf Borkum fast so häufig wie den Sand am Strand. Sie wachsen massenhaft in den Dünen, und ihre orangefarbenen Früchte werden außerdem als Gelee, Tees, Likör und in Bonbons verarbeitet. Obendrein sind sie reich an Vitamin C und sehr gesund.“
Elfie trinkt einen weiteren Schluck und spürt die Wirkung. „Ich werde mich damit eindecken, bevor ich zurück nach

Hause fahre. Kleinigkeiten für meine Familie zu Weihnachten kann ich gut gebrauchen."
„Das sind auf jeden Fall leckere Geschenke. Schade, dass dein Aufenthalt so kurz ist. Ich könnte dir viele Dinge auf unserer Insel zeigen. Vielleicht kehrst du im nächsten Sommer zurück."
„Mal sehen. Leider muss ich gehen, denn meine Tante erwartet mich."
„Sehe ich dich bald wieder?"
„Ich verspreche nichts. Lass uns unsere Handynummern austauschen. Wenn ich Zeit habe, melde ich mich."
„Ich würde mich freuen." Zum Abschied schenkt Alex Elfie ein hinreißendes Lächeln, das ihr ein lange nicht mehr gespürtes Grummeln im Magen beschert.

Tante Cordula ist mit dem Beschriften von Platzkärtchen beschäftigt, als Elfie eintrifft.
„Na, wie gefällt dir das Gezeitenland?", fragt Cordula, ohne von ihrer Beschäftigung aufzublicken.
„Das ist cool, vor allem die Flow-Riding-Anlage. Jemand, der dort Unterricht erteilt, hat mir gezeigt, wie das geht."
„Wow, du lernst lauter interessante Leute kennen. Es freut mich, dass du hier etwas erlebst. Wie wäre es übrigens mit einer Wattwanderung? Morgen zum Beispiel, bevor Astrid und Klara eintreffen?"
„Im Winter?" Elfie zieht die Augenbrauen skeptisch hoch. „Finden da denn geführte Touren statt?"
„Und ob. Das ist der Hit bei den Winterurlaubern. Lass dir dieses besondere Vergnügen nicht entgehen."
„Wo meldet man sich an?" Elfie ist plötzlich nicht abgeneigt, eine Abwechslung einzuplanen.
„Im Tourismusbüro."
„Das hat längst geschlossen. Schade, dann wird es wohl morgen nichts."
„Du kannst dich kurzfristig über dein Smartphone online anmelden. Um diese Jahreszeit ist die maximale Teilnehmerzahl bestimmt nicht erreicht", schlägt Cordula vor.

Elfie probiert es erfolgreich und freut sich. „Bist du dir wirklich sicher, dass du mich drei bis vier Stunden entbehren kannst? Du weißt, ich helfe dir gerne bei den Vorbereitungen."
„Du bist genauso mein Gast wie alle anderen und nicht zum Arbeiten eingeladen. Außerdem möchte ich, dass dir die Insel gefällt und du mich öfter besuchst."
Spontan umarmt Elfie ihre Tante. „Du bist so lieb. Danke dir, aber mittags bin ich wieder zurück und kümmere mich um das Abendessen, während du deine Freundinnen vom Bahnhof abholst."
„Einverstanden, und nun darfst du mich beim Beschriften unterstützen, denn ich habe erst ein Drittel geschafft."
Cordula drückt Elfie eine Liste mit Namen in die Hand, die sich sogleich an die Arbeit macht. „Warum gibt es überhaupt eine Sitzordnung?"
„Damit die Leute, die sich nicht grün sind, nicht aufeinander prallen."
Elfie kichert. „Sind das Konkurrenten, die sich nicht mögen?"
„Zum Beispiel. Ich will schlechte Stimmung vermeiden."
„Neben wem werde ich sitzen?
„Astrid, Klara und du werdet in meine unmittelbare Nähe platziert. Euch sehe ich so selten, die anderen Gäste dagegen jede Woche."
In diesem Moment meldet sich Elfies Smartphone mit einer eingegangenen Nachricht. Während sie einen Namen auf ein Kärtchen schreibt, schielt sie mit einem Auge auf das Display. Unbekannt. Neugierig liest sie die Meldung:

Danke für Ihre Anmeldung zur Wattwanderung. Bitte ziehen Sie wetterfeste und warme Kleidung an und nehmen Ersatzsachen mit. Ihr Handy sollte eine wasserdichte Ummantelung haben, Tupperdose oder Plastikbeutel mit Verschluss. Ich stelle jedem Teilnehmer ein Paar Neoprenschuhe. Bitte geben Sie mir dafür die Größe durch. Anschließend sende ich Ihnen Uhrzeit und Treffpunkt. Es freut sich auf Sie, Ole Petersen, Ihr Wattführer

„Da schreibt mir der Wattmensch, dass er uns Schuhe leiht. Ich habe damit keine Erfahrung. Sicher sollen sie eng anliegen“, glaubt Elfie. „Was für eine Größe würdest du nennen?“
„Es ist empfehlenswert, dicke Socken darin zu tragen. Eine Nummer größer als du sonst hast, sollten die Dinger auf jeden Fall sein. Schafft denn deine Zehe das stundenlange Laufen?“, äußert Cordula ihre Bedenken.
„Sie tut nicht mehr weh. Gut gepolstert müsste es klappen.“
„Hat dir der Wattführer den Treffpunkt genannt?“
„Macht er gleich, wenn ich ihm die Schuhgröße durchgegeben habe.“
„Erinner mich vor dem Zubettgehen bitte daran, dir eine Plastikdose für dein Smartphone zu geben.“
Elfie kichert: „Du kennst dich ja richtig aus. Die hat der Wattführer auch empfohlen.“
Nachdem Elfie und Cordula ihre Tätigkeit mit den Platzkarten erledigt haben, geht der Abend in den gemütlichen Teil über. Ein Glühwein darf dabei nicht fehlen. Leider ergibt das Gespräch wieder keine Chance, das Thema auf Elfies Mutter zu lenken.

Am nächsten Tag steht Elfie zeitig auf, um das Abenteuer der Wanderung nicht zu verpassen. Der Blick aus dem Fenster auf einen leicht bewölkten Himmel erweckt Vorfreude in ihr.
Nach einem kräftigen Frühstück mit Verhaltensmaßregeln von Cordula für den Ausflug bricht Elfie auf. Seit ihrer Kindheit war sie nicht mehr im Watt.
Am Strand haben die Gezeiten in der Nacht Eisgries zusammengeschoben. Der kalte Wind lässt die arktischen Vorboten erahnen. Elfie erscheint die Landschaft karg, und trotzdem verkörpert der Anblick etwas Magisches. Die Luft ist rein und frisch, und Elfie nimmt einen tiefen

Atemzug. Das tut wirklich gut und befreit die Seele.
Wolkenfetzen huschen am Himmel im Eiltempo vorbei, als hätten sie heute noch eine Verabredung auf dem Festland. In der Ferne entdeckt Elfie einige vermummte Gestalten. Das muss ihre Gruppe sein, die sich für diese außergewöhnliche Wanderung im Winter entschieden hat, um, wie es auf der Website stand, eine faszinierende Tier- und Pflanzenwelt zu bestaunen, die es sogar bis zum Weltnaturerbe gebracht hat.
Elfie stapft durch den Eisgries am Strand und betritt die offenbar über Nacht entstandenen dünnen Eisflächen, die unter ihren Schuhen knacken und knistern. Durch die Stille im Winter sind die Geräusche besonders deutlich zu hören und muten ein bisschen mystisch an.
Elfie überfällt plötzlich Skepsis, aber schließlich hatte auch die Tante ihr zu der Tour geraten. Wenn sie gefährlich wäre, hätte sie das nicht getan.
Wie Elfie bereits aus einiger Entfernung realisiert, trägt jeder der Teilnehmer den traditionellen Friesennerz und hat wahrscheinlich wie Elfie zig Schalen wärmende Unterbekleidung nach bewährtem Zwiebel-Prinzip angelegt.
Als sie sich der Gruppe nähert, löst sich eine Gestalt und steuert auf sie zu. Vermutlich der Wattführer, der Elfie willkommen heißt.
Was für eine Überraschung. Alex strahlt über beide Wangenknochen.
„Cool, dass du die Vierte im Bunde bist. Ich freue mich, dich so schnell wiederzusehen."
„Ich mich auch", gibt Elfie unumwunden zu. Mit dieser Begegnung hat sie tatsächlich nicht gerechnet. „Warum hast du mir gestern nicht gesagt, dass du Wattwanderungen anbietest?"
„Weil ich für meinen Freund Ole kurzfristig eingesprungen bin, der heute Morgen mit einer dicken Erkältung und Fieber aufgewacht ist. Ich leite sonst nur im Sommer Führungen."

„Das nenne ich unverhofftes Glück", startet Elfie übermütig einen Flirtversuch und ergänzt: „Natürlich wünsche ich deinem Freund schnelle Besserung."
„Komm, ich bringe dich zum Rest der Truppe", bietet Alex an.
Es handelt sich um zwei Männer und eine Frau mittleren Alters, die Elfie freundlich begrüßen und in ihrer Mitte aufnehmen. Sie stellen sich kurz gegenseitig vor. Der ältere Mann heißt Gustav, der ein wenig jüngere Manfred und die Frau Gundi.
Alex führt Elfie und die anderen zu einem Schuppen nahe der Promenade, wo sie die Schuhe wechseln. Er hält für jeden die angekündigten halbhohen Neoprenschuhe bereit. Allein das Überstreifen gestaltet sich bei Elfie schmerzhaft an der lädierten Zehe. Hoffentlich hält sie damit durch.
Endlich sind alle fertig angezogen und deponieren die eigenen Schuhe im Schuppen.
Bevor sie starten, spricht Alex in sein Funkgerät und meldet die Gruppe zur Sicherheit bei den Seenotrettern an.
Kaum sind sie die ersten Meter Richtung Unendlichkeit zum Horizont auf einem matschigen Sand-Schlick-Untergrund gegangen, stoppt Alex und beginnt mit seinen Erläuterungen.
„Wir spazieren hier auf dem Meeresgrund. Also fühlt euch wie Taucher, denen man ihr Element entzogen hat."
Gustav kommentiert sofort: „Haha, wir sind wohl eher Fische auf dem Trockenen." Er kämpft währenddessen mit seiner Kapuze, die ständig vom Kopf rutscht.
Alex lässt sich nicht aus seinem Konzept bringen: „Unser Weltnaturerbe bietet eine mannigfaltige Tier- und Pflanzenwelt. Erst auf den zweiten Blick sieht man die Wattbewohner. Würmer zum Beispiel produzieren ihre unverkennbaren Haufen, Krebse schleichen seitwärts vorbei, die Wattschnecken hört man überall knistern. Die Schlickflächen sind ein lebenspraller Dschungel, und Vögel nutzen diese Nahrungsvielfalt."
Irgendwie hat sich Elfie mehr davon versprochen, bis Alex

seine Klappschaufel aus dem Rucksack kramt, mit einigen Spatenstichen den Schlick umgräbt und sie erkennt, wie viel Leben sich im Morast tummelt. Winzige Wattschnecken, gefräßige Wattwürmer oder Muscheln scheinen sich im Wechsel von Ebbe und Flut wohlzufühlen.
Jeder darf einmal den Spaten in den Schlick rammen und eine schmutziggraue Masse an die Oberfläche befördern. Manchmal ist eine dunkelbraune Schicht dabei, die so aussieht, als hätten sich Exkremente abgelagert.
Begeistert wühlen Elfie und die anderen Teilnehmer mit den Händen darin herum, lassen das nasse Etwas durch ihre Finger gleiten und freuen sich wie kleine Kinder, wenn ein Wurm klebenbleibt. Die Kälte an den Händen wird fast darüber vergessen.
Elfie findet eine besonders gezeichnete Muschel und beschließt, diese als Andenken in ihren Rucksack zu packen. Zu jedem Lebewesen weiß Alex etwas zu erzählen. Sein Wissen muss sich über Jahre angereichert haben. Nachdem alle interessiert im Morast gegraben haben und Alex ausgiebig die Biosphäre in allen Einzelheiten beschrieben hat, geht es endlich weiter.
Höchste Zeit, denn Elfie meint zu spüren, wie die Eiseskälte allmählich ungehindert durch die Neoprenschuhe ihre Füße erobert. Jetzt am warmen Ofen in Tantes Plüschpantoffeln zu sitzen und einen Ostfriesentee mit Kluntjes und Sahnehäubchen zu trinken, wäre so schön. Aber Bewegung soll bekanntlich auch gegen Kälte helfen.
Sie laufen weiter, und Elfie hofft, dass ihr Wattführer weiß, was er tut, denn die Weite ist unbegrenzt, und sie hat längst die Orientierung verloren. Gelegentlich ziehen einige Möwen über ihre Köpfe hinweg. Ihre Laute hallen in der Stille. Stolz zeigt Alex Elfie Oles neues GPS Handgerät, das er bei ihm am Morgen schnell abgeholt hat, und preist es als besonders nützlich für die Wattwanderungen an.
„Das Wetter kann ganz schnell umschwenken. Wo gerade noch Sonne und blauer Himmel waren, verschleiert unter

Umständen dichter Seenebel blitzartig die Sicht."
Schneefall erwähnt er zum Glück nicht, aber Elfie ist überzeugt, dass dieser die größte Gefahr wäre.
Gustav brüstet sich mit jeder Menge Watterfahrung und möchte unbedingt eine Weile die Führung übernehmen. Alex drückt ihm das GPS Gerät in die Hand und nennt ihm den Kurs, den sie laufen müssen. Scheinbar kundig hängt der Mann sich das Teil um den Hals und stiefelt los. Die Gruppe folgt ihm.
Wie aus dem Nichts wird der Untergrund weich. Sie sind in ein Feld aus Schwemmsand geraten. Nachdem sie knöcheltief versinken und kaum noch vorankommen, stoppt Alex. „Halt, hier geht es nicht mehr weiter."
„Wieso nicht?", fragt Manfred, und Elfie fängt Gundis ängstlichen Gesichtsausdruck auf.
„Keine Panik", beruhigt Alex und scannt die Umgebung ab. „Wir machen einen kleinen Umweg."
Nach wenigen Metern sind sie wieder auf festem Grund, und Alex verlangt vorsichtshalber sein GPS Gerät zurück.
Sie laufen bereits eine gefühlte Ewigkeit, und Alex verstummt. Die Sonne ist einer grauen Bewölkung gewichen, und von einem Moment zum anderen stecken sie in einer Nebelsuppe.
Elfie glaubt, einen ernsten Ausdruck in Alex' Gesichtszügen zu erkennen, und ihr wird gleich flau im Magen.
„In diese Richtung müssen wir", zeigt Alex mit der Hand auf eine abweichende Route. „Wir sollten uns etwas beeilen." Seine Stimme klingt besorgt.
Haben sie sich etwa verlaufen? Alex hätte eine Abschweifung von der Route bestimmt rechtzeitig bemerkt. Und wenn nicht? Kehrt bereits die Flut zurück? Es muss furchtbar sein, keinen Weg mehr aus der grauen Schlickwüste zu finden.
Ungewollt stellt sich Elfie von Panik ergriffen das mögliche Szenario vor: Wie das Wasser dann langsam und unaufhörlich ansteigt. Zuerst ist es nur wenige Zentimeter hoch, und man würde versuchen zu rennen. Aber nach

kurzer Zeit werden die Bewegungen schleppender. Man sieht nicht mehr, wo man hintritt. Und da sind auch noch die Priele. Auf einmal würde das Wasser bis über die Hüfte anschwellen und ihre Kleidung durchdringen. Wahrlich kein guter Umstand bei einer Temperatur von null Grad.
Elfie hegt die Hoffnung, dass sie nur ein wenig von der geplanten Route abgewichen sind und Alex genau weiß, wie sie sicher zurückfinden.
Die Situation erinnert sie an eine Begebenheit aus ihrer Kindheit. Nicht weit vom Elternhaus hatte ein Rentner einen kleinen Pferch mit Schafen und Ziegen. Dort lief sie mit ihrer Freundin Bine aus der Nachbarschaft immer hin. Durch den Zaun streichelten sie die Tiere. Einmal entwischte eine junge Ziege aus der Einzäunung, und sie verfolgten das Tier in den angrenzenden Wald. Nach langem Bemühen fingen sie die Ausgebüxte endlich ein. Doch dann wussten Elfie und Bine nicht mehr, wo sie waren und hatten die Orientierung verloren. Eine Ewigkeit irrten sie umher, bis ihnen endlich ein Pilzsammler begegnete und sie zurück zum Pferch führte. Damals hatte Elfie Todesängste ausgestanden. Ihren Eltern hat sie den Vorfall bis heute nicht gebeichtet.
Alex legt ein schnelleres Tempo vor. Gustav, Manfred und Gundi, die sich inzwischen als Ehepaar geoutet haben, halten so gerade mit. Elfie sieht ihnen die Anstrengung an. Noch sind sie auf festem Meeresgrund, doch vor ihnen taucht aus dem Nebel ein Priel auf.
Alex treibt erneut zur Eile. Ein paar Minuten marschieren sie an der Prielkante entlang.
„Da müssen wir leider durch." Er zeigt auf eine schmutzig graue Wasserfläche, die sich leicht kräuselt. Als er die Hand reinhält, ist die Strömung erkennbar, und das Wasser gurgelt sanft. Es bilden sich kleine Strudel. Offensichtlich kommt die Flut mit großer Macht, unaufhörlich und bedrohlich. Lang kann es nicht mehr dauern, bis sich die Weite mit Wasser füllt.
Elfie beißt auf die Zähne, um aufkommende Angst-

attacken zu kaschieren. Bei dem Gedanken, hier ihr Ende zu finden, wird ihr heiß und kalt zugleich. Als würde Alex ihren Zustand erahnen, ergreift er intuitiv ihre Hand. „Keine Sorge. Ich bringe euch alle sicher zurück. Vertrau mir bitte."

Den drei anderen Teilnehmern geht es offensichtlich ähnlich wie Elfie. Das Ehepaar umklammert sich, und Gustavs Hand zittert.

„Haltet euch aneinander fest, ich gehe voraus", kommandiert Alex. „Immer ganz langsam Schritt vor Schritt und achtet darauf, festen Stand zu haben. Die Strömung ist unberechenbar und kann euch leicht umhauen. Zusammen sind wir stark und schaffen das."

Sie folgen Alex' Forderung und bilden eine kleine Menschenkette. Vorsichtig tasten sie sich vor. Unsichtbare Kräfte ziehen an ihren Beinen. Es geht immer tiefer rein. Bald sind die Waden umspült, und sie haben nicht mal die Hälfte des Priels bewältigt. Nicht mehr viel und die hochgekrempelten Hosenbeine werden nass.

Elfie kämpft mit dem Gleichgewicht und sendet die Bitte in den Himmel, dass das Priel nicht tiefer wird. Anscheinend wird sie erhört, denn Alex dreht sich kurz zu ihnen um. „Ihr macht das gut. Gleich ist es überstanden. Bei mir steigt der Grund wieder an." Seine Worte beruhigen und motivieren gleichermaßen. Verbissen halten alle durch, und schließlich haben sie das Priel durchquert.

„Es ist nicht mehr weit. Gleich gelangen wir an die Dünen. Lauft bitte zügig weiter."

Gerne hätte Elfie eine Verschnaufpause eingelegt. Die Querung hat ihr nicht nur alle Energie geraubt, sondern auch an ihren Nerven gezerrt. Obwohl Alex versucht hat, gelassen zu wirken, hat Elfie seine Anspannung gespürt. Irgendetwas ist schiefgelaufen. Hat Gustav das GPS-Gerät nicht richtig abgelesen? Eine Erklärung muss es für die falsche Richtung geben.

Ohne Blessuren erreichen sie die ersten Gräser der Dünen und legen eine Rast ein. Die Küste hat sie wieder, ein

schauriges Gefühl, weit weg vom Rest der Welt und jeglicher Hilfe gewesen zu sein.
Nach und nach fallen sich Elfie und die anderen in die Arme, als wären sie gerade von einer monatelangen Expedition aus der Arktis zurückgekehrt.
Besonders Alex drückt Elfie ausgiebig an sich und flüstert ihr ins Ohr: „Ich hoffe, ich habe dir nicht zu viel zugemutet? Wie darf ich das wiedergutmachen?"
Elfie schiebt ihn ein wenig von sich, bevor er ihre Antwort erhält. Das eben Erlebte lässt sie mutig werden. „Wie wäre es mit Unterricht auf der Welle?"
„Nichts lieber als das." Alex schenkt ihr ein Lächeln und wendet sich dann den anderen Teilnehmern zu. „Ich lade euch alle zum Fischessen ein. Das habt ihr euch verdient."
Nachdem sie im Schuppen die Neoprenschuhe wieder gegen die eigenen getauscht und sich notdürftig mit ihren Handtüchern abgetrocknet haben, führt Alex sie die Strandpromenade entlang in eine Seitenstraße zu einem kleinen Fischlokal. Die Besitzerin begrüßt Alex freudig und heißt Elfie und die anderen willkommen.
Sie nehmen an einem Tisch in einer Nische Platz, und jeder bestellt sich erst einmal ein heißes Getränk zum Aufwärmen, bevor sie die Speisekarte studieren.
Gustav ergreift als Erster das Wort zum Thema *Verlaufen:* „Gib's zu Alex, wir sind eine Weile in die falsche Richtung gelaufen."
„Das Gefühl hatte ich auch", stimmt Manfred ein.
„Ich will euch nichts vormachen", beginnt Alex mit ernster Miene. „Der Akku des GPS Geräts war plötzlich leer. Ich habe es heute Morgen in der Eile bei Ole abgeholt und nicht mehr kontrolliert. Das hätte ich machen müssen. Es tut mir leid."
„Dann waren wir in Lebensgefahr? Warum hast du nichts gesagt?", hakt Gundi nach und reißt ihre Augen auf.
„Damit ihr nicht in Panik geraten wäret. Außerdem trage ich eine Uhr mit integriertem Kompass. Wir waren zu keinem Zeitpunkt bedroht." Alex schiebt seinen

Pulloverärmel hoch und zeigt sie am Handgelenk herum.
„Deshalb hast du dauernd auf deinen Arm gestarrt", bemerkt Elfie und ist insgeheim beeindruckt von Alex' Verhalten. Er hat genau gewusst, dass sie sich bei Kenntnis der Sachlage mit dem leeren Akku aufgeregt hätten. Vor allem Gundi wirkt auf Elfie sehr ängstlich, denn sie hat sich die meiste Zeit wie ein Äffchen an ihren Mann geklammert. Überhaupt gefällt ihr Alex immer besser. Sie mag Männer, die in Krisensituationen die Ruhe bewahren und besonnen agieren. Das hat Alex zweifellos bei seiner Führung bewiesen, auch wenn Elfie den Ernst der Lage nicht abschließend beurteilen kann. Alex bleibt ihr Held.
Anschließend genießt sie ihren Matjeshering mit Bohnen, Kartoffeln und Zwiebelringen.
Gustav, Manfred und Gundi schwärmen ebenfalls von ihren Gerichten wie Labskaus und Miesmuscheln. Vergessen scheint die vermeintliche Wattgefahr, und Gustav trumpft mit Geschichten aus aller Welt auf. Er ist Witwer und reist allein um den Globus. Auf Borkum verbringt er regelmäßig Weihnachten in einer kleinen Pension, in der er quasi als Familienmitglied betrachtet wird.
Manfred und Gundi haben vor zehn Jahren ihre Hochzeitsreise nach Borkum gemacht und sind nochmal an den Ort zurückgekehrt, um zu ergründen, ob er noch genauso idyllisch und gemütlich ist wie damals.
„Und, was ist euer Fazit?", erkundigt sich Alex.
Gundi antwortet: „Ich finde es sogar schöner hier als damals, kann aber keinen konkreten Grund nennen. Es ist nur so ein Gefühl. Was meinst du, Schatz?"
„Geht mir ähnlich." Manfred hält im Essen inne und gibt seiner Frau spontan einen Kuss auf die Wange.
Elfie könnte glatt neidisch werden. Die beiden scheinen immer noch verliebt ineinander zu sein. Wann ist sie einmal an der Reihe, so ein Glück zu erleben?
Als würde Alex ihre Gedanken von ihrer Stirn ablesen, ergreift er heimlich unter dem Tisch ihre Hand und drückt sie kurz. Ein wohliges Kribbeln breitet sich in Elfies

Körper aus. Ist sie dabei, sich in diesen Wattführer zu vergucken? Sofort meldet sich ihr Verstand zu Wort. Eine Romance zwischen München und Borkum wäre von vornherein zum Scheitern verurteilt. Von Fernbeziehungen hält Elfie rein gar nichts. Einen Mann, den sie liebt, möchte sie stets um sich haben und nicht von Wochenende zu Wochenende nach ihm schmachten. Außerdem neigt sie zur Eifersucht. Ein Typ wie Alex wird ständig von Frauen umschwirrt. Das bringt allein sein Job als Lehrer fürs Flow-Riding mit sich. Seine Tätigkeit im Tourismusbüro bietet ihm zusätzlich genügend Gelegenheiten, mit Touristinnen anzubandeln. Elfie müsste zu so einem Mann sehr viel Vertrauen aufbringen, um den Argwohn in Schach zu halten. Warum macht sie sich überhaupt so einen Kopf über ungelegte Eier? Vielleicht will Alex einfach nur nett zu ihr sein. Das verlangen seine Öffentlichkeitsjobs schließlich von ihm. Außerdem lassen es die nächsten Tage nicht zu, ihn näher kennenzulernen. Erst einmal steht Tante Cordulas Geburtstag im Vordergrund.

Weil Gundi unbedingt einen Nachtisch fordert, zieht sich das Essen in die Länge.

Allmählich wird Elfie unruhig, denn sie hat Cordula versprochen, für das Abendessen zu sorgen, wenn sie ihre Freundinnen abholt.

Alex scheint es zu bemerken. „Hast du es eilig?“

„Ja, meine Tante wartet auf mich.“

„Och, ich dachte, wir sind nachher auf der Welle.“

„Daraus wird frühestens übermorgen etwas. Bis dahin bin ich ausgebucht.“ Elfie tut es selbst leid, dass sie Alex vorläufig nicht wiedersieht.

Nachdem Alex die Rechnung beglichen hat, verabschieden sich Elfie und die anderen Wattteilnehmer von ihrem Führer und bekunden, wie außergewöhnlich die Erfahrung mit der Wanderung war.

„Du meldest dich?“, fragt Alex, als er Elfie kurz umarmt und die anderen bereits gegangen sind.

„Auf jeden Fall."
„Wir können gerne direkt etwas ausmachen", schlägt er vor.
Elfie lächelt. „Du hast wohl lieber alles in trockenen Tüchern."
„Das auch, aber wenn wir uns verabreden, kann ich mich konkret auf dich freuen. So im Ungewissen zu schmoren, ist nicht mein Ding."
„Also gut", gibt Elfie sich geschlagen. „Der Sonntagnachmittag gehört dir und der Welle."
„Das ist ein Wort. Soll ich dich abholen?"
„Danke, nicht nötig. Wir treffen uns am Hallenbad um drei Uhr."
„Okay, hoffentlich halte ich es solange ohne dich aus."
Ob Alex' Flirt ernst gemeint ist, weiß Elfie nicht genau zu deuten. Trotzdem freut sie sich.
„Bis dann", flötet sie und biegt um die nächste Ecke in Richtung Cordulas Laden.

♥

KAPITEL 10

Da Elfie mit den sandigen Schuhen nicht durch Cordulas Geschäft laufen möchte, nimmt sie dieses Mal den Weg durch den Garten zum Hintereingang, zu dem derselbe Schlüssel passt wie vorne.
Sie staunt nicht schlecht, als sie auf dem Treppenabsatz eine Katze entdeckt. Sie zittert am ganzen Körper und ist recht klein. Hat sich das Tier verlaufen oder ist es zu schwach, um sich weiter fortzubewegen?
Vorsichtig nähert sich Elfie, um sie nicht zu verscheuchen, aber die unbekannte Besucherin macht gar keine Anstalten zu verschwinden. Stattdessen lässt sie sich von Elfie streicheln und schnurrt.
„Wem gehörst du denn?", fragt Elfie, wohl wissend, dass sie keine Antwort erhält. Die Katze trägt leider kein Halsband mit einer Nummer oder einer Adresse. Was tun? In diesem Haus wohnt nur Tante Cordula. Ob die Nachbarn eine Katze besitzen?
Am besten nimmt Elfie das Tier erst einmal mit hinein, damit es nicht mehr vor Kälte bibbert. Seltsamerweise huscht es bereits vor Elfie durch den Türspalt, als hätte es darauf spekuliert.
Elfie zieht sich die Schuhe aus und lockt die Katze hoch in Cordulas Wohnung.
Wie selbstverständlich klettert sie hinter ihr her. Bevor Elfie die Wohnung betritt, nimmt sie das Tier auf den Arm.
Nicht, dass sich die Tante erschrickt, wenn etwas

Vierbeiniges durch den Flur saust.
Zu Elfies Überraschung findet sie jedoch bloß einen Zettel auf dem Küchentisch.

Ich hoffe, Du hattest eine tolle Wattwanderung. Ich bin schnell zum Hotel Düne, die Platzkarten vorbeibringen. Danach hole ich Astrid und Klara ab. Es wäre lieb, wenn Du die Sahne schlägst und Dich später um den Tee kümmerst. Bin ein wenig in Stress geraten. Danke Dir.
Liebe Grüße,
Cordula

Es ist guter Rat teuer. Cordula weiß sicher, wem die Katze gehört. Was soll Elfie bis zu ihrer Rückkehr mit ihr tun? Ins Bad einsperren? Dort kann sie am wenigsten anrichten. Bestimmt hat die Katze Hunger und Durst. Alle möglichen Ideen schießen Elfie durch den Kopf. Ausgerechnet jetzt braucht sie keine Ablenkung, sondern muss der Tante helfen.
Die Mieze schaut Elfie jedoch so treuherzig an, dass sie dahinschmilzt. Hat Tante Cordula nicht sogar Leckerlis für Katzen im Sortiment? Elfie erinnert sich wage.
„Du musst ganz brav sein. Ich hole etwas zu fressen für dich."
Elfie füllt eine flache Schale mit Wasser und stellt sie auf den Boden. Sofort fängt die Katze an zu schlürfen, als hätte sie ewig nichts mehr getrunken. Um diesen Moment zu nutzen, fliegt Elfie fast die Treppe hinunter zum Laden, den Cordula für heute bereits geschlossen hat. Sie eilt durch die Regale und wird tatsächlich fündig. Gleich eine ganze Palette Stangen für Katzen wandert mit nach oben.
Abgehetzt erreicht Elfie mit der Beute wieder Tante Cordulas Küche, wo die vierbeinige Besucherin gerade die Obstschale auf dem Küchentisch inspiziert.
„Runter da", verlangt Elfie.
Erschrocken hüpft die Ermahnte auf den Boden und schaut Elfie erwartungsvoll an, die die Stangen in der

Hand hält. Langsam schält sie das Futter aus der Verpackung, was die Katze veranlasst, an ihr hochzuspringen.
„Du Arme. Ist dein Hunger so groß?“ Elfie bückt sich hinunter und spaltet die Stange in kleine Teile, die das Tier gierig verschlingt. Eine Zweite und Dritte folgen. Die Mieze ist wirklich niedlich, und Elfie überlegt fieberhaft, wie sie ihr zu ihrem Herrchen oder Frauchen zurück verhelfen könnte. Das Naheliegendste ist, beim Tierheim nachzufragen, ob jemand seine Katze vermisst. Schnell findet Elfie über ihr Smartphone die Rufnummer heraus und ermittelt.
„Wie sieht sie denn aus?“, erkundigt sich ihre Gesprächspartnerin vom Tierheim.
„Grauschwarz getigert, kleine Knopfaugen“, beschreibt Elfie ihren tierischen Findling.
„Wie alt etwa?“
„Keine Ahnung. Sie ist recht klein. Vielleicht ein Jahr.“
„Das passt alles nicht auf unsere Suchmeldungen“, bedauert die Frau.
„Was kann ich denn tun, um den Eigentümer zu finden?“, bohrt Elfie nach, die allmählich ungeduldig reagiert.
„Am besten rufen Sie die Tierärztin an.“
„Haben Sie bitte die Nummer für mich?“
Elfie notiert die durchgegebenen Zahlen auf der Pinnwand in der Küche.
„Vielleicht ist die Katze gechipt und kann identifiziert werden“, vermutet die Frau.
„Hoffentlich, denn sonst weiß ich nicht mehr weiter“, gibt Elfie zu.
„Notfalls bringen Sie die Katze zu uns. Wir kümmern uns um sie und suchen ein neues Zuhause, wenn sich nach einer gewissen Zeit niemand meldet.“
Elfie verabschiedet sich erleichtert. „Danke erst einmal.“ Das Problem treibt ihr die Schweißperlen auf die Stirn. In der Tierarztpraxis meldet sich nämlich keiner. Vorsichtshalber erläutert Elfie auf dem Anrufbeantworter die

Situation und hinterlässt ihre Rufnummer. Es bleibt keine andere Wahl, als die Rückkehr der Tante abzuwarten, die die Katze womöglich kennt und weiß, wohin sie gehört.
„Ich nenne dich einfach Frieda", meint Elfie. Die Katze schaut sie schrägt aus einem Blickwinkel an, als wollte sie sagen: *So heiße ich nicht.*
„Du wohnst bei uns, bis wir dein Frauchen oder Herrchen gefunden haben, versprochen. Ich gebe dich erst einmal nicht ins Tierheim", fährt Elfie ihren Monolog fort und holt vom Sofa ein großes Kissen, das sie in der Küche direkt an die Heizung legt. „Hier, Frieda, das ist dein Platz."
Als würde die Katze genau verstehen, was Elfie sagt, trabt sie tatsächlich dorthin und legt sich darauf nieder.
„Du bist ja brav", lobt Elfie und verwöhnt das Tier mit einigen Streicheleinheiten, das sich entspannt streckt und durch Laute Wohlbehagen signalisiert.
Es ist, als würde Frieda zu diesem Haushalt gehören.
Lange hält sich Elfie nicht mit Kraulen auf, denn die von Tante Cordula erbetene Hilfe erledigt sich nicht von allein.
Nachdem die Sahne steif geschlagen und in eine Schüssel gefüllt ist, setzt Elfie das Wasser für den Ostfriesentee auf.
Währenddessen scheint Frieda eingeschlafen zu sein. Ihre Augen sind geschlossen, und sie schnurrt zufrieden. Ab und zu bewegt sich ihr Schwanz leicht hin und her.
Elfie mag sich gar nicht von dem niedlichen Anblick trennen, aber die Kekse gehören in eine Schüssel gefüllt und auf den Tisch im Wohnzimmer gestellt. Die Vorbereitungen für das Abendessen hat Elfie wegen Frieda total vergessen. Das Schweinefilet muss aus der Tiefkühltruhe, und die Kartoffeln wollen geschält werden.
Plötzlich läutet das Smartphone. Die Tierärztin meldet sich: „Hallo, Sie haben mir auf den Anrufbeantworter gesprochen. Was kann ich für Sie tun?"
Elfie bedankt sich für den schnellen Rückruf und erläutert ihren Fund vor der Haustür.
„Sie können gerne in die Praxis kommen. Ich schaue nach,

ob das Tier einen implantierten Mikrochip hat, und lese den Code aus", bietet sie an. „Dann wissen wir sofort, wem die Katze gehört."
Elfie unterdrückt ein Stöhnen. Ein Besuch in der Tierarztpraxis ist nicht eingeplant. Das kostet bestimmt jede Menge Zeit. Zähneknirschend kündigt sich Elfie trotzdem mit Frieda innerhalb der nächsten halben Stunde an.
Als sie gerade das Wasser auf dem Kocher wieder abstellt, klingelt erneut ihr Handy. Wer will ausgerechnet jetzt etwas von ihr? Tante Cordula? Zu ihrem Erstaunen handelt es sich um Alex. Ihr Herz schlägt schneller, und sie bringt es nicht fertig, den Anruf zu ignorieren.
„Hier ist Alex", meldet er sich. „Ich will nur wissen, wie es dir geht und ob du die Wattwanderung gut überstanden hast?"
„Ja, alles wunderbar. Können wir später nochmal reden?"
„Klar, was ist los? Du klingst gehetzt?"
In einigen Sätzen erzählt Elfie ihr Dilemma mit Frieda und die Zwickmühle, in der sie sich befindet.
„Wie wäre es, wenn ich mit Frieda zur Praxis gehe? Ich habe Zeit", bietet Alex unerwartet an.
„Wirklich? Das würdest du tun?" Elfie traut ihren Ohren nicht.
„Kein Ding. Ich weiß, wo Cordulas Geschäft ist und bin in spätestens zehn Minuten bei dir." Alex ist ganz ohne Zweifel dabei, weitere Sympathiepunkte bei Elfie zu sammeln. Wann hat ihr zuletzt ein relativ fremder Mann ein Problem spontan abgenommen? Sie kann sich an keine solche Begebenheit erinnern, sieht man von Jakob ab, der sie bei sich übernachten ließ.
„Bitte hole die Katze am Hintereingang ab. Dafür musst du den Garten durchqueren. Ich werde dort sein und dir aufschließen."
„Bis gleich." Schon ist Alex aus der Leitung verschwunden.
Wenig später überreicht Elfie ihrem Retter Frieda mit den Worten: „Du hast etwas gut bei mir. Vielen Dank für deine

Hilfe."
„Das mache ich gerne für dich." Er steckt Frieda in die Box, die er mitgebracht hat. „Die habe ich mir schnell von meiner Nachbarin geborgt, die eine Katze hat. So ist der Transport einfacher, und sie kann mir nicht ausbüchsen."
„Genial", meint Elfie.
„Was soll ich tun, wenn die Ärztin keinen Chip findet?"
Elfie überlegt. „Würdest du sie mir bitte zurückbringen? Ich möchte sie nicht übereilt ins Tierheim geben. Vielleicht vermisst die Katze jemand aus der Nachbarschaft."
„Okay, dann weiß ich Bescheid." Alex zieht mit Frieda in der Box ab, und Elfie schließt die Tür wieder hinter ihm ab. Mit gemischten Gefühlen steigt sie die Stufen zu Cordulas Wohnung hoch. Darf sie ohne Rücksprache mit der Tante einfach entscheiden, dass Frieda womöglich zunächst bei ihnen bleibt? Schließlich ist morgen ihr Geburtstag, und die Freundinnen sind gleich mit von der Partie. Alles andere als ein günstiger Zeitpunkt, sich eine Katze anzuschaffen und nach ihrem Eigentümer zu forschen.
Kaum hat Elfie den Ostfriesentee angesetzt, hört sie Cordula im Flur rumoren und mit jemandem sprechen. Zwei Minuten später erscheinen die drei Frauen im Türrahmen, und die Tante stellt Astrid und Karla gleich vor.
Zu Elfies Erstaunen handelt es sich nicht etwa um schrullige Großmütter, sondern um zwei fesche fast Fünfzigjährige, die auf ihre äußere Erscheinung offenbar sehr viel Wert legen. Astrid trägt kurze blond gesträhnte Haare, wahrscheinlich um das Grau zu kaschieren, und hat ein schickes eng anliegendes grünes Kleid an.
Klara steht anscheinend zu ihren grauen Haaren und hat sie hochgesteckt. Ihr schmaler Rock betont ihre langen Beine. Gegen die beiden wirkt Cordula leicht altbacken mit ihrer etwas ausgebeulten Hose und den glatten schulterlangen Haaren.
Elfie fehlt die Vorstellungskraft, dass die drei einmal ein

kicherndes Kleeblatt in der Jugend verkörpert haben. Womöglich erzählen sie später von dieser Zeit.
Klara entdeckt die leere Packung Katzenfutter auf dem Tisch als Erste. „Seit wann hast du eine vierbeinige Mitbewohnerin, Cordula?“ Sie deutet auf das Päckchen.
„Das wüsste ich auch gerne.“ Elfie erhält einen fragenden Blick.
„Ich habe einer Katze vorübergehend Asyl gewährt.“
Während die Freundinnen ihre Gästezimmer belegen, nutzt Elfie die Gelegenheit, ihre Tante über Frieda zu informieren.
„Ich weiß niemanden aus der näheren Umgebung, der eine Katze hat“, meint Cordula nach reiflichem Nachdenken. „Hoffentlich findet die Tierärztin etwas heraus. Nett von Alex, sich um Frieda zu kümmern, wie du sie genannt hast.“
„Kennst du Alex näher?“, fragt Elfie scheinheilig.
„Nicht wirklich. Die Leute, die im Tourismusbüro arbeiten, sind jedem auf der Insel bekannt. Seine Eltern sind nicht unbetucht. Zahlreiche Ferienwohnungen gehören ihnen direkt hinter der Strandpromenade.“
„Er ist heute Morgen für Ole eingesprungen und hat uns durchs Watt geführt“, erläutert Elfie und verschweigt, dass die Rückkehr nicht ganz problemlos verlief.
„Ja, Alex ist wohl ein Tausendsassa, der alles macht und alles kann. Ist er dein Typ?“
Elfie fühlt sich ertappt und errötet. „Ich mag ihn.“
„Aha“, lautet der Kommentar von Cordula, die die Teekanne vor sich hin lächelnd ins Wohnzimmer balanciert.

Eine halbe Stunde später versammeln sich alle um den Tisch, trinken Ostfriesentee und essen Apfelkuchen mit Schlagsahne. Das Thema der drei Freundinnen über ihre Familien von Astrid und Klara interessiert Elfie wenig. Wo bleibt Alex? Warum meldet er sich nicht? Ob Frieda wieder zu ihrem Frauchen oder Herrchen zurückgekehrt

ist? Elfie würde es fast bedauern, denn für Tante Cordula wäre ein lebendes Kuscheltier gar nicht schlecht. Katzen sind in der Regel pflegeleicht, wenn sie raus und rein und ihr Geschäft draußen erledigen können. Außerdem müssen sie nicht ständig beaufsichtigt werden und dürfen mal einige Stunden allein bleiben. Ideal für Berufstätige.
Elfie schmiedet Pläne, ohne dass Cordula einen blassen Schimmer davon hat.
Plötzlich meldet sich Elfies Smartphone. „Entschuldigt mich bitte einen Moment." Sie läuft in die Küche und nimmt den Anruf von Alex entgegen.
„Na endlich", begrüßt sie ihn. „Was ist? Hat Frieda einen Chipcode?"
„Nein, leider nicht, und ich stehe mit ihr bereits wieder unten an der Hintertür. Schließt du mir bitte auf?"
Irgendwie ist Elfie erleichtert, Frieda zurückzubekommen. In der kurzen Zeit hat sie die Katze in ihr Herz geschlossen und insgeheim für Cordula adoptiert.
Sie fliegt die Treppenstufen hinunter und öffnet Alex die Tür.
„Tut mir leid", sagt er mit zerknirschter Miene. „Die Tierärztin kennt so ziemlich alle Katzen aus der Umgebung, aber diese hier nicht, und befürchtet, dass Urlauber Frieda einfach auf der Insel ausgesetzt haben."
„Wie gemein", entfährt es Elfie. „Was für Menschen sind das?"
„Solche, die so ein niedliches Wesen gar nicht verdient haben. Darf ich reinkommen? Es ist kalt."
„Natürlich. Würde es dir etwas ausmachen, wenn du Frieda in der Box nach oben trägst? Heißer Tee und Apfelkuchen sind die Belohnung."
„Das lasse ich mir nicht entgehen. Ist das deiner Tante denn recht?"
„Logisch. Die findet deine spontane Hilfe cool."
Schon beim Betreten der Wohnung hören sie die Freundinnen kichern. Nun weiß Elfie, woher der Name fürs Kleeblatt stammt.

Niedlichkeitsbekundungen empfangen Frieda, als sie fast majestätisch aus der Kiste schreitet, als wüsste sie, dass es gilt, Eindruck zu schinden, um bleiben zu dürfen.
Nur Cordula schaut skeptisch und bedankt sich bei Alex. „Nehmen Sie bitte Platz und erzählen uns, was mit Frieda passieren soll."
Alex lässt sich nicht zwei Mal auffordern und hockt sich neben Elfie, die ihm ein Stück Kuchen auf den freien Teller häuft und anschließend Tee in die Tasse gießt.
„Die Ärztin hat ein Foto von Frieda geschossen und es im Wartezimmer aufgehängt. Sie schätzt die Katze auf knapp ein Jahr, die ein bisschen unterernährt wirkt. Wahrscheinlich wurde sie vor einigen Tagen von ihren Besitzern einfach auf Borkum zurückgelassen und hat sich durchgeschlagen. Die Ärztin hat vorgeschlagen, ein kleines Suchplakat anzufertigen und überall in den Geschäften oder in öffentlichen Räumen auszuhängen. Vielleicht meldet sich jemand."
„Das glaube ich kaum", äußert Elfie ihre Bedenken.
„Wir sollten sie solange ins Tierheim bringen", schlägt Cordula vor. „Dort kümmern sie sich am besten um sie."
„Neiiiiin", brüllen Elfie, Astrid und Klara wie aus einem Mund.
Zur Demonstration, dass auch Frieda nicht einverstanden ist, rennt sie in die Küche auf ihr Kissen an der Heizung und verhält sich mucksmäuschenstill.
„Bitte lass uns Frieda einige Tage behalten, bis die Plakate nichts gebracht haben", fleht Elfie und wird von Astrid und Klara unterstützt.
„Die Katze stört uns nicht", bekundet Klara.
„Verkaufst du nicht sogar Katzenfutter in deinem Laden?", fragt Astrid.
„Ja, aber auf Katzen-Airbnb bin ich nicht vorbereitet", kontert Cordula. „Morgen feiern wir Geburtstag, und niemand kann sich um das Tier kümmern. Ich habe keine Zeit, Plakate zu verbreiten."
„Das erledige ich", mischt sich Alex ein und wirft Elfie ein

zwinkerndes Auge zu, die ihn dankbar anlächelt.
„Du bist wirklich ein Katzenflüsterer."
„Ihr seid unmöglich", stellt Cordula fest und lacht dabei. „Ich dachte, ihr seid wegen mir hier, stattdessen raubt mir Frieda die Show. Wie soll ich das finden?"
„Super natürlich. Heiße sie einfach als Überraschungsgast willkommen." Elfie grinst in Alex' Richtung und schenkt eine Runde Tee an alle aus.

Nach einer Stunde verabschiedet sich Alex. „Ich muss meiner Nachbarin die Box wiedergeben. Vielen Dank für die leckere Bewirtung."
„Gerne. Ich danke Ihnen für Ihre Hilfe", meint Cordula.
Gegen ihren Willen spürt Elfie Eifersucht hinsichtlich der unbekannten Nachbarin aufkeimen. Ob Alex später eine Weile bei ihr bleibt oder sich anderweitig für die Leihgabe erkenntlich zeigt? Die Fantasie geht mit ihr durch. Sofort ermahnt sie sich innerlich, nicht gleich über ungelegte Eier zu spekulieren.
„Begleitest du mich nach unten?", reißt Alex sie aus ihren Grübeleien.
„Ja, sicher."
Schweigend steigen Elfie und Alex die Treppe hinunter, bis sie die Hintertür erreichen. „Warum gibt es keine Klingel?", will Alex wissen.
„Weil meine Tante die sowieso nicht im Laden hören würde. Außerdem mag sie nicht, wenn Fremde durch ihren Garten latschen. Der offizielle Eingang ist vorne durchs Geschäft."
„Für Frieda könnte man gut eine Katzenklappe in die Hintertür installieren. Da wäre sie gleich im Garten", schlägt Alex vor.
„Ich glaube nicht, dass Tante Cordula Frieda behält, wenn sich kein anderer Besitzer meldet. Hast du ihren Gesichtsausdruck gesehen, als wir sie überrumpelt haben, die Katze wenigstens einige Tage zu beherbergen?"
„Lass die Zeit für Frieda arbeiten. Sie ist ein niedliches und

schlaues Tier und wird deine Tante im Sturm erobern."
„Ich hoffe, du hast recht. Eine Mitbewohnerin täte ihr gut, denn sie wirkt ziemlich einsam auf mich. Wahrscheinlich würde sie das niemals zugeben."
„Wer outet sich schon gerne, als Single nicht glücklich zu sein?"
Elfie nimmt allen Mut zusammen. „Trifft das auf dich zu?"
„Ich bin zwar Single, denke jedoch nicht darüber nach."
Bevor Alex sich in die Kälte traut, haucht er Elfie einen Kuss auf die Stirn. „Wir sehen uns am Sonntag auf der Welle."

♥

KAPITEL 11

Beschwingt kehrt Elfie zu dem kichernden Kleeblatt zurück, klinkt sich aber nach einigen Minuten wieder aus, um das Abendessen zu kochen.
Der Blätterteig ist inzwischen aufgetaut, ebenso das Schweinefilet, das damit ummantelt wird. Elfie reibt das Fleisch mit Salz, Pfeffer und Kräutern ein und brät es kurz von allen Seiten in der Pfanne an.
Währenddessen sieden bereits die Kartoffeln.
Als weitere Beilage stellt sich Elfie grüne Bohnen mit Speck und Zwiebeln vor. Das Gemüse gibt es aus der Dose, damit es schneller geht.
Zwischendurch wirft Elfie einen verliebten Blick auf Frieda, die ohne jegliche Regung wie eine Prinzessin auf dem Kissen an der Heizung thront, als wüsste sie genau, was auf dem Spiel steht. Am liebsten würde Elfie ihren Findling selbst mit nach München nehmen. Schade, dass sie nur eine Wohnung besitzt und keinen Garten mit einer Umgebung, die einem Tier Freiraum bietet. Eines Tages wird sie hoffentlich mit ihrer eigenen kleinen Familie ein Haus besitzen und sich eine Katze erlauben. Ob sich ihr Wunschtraum jemals erfüllt?
Nachdem das Schweinefilet im Blätterteigmantel im Ofen gelandet ist, hockt sich Elfie einen Moment zu Frieda auf den Boden und liebkost sie. Wie kann jemand so ein putziges Wesen loswerden wollen? Elfie begreift ein derartiges Verhalten nicht. Warum schaffen sich solche Leute

zunächst ein Tier an, um es nach einer gewissen Zeit zu entsorgen? Ihre Spekulationen führen zu nichts, denn es kann vielfältige Gründe geben. Vielleicht ist Frieda sogar selbst weggelaufen und hat die Orientierung nach Hause verloren.
„Du bist die geborene Katzenmama, wie mir scheint“, erschreckt Cordula Elfie aus ihren Gedanken.
„Ist sie nicht süß? Bestimmt hat sie Heimweh.“
„Danach sieht sie nicht aus. Frieda liegt da, als wäre das immer ihr Platz gewesen“, sagt Cordula und hebt den Deckel vom Bohnentopf. „Hm ... wie das duftet. Ich nehme schon mal die Teller und das Besteck mit. Kann ich dir sonst helfen?“
Elfie wiegelt ab. „Nein, genieße du die Zeit mit deinen Freundinnen. Ich schaffe alles allein.“
„Das ist lieb. Astrid und Klara sind ganz begeistert von dir.“
„Ich finde deine Freundinnen auch sehr nett und hoffe, ihr erzählt später Geschichten von eurem kichernden Kleeblatt. Nun mach, dass du zu ihnen kommst und sie unterhältst.“ Elfie lacht und scheucht ihre Tante aus der Küche. Gerade im letzten Moment holt sie das Fleisch aus dem Backofen, bevor der Blätterteig verkohlt.
Wenig später loben alle Elfies Kochkünste und lassen es sich bei einem Glas Wein schmecken.
Nachdem sie gemeinsam das schmutzige Geschirr in die Spülmaschine geräumt haben, mündet der Abend in den gemütlichen Teil.
„Hol mal deine alten Fotoalben“, schlägt Astrid vor. „Dann zeigen wir Elfie, wie wir früher aussahen.“
Cordula tut wie ihr befohlen und fischt aus der Schrankwand einige Alben, von denen sie mit dem Ärmel ihres Pullovers flink den Staub abwischt. Offenbar fristen die Fotobücher schon länger ein unbeachtetes Dasein.
Elfie sitzt zwischen ihrer Tante und Klara und lauscht ihren Erklärungen zu den Bildern. Sie zeigen das kichernde Kleeblatt in allen möglichen Situation, aber hauptsächlich

im Sommer am Strand von Borkum.
Plötzlich erkennt Elfie ihre Mutter auf einem Foto mit Cordula, Klara und Astrid. Alle vier strahlen in die Kamera.
„Hey, wann war das denn?“ Sie wendet sich an die Freundinnen. „Ihr kennt ja meine Mutter.“
Astrid bestätigt das. „Klar, im Sommer waren wir oft ein vierblättriges Kleeblatt, wenn Marion in den Ferien zu Besuch bei Cordula war. Wir hatten viel Spaß miteinander.“
„Stimmt. Astrid und ich waren sogar eifersüchtig auf deine Mutter, weil Cordula ihr mehr Zeit widmete als uns“, fügt Klara hinzu und schmunzelt.
Elfie wittert eine Chance, endlich mehr über das Verhältnis ihrer Mutter zu Cordula zu erfahren, und warum es in die Brüche ging.
Ihrer Tante ist jedoch anzumerken, dass ihr das Thema nicht behagt, denn sie blättert die Seiten mit Marion eilig um. Deshalb wagt es Elfie wieder nicht, konkret nach ihrem Disput zu fragen. Ob Astrid und Klara Bescheid wissen? Sie sind auf einmal verstummt, und wenn sich Elfie nicht täuscht, werfen sie sich entsprechende Blicke zu. Hoffentlich findet sich eine passende Gelegenheit, einmal eine von beiden allein zu erwischen und sie dann in die Zange zu nehmen.
Im letzten Album kommt Elfie dem Rätsel unerwartet näher. Es enthält diverse Fotos vom kichernden Kleeblatt auf einer Strandparty, bei der auch Marion zu sehen ist. Elfie fallen fast die Augen aus dem Kopf, denn ihre Mutter ist eng tanzend mit einem jungen Mann abgebildet, den sie eindeutig verliebt anschaut.
„Wer ist denn der Typ, dem Mama am Hals hängt?“, erkundigt sich Elfie erstaunt.
Schweigen.
Astrid antwortet: „Das ist Eike Harms.“
„Harms?“ In Elfies Kopf arbeitet es, bis es ihr dämmert. „Ist das der Vater von Carsten, dem Piloten?“

„Richtig“, stößt Klara hervor, als hätte Elfie gerade in einem Quiz gewonnen.
Direkter Angriff ist angesagt. „War Mama in ihn verliebt?“
Erneute Stille, bis sich Cordula räuspert: „Das sieht nur so aus. Eike gehörte eine Zeit lang zu unserer Clique. Er baggerte damals alle Touristinnen an, die nicht bei drei auf einer Buhne hockten.“ Cordulas Erklärung klingt verächtlich. Offenbar ist sie deswegen nicht gut auf Eike zu sprechen.
Elfie spürt, dass sie ein heißes Eisen angepackt hat und das Thema am Vorabend von Cordulas Geburtstag lieber zurück in die Schublade legt. Zumindest hat sie nun einen Anhaltspunkt. Seltsam auch, dass ihre Mutter nie etwas von einem Flirt auf Borkum gebeichtet hat. Elfie glaubte, alle Liebschaften von ihr zu wissen, bevor sie dem Vater begegnet ist. Anscheinend hat sie Eike vergessen oder absichtlich nicht erwähnt. Elfie kommt das Verhalten des Kleeblatts verdächtig vor. Hier wird eindeutig gemauert, denn Cordula bietet hektisch einen Verdauungsschnaps an und schlägt das Album zu. Wahrscheinlich sind noch mehr Fotos von Eike und Marion vorhanden. Elfie merkt sich die Farbe des Buches und den Ort, an den Cordula es zurückstellt. Bei Gelegenheit wird sie es sich in Ruhe anschauen und ihre Schlüsse daraus ziehen. Auf jeden Fall nimmt sich Elfie vor, ihre Mutter mit Eike zu konfrontieren, wenn sie wieder in München ist.
Der Schnaps lenkt tatsächlich ab, und auch Frieda sorgt für Abwechslung, indem sie unvermutet auf Cordulas Schoß springt. Erschrocken weicht sie zurück, während Elfie, Astrid und Klara lachen.
„Die Mieze weiß genau, wen sie umgarnen muss, um hier zu bleiben“, folgert Astrid.
„Ich glaube eher, dass sie mal vor die Tür muss oder habt ihr ein Katzenklo in der Wohnung?“, wirft Klara ein.
„Nein, warum sollte ich so etwas besitzen?“, rätselt Cordula, erbarmt sich jedoch und lockt Frieda in den Flur. „Komm, miez, miez, miez. Ich führe dich Gassi.“

Als würde Frieda begreifen, was ihr Gastfrauchen bezweckt, trabt sie eilig hinter ihr her.
„Die zwei freunden sich bereits an." Astrid gießt sich und Klara einen weiteren Schnaps aus der Flasche ein.
„Das wäre sicher nicht die schlechteste Lösung für Tante Cordula und Frieda, falls sich niemand meldet, der sie zurückhaben will." Insgeheim hofft Elfie das. Zu ihrer Überraschung taucht Cordula nach einigen Minuten wieder auf und trägt die Katze im Arm. „Ich fasse es nicht. Frieda ist stubenrein wie ein Hund. Nachdem ich sie nach draußen gelassen habe, ist sie in den Garten, hat ihr Geschäft blitzartig erledigt und kam sofort wieder ins Haus."
„Wahrscheinlich hatte sie Angst, du würdest ihr die Tür vor der Nase zuschlagen." Elfie zwinkert Astrid und Klara zu, die wieder kichern. Das haben sie augenscheinlich aus ihrer Jugend nicht verlernt.
Der Abend klingt um Mitternacht mit dem Anstoßen auf Cordulas Geburtstag aus.
Elfie hat extra Wunderkerzen gekauft, und während diese abbrennen, bringt sie ihrer Tante zusammen mit den Freundinnen ein Ständchen.
Sowohl Elfie, als auch Klara und Astrid, überhäufen Cordula mit guten Wünschen.
„Mein Geschenk erhältst du erst morgen", kündigt Elfie an.
Astrid pflichtet ihr bei: „Unseres auch. Jetzt brauche ich erst einmal eine Portion Schlaf. Obwohl die Reise nicht solange gedauert hat, bin ich müde."
„Das liegt wohl eher am Alkohol." Klara leert ihr Glas mit dem Geburtstagssekt und gähnt demonstrativ.
Deshalb bläst Cordula zum Aufbruch ins Bett. „Ja, wir sollten für den morgigen Tag fit sein. Wer weiß, wer als Überraschungsgast erscheint. Vorsichtshalber sorgt ein Cateringservice für einige Platten mit belegten Brötchen. Deshalb werde ich früh aufstehen."
Elfie protestiert. „Du bleibst liegen. Das Frühstück ist

meine Sache, und das Essen nehme ich an."
„So ein nettes Patenkind hätte ich auch gerne. Meine beiden lassen schon lange nichts mehr von sich hören", beschwert sich Astrid und schenkt Elfie ein Lächeln, die sich bemüßigt fühlt, ihre Tante zu loben. „Wir haben eben ein enges Verhältnis zueinander, das wir trotz der Distanz pflegen. Heutzutage bedeutet das über die digitalen Netzwerke kaum Aufwand. Schreib deine Patenkinder einfach mal an. Vielleicht freuen sie sich und antworten dir."
„Du hast recht. Das versuche ich mal", beschließt Astrid.
Nachdem das Kleeblatt sich in seine Zimmer verzogen hat, räumt Elfie auf und deckt den Geburtstagstisch. Das erspart ihr am nächsten Morgen allzu große Hektik. Dazu holt sie ihr Geschenk aus dem Versteck im Schrank und legt es neben Cordulas Teller.
Frieda beäugt Elfies Tun vom Sofa aus, das sie sich nach Cordulas Verschwinden erobert hat. Sie scheint sich bereits heimisch zu fühlen.
Als Elfie endlich neue Kerzen in den Leuchter gesteckt hat und den dekorierten Tisch mit Herz-Teelichtern und Glitzer für gelungen erachtet, überfällt sie selbst die Müdigkeit. Was soll sie mit Frieda machen? Im Geburtstagseifer hat sie sich nicht mit der Tante abgesprochen. Die Katze in der für sie fremden Umgebung einfach allein zu lassen, erscheint ihr zu riskant. Nicht, dass Frieda auf den Tisch springt und Geschirr zerdeppert, geschweige denn Elfies Geschenk hinunterwirft. Es gibt nur eine Lösung: Sie nimmt das Tier mit in ihr Zimmer.
Gedacht, getan. Mit dem Kissen aus der Küche unter dem einen Arm und der Katze unter dem anderen, steigt Elfie zur mittleren Etage ab und schleicht sich in ihr Zimmer.
Frieda kapiert offenbar sofort, dass sie sich aufs Kissen legen soll, das Elfie neben ihrem Bett platziert.
„Schlaf gut, meine Schöne. Alles wird gut." Während Elfie hofft, dieses Versprechen halten zu können, streichelt sie Friedas weiches Fell. Wie gerne hätten sie und ihr Bruder

Hannes als Kinder ein Haustier gehabt. Indes wollte ihre Mutter keines haben. Für sie bedeutete es nur Nachteile, sich um ein weiteres Familienmitglied kümmern zu müssen. Alles Flehen half nichts, und auch der Vater ließ sich nicht auf Elfies und Hannes' Seite ziehen. Er argumentierte dahingehend, dass bei Kindern die Euphorie, das entsprechende Tier zu versorgen, schnell verschwindet, und diese Aufgabe meistens an der Hausfrau hängenbleibt. Deshalb sei es allein Marions Entscheidung, ob sie einer Anschaffung zustimmt oder sie verweigert.
Wohl oder übel mussten Elfie und ihr Bruder das akzeptieren, wenn es auch schweren Herzens geschah.
Als Elfie schließlich im Bett liegt, schweifen ihre Gedanken zu Alex. Ob er noch etwas bei seiner Nachbarin getrunken und mit ihr geplaudert hat?
Wenn es so etwas wie Telepathie tatsächlich gibt, findet sie genau in diesem Moment zwischen Elfie und Alex statt. Eine Nachricht von ihm landet auf ihrem Smartphone.

Liebe Elfie,
gerade habe ich an Dich und Frieda gedacht. Wie geht es dem Findelkind? Hattet Ihr einen schönen Abend?

Gruß Alex

Elfies Herz hüpft vor Freude, und sie tippt gleich zurück:

Soweit ich das beurteilen kann, fühlt sich Frieda hier wohl. Ich habe sie mit in mein Zimmer genommen, und sie schläft auf ihrem Kissen.

Alex:

Da beneide ich Frieda und würde gerne mit ihr tauschen.

Elfie:

Ich glaube nicht, dass Dir das Dasein als Bettvorleger gefallen würde.

Du könntest bestimmt nicht schlafen.

Alex:

In Deiner unmittelbaren Nähe sowieso nicht.

Flirtet Alex gerade mit ihr? Elfie weiß nicht, wie sie darauf reagieren soll. Ihr Herz nimmt Fahrt auf, wenn sie sich vorstellt, in Alex' Armen und an seiner nackten Brust zu liegen.

Alex:

Bist Du noch da? Bin ich Dir zu nahe getreten mit meinen geheimen Wünschen?

Elfie nimmt allen Mut zusammen:

Nein. Ich bewundere, dass Du zu später Stunde so charmant bist und nette Dinge schreibst.

Alex:

Nett nennst Du das? Ich meine es ernst und bin dabei, mich in Dich zu verlieben.

Elfies Herz scheint vor Aufregung ihren Körper zu verlassen, so sehr hämmert es gegen ihre Brust. Soll sie Alex gestehen, dass es sie auch erwischt hat? Dass sie nichts mehr ersehnt, als ihn zu umarmen und eins mit ihm zu werden? Eine unbekannte Macht hält Elfie jedoch davon ab, Farbe zu bekennen. Ihre bisherigen Erfahrungen ermahnen sie zur Vorsicht und keinen übereilten Liebesschwüren. Außerdem schleicht sich plötzlich das Gesicht von Carsten mit seinen Grübchen vor ihr inneres Auge. Wieso denkt sie in einer solchen Situation an ihn?

Ich fühle mich geschmeichelt und mag Dich sehr. Jetzt ist Frieda zur Tür gelaufen. Ich fürchte, sie muss nochmal nach draußen. Schlafe gut. Bis bald.

Zwar dient die Katze als Notlüge, aber Elfie ist in diesem Moment nichts Besseres eingefallen, als sich auf diese Weise aus der Affäre zu ziehen.
In Wirklichkeit schlummert Frieda längst entspannt auf dem Kissen.
Elfie dagegen findet vorerst keinen Schlaf und denkt an Alex' Geständnis. Wie gerne würde sie Claires Meinung dazu hören. Um diese Uhrzeit traut sich Elfie nicht mehr, die Freundin anzurufen. Womöglich ist sie doch nicht in München geblieben, sondern schläft an der Seite von ihrem Lover bei seiner Familie. Die beiden zu stören, wäre mehr als rücksichtslos. Erst muss Elfie herausfinden, ob Claire das Wochenende allein verbringt. Dazu setzt sie eine Nachricht per WhatsApp ab:

Liebe Claire,
falls Du übers Wochenende allein bist, hätte ich gerne Deinen Rat in Liebesdingen. Sag mir bitte einfach Bescheid.
Gute Nacht,
Deine verwirrte Elfie

♥

KAPITEL 12

Ein lautes Miauen weckt Elfie am frühen Morgen. Es ist noch stockfinster draußen.
Ohne Katzenklappe ist es tatsächlich lästig, Frieda im Schlafanzug nach unten zu bringen, um sie in den Garten zu lassen. Was sollen sie überhaupt heute Abend mit ihr machen, wenn die Feier außer Haus stattfindet? Daran hat bisher niemand gedacht. Ob Alex auf sie aufpassen würde? Allerdings ist es Samstag, und sicher hat er etwas Besseres zu tun, als sich als Katzensitter zu betätigen. Vielleicht haben die Plakate bald Erfolg, die er im Tourismusbüro, in Geschäften und Restaurants aufhängen will, und das Problem löst sich von allein.
Elfie darf gar nicht daran denken, Frieda wieder abzugeben. Sie passt so gut zu Tante Cordula, die ihr Herz allmählich an die Mieze zu verlieren scheint, auch wenn sie es nicht zugibt.
Es ist kalt draußen und windet so sehr, dass Frieda in Rekordzeit zurück ins Haus schlüpft, und Elfie schnell die Tür schließt.
In Windeseile duscht sie und zieht sich an, um das Catering in Empfang zu nehmen, das sich angekündigt hat. Gleichzeitig setzt Elfie das Kaffeewasser auf und bereitet alles für eine Schüssel Rührei vor. Brötchen und Croissants landen aus der Tiefkühltruhe im Backofen und der restliche Apfelkuchen aus der Vorratskammer auf dem Geburtstagstisch.

Ursprünglich hatte Elfie eine Torte geplant, aber die Idee mangels Zeit wieder verworfen, weil Tante Cordula bereits einige fabriziert und tiefgefroren hat. Vorsorglich befreit Elfie sie nach und nach aus ihrem kalten Gefängnis und stellt sie zum Auftauen jeweils auf eine Kuchenplatte.
Cordula rechnet am Vormittag mit einigen Gratulanten, die nicht am Abend ins *Hotel Düne* eingeladen sind.
Etliche Flaschen Prosecco liegen dafür im Kühlschrank bereit.
Glücklicherweise haben sich Astrid und Klara ebenfalls angeboten, bei der Verpflegung der Gäste zu helfen. Allein würde das Elfie kaum schaffen.
Kurz nachdem der Cateringservice geliefert und Elfie die Canapés auf ddie Anrichte im Wohnzimmer platziert hat, steht Tante Cordula im Türrahmen.
„Wow“, entfährt es Elfie, die vor Staunen die Augen aufreißt. Entgegen Cordulas sonstiger, modischer Gepflogenheit, immer bequeme Hosen zu tragen, steckt sie heute in einem eleganten, grauen Kostüm mit dunkelblauer Bluse. Ihre Haare hat sie geschickt zu einer Banane am Hinterkopf geformt und einzelne Strähnen fransig auf die Stirn frisiert, was ihr ein jugendliches Aussehen verleiht.
„Du siehst jünger aus als gestern“, scherzt Elfie und umarmt Cordula. „Nochmals alles Gute, vor allem Gesundheit und schöne Erlebnisse.“
„Danke dir, meine Liebe.“ In diesem Augenblick entdeckt Cordula den festlich gedeckten Tisch. „Oh, wie schön hast du das dekoriert. So etwas hat für mich noch nie jemand gemacht.“
„Dann wurde es aber Zeit. Ich liebe Geburtstagstische.“
Elfie merkt ihrer Tante die Rührung an, die sich mit der Hand über die Augen fährt, als wollte sie sich aufkommende Tränen abwischen. Das Unterdrücken schafft sie nicht mehr, als sie Elfies Geschenk in Händen hält. Die Freudentränen fließen bei Betrachtung der Porzellanfigur. „Du hast dir gemerkt, dass ich die sammle?“

„Ja, ich habe sie damals in deiner Vitrine bewundert, als wir hier in Urlaub waren."
„Du bist ein Schatz. Ich freue mich sehr darüber, zumal ich mir selbst lange keine neue Figur mehr gegönnt habe."
Ein Miauen ist zu hören, und Frieda taucht auf.
„Ja, wen haben wir denn da?", begrüßt Cordula den vierbeinigen Gast. „Wo hat Frieda denn geschlafen? Ich war zu beschwipst, um mich um sie zu kümmern."
„Ich habe sie mit zu mir genommen und hoffe, das ist okay für dich. Gefressen hat sie bereits einige Katzenstangen, und draußen war sie auch."
„Das scheint eine pflegeleichte Mieze zu sein. Nur kann es trotzdem so nicht weitergehen. Wir brauchen eine Lösung, was mit ihr geschehen soll. Ich kann sie nicht behalten."
„Warum nicht? Wenn du eine Katzenklappe in die Hintertür installieren lässt, ist Frieda völlig unabhängig. In deiner Freizeit hättest du sie zum Schmusen. Schau, wie lieb sie guckt."
„Du hast wirklich Nerven. Nachher habe ich hier ein ganzes Rudel Katzen, das durch die Klappe kommt."
„Dafür gibt es eine geniale Möglichkeit, wie mir Alex erzählt hat."
„Schieß los", fordert Cordula auf.
„Es gibt Katzenklappen mit Chiperkennung."
„Entschuldige. Ich stehe auf dem Schlauch. Wie funktioniert so etwas?"
„Die Tierärztin implantiert Frieda einen Mikrochip, der einen einmaligen Code enthält und durch den sie identifiziert werden kann. Die Katzenklappe wird mit diesem Code ebenfalls programmiert, sodass sich diese nur öffnet, wenn Frieda davor steht. Anderen Katzen bleibt der Zutritt zum Haus verwehrt."
„Klingt genial, aber wir zerbrechen uns unnötig den Kopf. Entweder melden sich die Besitzer von Frieda, oder sie kommt ins Tierheim." Cordula setzt eine entschlossene Miene auf, und Elfie wagt vorerst nicht zu widersprechen. Schließlich will sie am Geburtstag keine Unstimmigkeiten

mit ihrer Tante riskieren.
Glücklicherweise unterbrechen Astrid und Klara ihre Diskussion und überreichen Cordula ihr Geschenk. Es handelt sich um einen Wellnessgutschein für ein Wochenende an einem Ort ihrer Wahl.
„Ihr beiden seid ja verrückt. Wann soll ich den denn einlösen?"
„Notfalls schmeißen wir mal deinen Laden, damit du dir endlich eine Auszeit gönnst. Wie lange ist dein letzter Urlaub her?", fragt Klara.
Cordula lacht. „Ich wohne auf einer Ferieninsel. So betrachtet, habe ich das ganze Jahr Ferien."
„Keine Ausrede", mischt sich Astrid ein. „Du löst den Gutschein im nächsten Jahr ein, oder wir sind dir böse."
Während das kichernde Kleeblatt weiter diskutiert, tischt Elfie die Frühstücksleckereien unter den lobenden Worten der drei Frauen auf.
„Wie gelangen deine Gäste überhaupt ins Haus? Eine Klingel gibt es ja nicht", fragt Elfie ihre Tante.
„Sie gehen einfach durch den Laden. Bis zum frühen Nachmittag habe ich dort eine Aushilfe beschäftigt. Danach ist eben zu. Wer zu spät kommt, hat Pech gehabt."
Astrid kichert. „Ich bin so gespannt, wer alles erscheint, und ob wir bekannte Gesichter von früher wiedertreffen."
Kaum hat sie ihre Erwartung ausgesprochen, klopft es an der Wohnungstür.
„Ich mache auf", bietet Elfie an und staunt, wer sich vor ihr aufbaut. Sie glaubt, Eike Harms zu erkennen, den sie gestern im Fotoalbum gesehen hat, obwohl er inzwischen ergraute Haare besitzt.
Wenig später bestätigt er ihre Vermutung. „Darf ich eintreten? Ich möchte Cordula zum Geburtstag gratulieren."
Seine Aussage wird durch den Blumenstrauß, bestehend aus Rosen und Lilien, und eine Schachtel Pralinen bekräftigt.
„Natürlich, bitte kommen Sie rein. Ich bin Elfie, Cordulas

Patenkind."
Eike Harms stutzt und mustert Elfie von oben bis unten. „Sind wir uns schon mal begegnet?", tastet er sich vor.
„Nicht, dass ich wüsste."
Eike Harms ist offenbar nicht gewillt, locker zu lassen. „Jedenfalls erinnern Sie mich an jemanden, den ich in der Jugend kannte."
Elfie geht zum Frontalangriff über: „Meinen Sie vielleicht Marion, meine Mutter?"
„Jetzt, wo Sie es sagen, fällt mir die verblüffende Ähnlichkeit auf. Ist sie etwa auch hier?" Eikes Miene verrät, dass ihm das nicht behagen würde, was Elfie sehr verdächtig erscheint.
„Nein, ich bin ohne meine Familie hier. Bitte folgen Sie mir ins Wohnzimmer", fordert Elfie den Gast auf und nimmt ihm die Blumen ab, um sie in eine Vase zu stellen.
Cordulas Freude über Eikes Besuch sieht anders aus. Ihr Gesichtsausdruck verfinstert sich, aber sie begrüßt ihn mit der Höflichkeit, die einem 2. Bürgermeister als Gratulant gebührt.
Fast artig wie ein Schulmädel bedankt sie sich für die Glückwünsche und Geschenke, während Astrid und Klara Eike begeistert umringen und ihn gleich mit Beschlag belegen. Vermutlich wollen sie mit ihm über alte Zeiten reden.
Weitere Gäste trudeln ein wie Lieferanten von Cordula, die unmittelbaren Nachbarn und gute Kunden. Auf dem improvisierten Gabentisch häufen sich die Päckchen, und Elfie kommt mit dem Ausschenken von Prosecco oder Orangensaft kaum nach.
Frieda hat sich auf ihr Kissen an der Heizung verzogen. Der Trubel behagt ihr wahrscheinlich nicht. Ab und zu erhält sie von Elfie eine Streicheleinheit und frisches Wasser im Napf. Als sie sich einmal wieder aufrichtet, blickt sie einer fremden Frau ins Gesicht. „Sie haben sich verirrt. Ins Wohnzimmer zu meiner Tante bitte dort entlang." Mit der Hand deutet Elfie auf die entsprechende Tür.

„Ist sie das?“, fragt die Fremde.
„Wen meinen Sie?“
„Na, die Katze, die ihr Frauchen oder Herrchen sucht. Meine Traudi ist entlaufen, und das könnte sie sein. Ich habe eben den Aushang am Fenster des Tourismusbüros entdeckt.“
So schnell hat Elfie mit dem Erfolg von Alex‘ Plakatierung nicht gerechnet und gibt den Blick auf Frieda frei. „Ist das ihre Traudi?“ Insgeheim hofft sie auf eine negative Antwort.
Das Universum hat wohl ein Einsehen.
Die Frau bückt sich zu Frieda hinunter, die sich intuitiv unter die Heizung verkriecht.
„Meine Katze ist nicht so ängstlich. Jedenfalls ist es diese dort nicht. Meine hat mehr auf den Rippen.“
Elfie strahlt vor Erleichterung und heuchelt: „Wie schade. Es tut mir leid, dass es sich nicht um Ihre Katze handelt. Ich hoffe, sie taucht wieder auf.“
Nachdem die Frau das Weite gesucht hat, stürmt Cordula aufgebracht in die Küche. „Ich könnte Astrid den Hals umdrehen?“
„Wieso?“
„Fragt sie in meinem Beisein, ob Eike heute Abend ins *Hotel Düne* eingeladen ist. Dabei dürfte sie wissen, dass wir nur noch geschäftlich miteinander verkehren. Blöd genug, dass er heute den 1. Bürgermeister vertritt und hier einfach hereinschneit.“
„Sag mir endlich, was zwischen dir, diesem Eike und meiner Mutter damals vorgefallen ist. Ich spüre doch, dass euer Zwist mit diesem Mann zu tun hat.“
„Die Geschichte dauert viel zu lang, um sie dir im Vorbeigehen zu erzählen. Außerdem möchte ich mich heute ungern daran erinnern.“
„Was hast du denn auf Astrids Frage geantwortet?“, hakt Elfie nach.
Auch Frieda hält den Kopf schräg, als würde sie Cordulas Reaktion brennend interessieren.

„Ich habe Eike freigestellt zu erscheinen und hoffe, er hat kapiert, dass ich ihn in Wirklichkeit nicht auf meiner Feier sehen will."
„Er ist männlich und deshalb womöglich schwer von Begriff. Ich wette, er taucht auf, ohne sich Böses dabei zu denken", vermutet Elfie.
„Bloß nicht. Das würde mir den Abend verderben."
„Selbst wenn Eike tatsächlich erscheint, geht er zwischen all den anderen Gästen unter", versucht Elfie zu beruhigen. „Wir fertigen vorsichtshalber ein Platzkärtchen für ihn an und platzieren ihn weit genug von dir weg."
„Okay, vielleicht setzen wir Astrid und Klara gleich zu ihm um." Ob Cordula das ironisch meint, bleibt ihr Geheimnis.
Um von diesem leidigen Thema abzulenken, berichtet Elfie von der unbekannten Besucherin, die Frieda nicht als ihren Stubentiger identifiziert hat.
„Immerhin gibt es Leute, die ihre Katze vermissen. Ich gebe die Hoffnung nicht auf, dass Frieda von ihren Besitzern bei uns gefunden wird. Was machen wir mit ihr, wenn wir nachher im *Hotel Düne* feiern?", äußert Cordula ihre Bedenken.
„Wenn du nichts dagegen hast, bitte ich Alex, auf Frieda aufzupassen."
„Können wir ihm das denn zumuten? Bestimmt hat ein junger Mann Besseres vor."
„Fragen kostet nichts. Er kann nein sagen."
„Einverstanden. Notfalls bringen wir Frieda ins Tierheim."
„Auf gar keinen Fall", protestiert Elfie.
Ihre Diskussion wird durch ein Klopfen an der Wohnungstür unterbrochen, und Elfie eilt sofort hin.
Welche Überraschung.
„Hallo, Elfie. Entschuldige den Überfall. Ich weiß, dass deine Tante Geburtstag hat, und werde gleich wieder verschwinden. Ich suche meinen Vater. Ist er noch hier?"
Mühsam findet Elfie zu ihrem Sprachzentrum zurück, denn mit Carsten hat sie nicht gerechnet, und sein Anblick wirft sie ungewollt vom Hocker. Er trägt einen Leder-

mantel mit Lammfellkragen, ist glatt rasiert und duftet nach Aftershave.
„Magst du hereinkommen?“
„Nein, ich will nicht stören. Mein Vater und ich sind zum Mittagessen verabredet, und er ist seit einer Viertelstunde überfällig. Wahrscheinlich hat er sich bei euch verquatscht.“
„Ja, er ist hier.“ Fieberhaft überlegt Elfie, wie sie Carsten dazu bewegen könnte, eine Weile zu bleiben. Seine Nähe fühlt sich gut an.
Unverhofft kommt Klara ihr zur Hilfe. „Wen haben wir denn da? Moin, Carsten. Wir haben uns ja ewig nicht gesehen.“
„Moin, Klara. Das liegt wohl daran, dass du nicht mehr so oft auf der Insel bist.“
„Leider. Seit hier keine Verwandten mehr von mir leben, sind die Besuche rar gesät.“ Ohne mit der Wimper zu zucken, zieht Klara den Piloten in den Flur und nötigt ihn, den Mantel an der Garderobe abzulegen. „Astrid hat Eike schon nach dir befragt. Sie freut sich sicher, dich wiederzusehen.“ Klara hakt den verblüfft aussehenden Carsten einfach unter und führt ihn ins Wohnzimmer.
„Schaut mal, wen ich mir geangelt habe“, ruft Klara in die Runde.
Carsten wirkt über die Vorführung gar nicht begeistert.
Alle Gäste schauen auf, und Astrid kreischt: „Eben haben wir von dir gesprochen. Setz dich neben mich.“ Sie schlägt zur Bekräftigung mit der Hand auf das Sofapolster.
Bevor Carsten ihre Aufforderung befolgt, hüpft Frieda zur Belustigung der anderen auf den Platz und schaut triumphierend, als wollte sie sagen: *Pech gehabt, ich war schneller.*
„Aha, Katzenalarm. Bleib ruhig hocken“, meint er grinsend zu Frieda. „Ich will nur meinen Vater abholen.“
Eike räuspert sich: „Entschuldige. Ich habe die Zeit in dieser charmanten Gesellschaft ganz vergessen.“ Er erhebt sich aus dem Sessel und verabschiedet sich von den anderen Gästen. „Wo ist das Geburtstagskind?“

„In der Küche“, verrät Elfie. „Sie dekoriert kurz die Torten.“
Eike drängt sich an Elfie vorbei, gefolgt von seinem Sohn.
„Hier hast du dich versteckt, Cordula. Ich bin mit Carsten zum Essen verabredet und will *tschüss* sagen und mich für deine Gastfreundschaft bedanken.“
„Und ich möchte dir herzlich gratulieren“, fügt Carsten hinzu und reicht Cordula die Hand. „Dein Geburtstagsgeschenk habe ich bereits bewundert.“
„Danke.“ Cordula runzelt die Stirn. „Du meinst die Porzellanfigur von Elfie?“
„Nein, die Katze. Wo ist das Pärchen, das sie dir geschenkt hat?“
„Welches Pärchen?“, bohrt Elfie irritiert nach. „Kennst du Frieda?“
„Frieda? So heißt die Mieze nicht, sondern Schnurri“, verbessert Carsten.
Cordula mischt sich ein. „Du sprichst in Rätseln. Das Tier ist uns zugelaufen und kein Geschenk von irgendjemandem. Wir suchen nach seinem Frauchen oder Herrchen. Kannst du uns weiterhelfen?“
Gespannt schauen Elfie, Cordula und Eike Carsten an.
„Hm ... ich erinnere mich gut an diese außergewöhnlichen Knopfaugen von Frieda alias Schnurri. Vor etwa einer Woche bin ich mit der Cessna nach Emden geflogen, um ein Ersatzteil zu besorgen. Ich trank vor dem Rückflug einen Kaffee, und plötzlich quatschte mich ein Paar an. Der Mann trug eine Katzenbox, die Frau einen kleinen Koffer.“
„Was wollten die von dir?“, drängt Elfie.
„Mit nach Borkum genommen werden. Angeblich hatten sie die Fähre verpasst.“
„Lass dir nicht alles aus der Nase ziehen.“ Eike ist offenbar ungeduldig und interessiert sich nicht für Katzengeflüster. „Hast du sie transportiert oder nicht?“
„Ja, der Typ akzeptierte gleich meinen Preis und zahlte in bar. Schnurri gefiel der Flug gar nicht. Sie sah mich

verängstigt an, als ich sie auf der Rückbank neben ihrem Frauchen in der Box anschnallte. Unterwegs war es ein bisschen holprig in der Luft, und sie übergab sich. Darüber war die Frau gar nicht begeistert und geriet mit dem Mann in Streit. Sie hätte gleich gesagt, die Katze mitzunehmen, sei keine gute Idee."
Cordulas Augen leuchten. „Nun haben wir endlich die Besitzer gefunden. Weißt du ihre Namen, Carsten? Bestimmt vermissen sie ihre Katze."
Elfie bemerkt, wie sich Carstens Gesicht verfinstert.
„Nein, ich hielt es nicht für nötig, sie danach zu fragen. Übrigens geht die Geschichte weiter. Vor vier Tagen tauchten die beiden wieder auf dem Flugplatz auf und wollten von mir zurück nach Emden geflogen werden."
„Hatten sie die Transportbox mit Frieda dabei?", führt Cordula das Verhör fort.
„Ich habe nicht darauf geachtet. Da ich keine Zeit hatte, sie zu fliegen, habe ich sie an meinen Kumpel Mattes verwiesen. Keine Ahnung, ob er sie transportiert hat."
„Worauf wartest du noch?", ergreift Eike das Wort. „Ruf Mattes an und frag ihn."
Kurze Zeit später bestätigt Carsten, dass das Pärchen ohne Box und Frieda mit Mattes nach Emden geflogen ist. Er kennt ihre Namen ebenso wenig.
„So ein Mist", entfährt es Cordula. „Womöglich haben die Leute jemandem auf Borkum die Katze gebracht. Vielleicht sollte sie eine Weihnachtsüberraschung für ein Kind werden."
Carsten druckst herum: „Das glaube ich eher nicht. Mattes erinnerte sich an einige Gesprächsbrocken zwischen dem Paar. Die Frau machte sich Vorwürfe, nicht richtig gehandelt zu haben. Der Mann beruhigte sie, dass sich das Tierheim kümmern würde. Mattes konnte sich keinen Reim auf das Gefasel machen, denn er kannte die Vorgeschichte ja nicht. Damit fügt sich das Puzzle zusammen."
„Also wurde Frieda tatsächlich ausgesetzt", zieht Elfie die

Schlussfolgerung. „Diese miesen Ratten. Nicht mal anzeigen können wir die Bande ohne einen konkreten Anhaltspunkt, um wen es sich handelt." Elfie mag sich nicht ausmalen, was Frieda nun blüht. Das Tierheim bleibt ihr nicht erspart, und Alex' Katzensitterei am Abend wird überflüssig. Sie muss ihm gleich absagen und Frieda im Tierheim ankündigen.
In diesem Moment kehrt die Ausgestoßene in die Küche zurück, und Cordula bückt sich zu Frieda hinunter, um sie zu streicheln. „Ich behalte dich, du Arme. Das Schicksal hat uns zusammengeführt und dich vor meine Tür gelenkt. Du hast dich in mein Herz geschlichen, und es wird Zeit, dass ich mit 50 etwas in meinem Leben ändere. Du bist der Anfang."
Es ist so ein berührender Anblick, wie Frieda unter Cordulas Händen und ihren Worten schnurrt, dass Elfie die Tränen in die Augen steigen, und Carsten den Arm fürsorglich um sie legt.
„Ich freue mich so für euch beide", lässt Elfie ihren Emotionen freien Lauf und schmiegt sich automatisch näher an Carsten.
„Ihr kennt euch?", fragt Eike sichtlich irritiert.
„Flüchtig, Papa. Elfie hat neulich bei Jakob und Beate übernachtet. Die Story erzähle ich dir später beim Essen."
„Schlagt euch die Bäuche nicht so voll, sonst mögt ihr heute Abend nichts mehr", rät Cordula, ohne im Streicheln innezuhalten.
„Soll das bedeuten, ich bin eingeladen?", reagiert Carsten verwirrt.
„Ja, wenn du nichts anderes vorhast, kannst du deinen Vater zu meiner Feier begleiten. Du hast Frieda und mich vereint. Ohne dich wäre sie nicht auf Borkum gelandet. Dafür danke ich dir."
Eike wehrt sich. „Woher weißt du, dass ich vorhabe zu kommen?"
„Weil du es nicht erträgst, ausgeschlossen zu werden."
„Heißt das, du willst mich explizit dabei haben?"

„Ich werde dich jedenfalls nicht wegschicken."
Elfie und Carsten werfen sich vielsagende Blicke zu. Offensichtlich versteht er den Dialog zwischen Cordula und seinem Vater genauso wenig wie Elfie.
Carsten spricht ein Machtwort. „Wenn wir hier nicht Wurzeln schlagen wollen, sollten wir endlich aufbrechen."
Eike lässt sich kein zweites Mal auffordern und sich von seinem Sohn in den Flur schieben, während Elfie ihre Tante umarmt.
„Ich bin so froh, dass Frieda bei dir ein neues Zuhause gefunden hat. Alex passt heute Abend auf sie auf und hilft uns bestimmt nächste Woche mit der Installation der Katzenklappe."

♥

KAPITEL 13

Elfie und das Kleeblatt verlassen festlich gekleidet Cordulas Haus, um die kurze Strecke zum *Hotel Dün*e zu Fuß zu absolvieren.
Jetzt weiß Elfie, warum die Verteidigungsministerin ihre Haare mit Spray betoniert, denn bei dem starken Wind hält sonst keine Frisur, und die Politikerin erlebt sicherlich öfter Stürme.
Sie sind die Ersten im Festsaal, und Cordula nutzt gleich die Gelegenheit, die Platzkarten zu kontrollieren, zum Teil auszutauschen und zu ergänzen.
„Warum machst du das?", erkundigt sich Elfie neugierig.
Cordula grinst. „Ich habe für Carsten schnell eine Karte angefertigt. Du magst doch neben ihm sitzen, oder?"
Ob ihre Tante den siebten Sinn hat oder Augen im Kopf, ist Elfie schleierhaft. Sie nickt und errötet.
„Aber Carsten will vielleicht lieber bei seinem Vater sein."
„Papperlapapp. Der kommt wegen dir mit, und für dich ist es netter, mit einem jungen Mann zu flirten, als mit uns alten Schachteln über die Vergangenheit zu philosophieren."
Wie recht Tante Cordula hat. Überhaupt ist sie wie ausgewechselt, seit sie sich für Frieda entschieden hat. Als Alex zum Aufpassen gekommen war, besprach sie gleich mit ihm die Katzenklappe, um die er sich nach dem Wochenende kümmert.
So einen Mann für alle Fälle trifft man nicht jeden Tag.

Fast ist es Elfie unangenehm, dass er in das Katzenthema involviert wird. Ob Alex das alles ihr zuliebe tut? Was sollte er sonst für ein Interesse daran haben, Cordula diesen Gefallen zu tun?
Seit langer Zeit kehrt in Elfie endlich wieder das Gefühl zurück, das Leben zu genießen.
Claire hatte recht. Es tut ihr gut, sich einen Tapetenwechsel zu gönnen. Anscheinend ist die Freundin doch mit ihrem Liebsten zu seinen Verwandten, denn sie hat auf Elfies nächtlichen Hilferuf bisher nicht reagiert, was völlig ungewöhnlich für Claire ist.
Elfie hat allerdings keine Muße, weiter darüber zu spekulieren, denn die ersten Gäste trudeln ein, und Cordula möchte ihnen Elfie vorstellen.
Die Gratulationscour dauert einige Zeit.
Plötzlich tippt jemand auf Elfies Schulter, und sie dreht sich um.
„Kannst du mir Cordulas Hausschlüssel leihen?“, bittet Astrid im Flüsterton.
„Hast du etwas vergessen?“
„Nein, Klara und ich haben eine Überraschung für Cordula. Wir waren uns bis eben nicht ganz sicher, ob wir sie hier präsentieren sollen oder nicht.“
„Was denn?“
„Das verrate ich nicht. Du wirst deinen Spaß dabei haben.“
Astrid spricht zwar in Rätseln, aber Elfie drückt ihr wie gewünscht den Zweitschlüssel in die Hand. „Grüß Alex und Frieda bitte von mir.“
„Geht klar, bis später. Ich beeile mich.“
„Okay, ich verpetze dich nicht bei Cordula.“
Kaum ist Astrid verschwunden, erscheint Carsten an Elfies Seite. Im Anzug mit Krawatte macht er eine ebenso gute Figur wie in lässiger Jeans und Lederjacke. Ein Mann zum Hinschauen.
„Du siehst aus, als hättest du gerade ein Geheimnis erfahren“, beginnt er den Dialog mit Elfie.

„Astrid und Klara führen etwas im Schilde. Wir dürfen gespannt sein." Mehr spuckt Elfie nicht aus, sondern hakt Carsten einfach unter und führt ihn an die Festtafel. „Meine Tante hat dich als meinen Tischherrn auserkoren. Ich hoffe, das ist dir recht."
„Mehr als das. Ich finde, das habe ich verdient."
„Wieso?"
„Wegen Frieda. Wie ich dich einschätze, hättest du sie ungern ins Tierheim gesteckt."
Seine treffsichere Vermutung verblüfft Elfie. Ist Carsten ein Menschenkenner? In seiner Gegenwart hat sie nichts zu diesem Thema geäußert. Er muss es von ihrer Mimik abgelesen haben.
„Meine Tante lebt ziemlich einsam. Ich finde Frieda und sie passen sehr gut zusammen."
„Cordula müsste nicht allein sein."
Elfie schaut Carsten entgeistert an. „Wie meinst du das?"
„Mein Vater macht ihr seit Jahren den Hof, aber sie ignoriert ihn hartnäckig und stößt ihn immer wieder vor den Kopf. Trotzdem lässt er nicht locker, weil er im tiefsten Herzen spürt, dass Cordula ihn mag."
„Willst du mich veräppeln?" Elfie hält Carstens Statement für einen ungelungenen Scherz.
„Nein, es ist mein Ernst. Die beiden mögen sich."
„Das ist Quatsch. Was sagt denn deine Mutter dazu?"
„Sie ist leider vor zehn Jahren gestorben."
„Oh, entschuldige. Das tut mir leid." Elfie ist betroffen. In einer Wunde wollte sie nicht stochern.
„Danke. Wir hatten eine schlimme Zeit damals, weil sie so unerwartet von uns gegangen ist."
„Was ist denn passiert? Ein Herzinfarkt?"
„Nein, sie hatte ein Aneurysma im Kopf, von dem sie vorher nichts wusste und das plötzlich riss. Sie hatte am späten Abend einen Spaziergang mit unserem Hund am Strand entlang gemacht. Dort war sie zusammengebrochen, und Passanten fanden sie, weil Strolch laut bellte. Leider zu spät."

„Wie schrecklich." Elfie gruselt es bei dem Gedanken, von einem Moment auf den nächsten einen geliebten Menschen zu verlieren. Beate und Carsten müssen damals etwa Anfang zwanzig gewesen sein. Die Lust, nach der Beziehung zwischen Eike und Cordula zu fragen, ist ihr gründlich vergangen. Sie kommt auch gar nicht dazu, denn die Band, die Cordula engagiert hat, erobert die kleine Bühne und beginnt für das Essen Hintergrundmusik zu spielen. Wie Elfie weiß, hat ihre Tante an nichts gespart. Später soll sogar das Tanzbein geschwungen werden.
Wo Astrid bleibt? Klara unterhält sich mit Eike und scheint ihre Freundin nicht zu vermissen. Zu gerne wüsste Elfie, was die beiden für eine Überraschung geplant haben. Hoffentlich nichts Peinliches für Cordula.
Die Tante nimmt neben Elfie Platz und wundert sich ebenfalls. „Hast du Astrid irgendwo gesehen?"
„Vorhin stand sie kurz neben mir", drückt Elfie sich vorsichtig aus. „Wahrscheinlich ist sie auf der Toilette."
„Dann warte ich mit meiner Eröffnungsrede auf sie."
Endlich taucht die Vermisste auf, zwinkert Elfie mit einem Auge zu und setzt sich schnell an Cordulas freie Seite, die mit einigen Sätzen ihre Gäste begrüßt und das Büffet eröffnet.
Die ersten Hungrigen rennen hin, als gäbe es ein Wettessen, während Elfie und Carsten zunächst auf ihren Plätzen bleiben und den Ansturm bestaunen.
„Als würden die Leute nur wegen des kulinarischen Vergnügens zur Feier kommen", bemerkt Carsten. „Dabei werden die Behälter garantiert immer wieder neu aufgefüllt, und niemand muss darben."
„Das ist der angeborene Futterneid", scherzt Elfie. „Ein Fest ist gerade so viel wert, wie viel aufgetischt wird."
Carsten lacht. „Dazu fällt mir eine Geschichte von meinem Vater ein, die er mal erzählt hat. Bei der Eröffnung eines Ladens ergatterte wohl ein Gast keine Canapés mehr. Aus Wut nahm er sein Präsent wieder an sich mit der Begründung, keine Gegenleistung erhalten zu haben."

„Es gibt wirklich seltsame Zeitgenossen“, pflichtet Elfie bei. „Nun sollten wir zugreifen, denn außer uns haben sich bereits alle bedient.“
Das Angebot auf dem Büffet lässt keine Wünsche offen. Von Antipasti über ein reichhaltiges Fischsortiment, bis hin zum Braten mit Soße und Knödeln gibt es fast alles, was das Herz begehrt. Auch für den vegetarischen Gaumen ist mit einer Gemüselasagne und diversen Salaten gesorgt. Den Abschluss bilden verschiedene Desserts und Torten. Ein Paradies für süße Schleckermäuler.
Ausgerechnet in diesem Moment läuten Elfies Alarmglocken hinsichtlich des kalorienreichen Weihnachtsfestes.
„Die weiße Mousse solltest du unbedingt probieren.“ Bevor Elfie protestiert, häuft Carsten ihr einen großen Löffel voll auf den Teller.
„Danke, aber jetzt reicht es, sonst platze ich.“
„Wir tanzen nachher alles wieder ab, was sich auf unsere Hüften gesetzt hat.“
Insgeheim beneidet Elfie Carsten, der ganz sicher nicht auf Kalorien achten muss wie sie. Wie ungerecht das Leben oft ist. Manche Menschen dürfen essen, so viel sie wollen, ohne ein Gramm zuzunehmen, und Elfie wird bereits vom Anschauen eines vollen Tellers dicker.
Als sie mit Genuss den letzten Löffel von der Mousse abgekratzt hat, steht Astrid plötzlich auf und bittet um Ruhe.
„Liebe Cordula“, beginnt sie, sich Gehör zu verschaffen. „Klara und ich haben lange überlegt, mit was wir dich zu deinem 50. Geburtstag auf deiner Feier überraschen könnten. Was gibt es Schöneres, als mit Fotos auf ein erfülltes Leben zurückzublicken. Das möchten wir nun gemeinsam mit dir und deinen Gästen tun.“
Auf ein Zeichen von Astrid entblößt ein Hotelassistent eine Leinwand an der Frontseite des Saales. Ein anderer fährt einen Tisch mit Beamer an Astrids Platz, die aus einer größeren Tasche unter ihrem Stuhl einen Laptop hervorzaubert. Sie wirft einen kritischen Blick in die

Runde. „Wie ich sehe, befinden sich keine Minderjährigen hier, die ich sonst während der Vorführung rausschicken müsste.“
Alle lachen, nur Cordula nicht.
Elfie merkt ihr an, dass ihr Astrids Vorhaben nicht behagt.
„Da Klara und ich schon lange mit dir befreundet sind, liebe Cordula, verfügen wir über einen größeren Foto-Fundus. Wir starten mit dem Kindergarten.“
Unter Gelächter der Gäste beamt Astrid Bilder aus der Sandkiste an die Leinwand, die das kichernde Kleeblatt zeigen, wie sie es sich mit Sand bewirft und gegenseitig paniert. Auch eine Schlammschlacht im Watt ist zu sehen. Weiter geht es mit der Einschulung und den entsprechenden selbstgebastelten Tüten, aus denen die Lutscher herausschauen, die Cordula heute in ihrem Laden verkauft. Cordula hat offenbar ebenfalls ihren Spaß, denn sie lacht mit, als ein Foto sie als Vogelscheuche im Karnevalskostüm präsentiert.
Mit zunehmendem Alter werden die Bilder spannender: Das kichernde Kleeblatt im Bikini im Strandkorb oder in Pose gestellt in der Brandung. In dieser Serie gesellen sich zum ersten Mal Eike und einige Kumpels hinzu. Mal hat Carstens Vater den Arm um Cordula gelegt, mal um Astrid oder Klara. Plötzlich tauchen einige Aufnahmen von Eike und Marion auf, die ihn verliebt anschaut und mit ihm Händchen haltend den Sonnenuntergang genießt.
Täuscht sich Elfie oder knipst Astrid diese Fotos extra schneller weg? Sie beobachtet, wie sich die Mimik der Tante verdunkelt und sie Astrid einen grimmigen Blick zuwirft. Hier ist die Freundin anscheinend in den Fettnapf getreten. War es Absicht oder Gedankenlosigkeit von Astrid und Klara, sie vor Publikum zu demonstrieren?
Eike grinst und drückt seinen Kommentar ab. „Wie unbeschwert wir alle damals waren. Diesen Sommer werde ich nie vergessen.“
Elfie muss unbedingt das gelbe Album zuhause heimlich sichten, um das Geheimnis endgültig zu lüften.

„Was war zwischen deinem Vater und meiner Mutter?", zischt Elfie Carsten leise zu.
Er flüstert zurück: „Ich weiß es wirklich nicht. Mein Vater war angeblich eine Zeit lang in Cordula verknallt. Ob das vor dem Sommer mit deiner Mutter war oder danach, hat er mir nie erzählt."
„Warum sind die beiden kein Paar geworden, und wie gelangte deine Mutter ins Spiel?" Elfie ist nicht bereit, das Thema zu beenden.
„Wie gesagt, ich kenne die Details nicht. Jedenfalls hat mein Vater in Hamburg studiert und dort meine Mutter kennengelernt. Sie haben geheiratet und sind nach Borkum zurückgekehrt. Ich habe meine Eltern immer als sehr harmonische Eheleute erlebt, die sehr liebe- und respektvoll miteinander umgingen. Ich fürchte, ich bringe kein Licht ins Dunkel, was zwischen meinem Vater und Cordula in der Jugend abgegangen ist. Vielleicht gar nichts. Wir waren alle mal in einer Clique, wo man locker miteinander flirtete."
Das stellt sich Elfie bei Carsten lebhaft vor. Bestimmt lagen ihm die Mädels zu Füßen, und seine Flugschülerinnen tun es heute. Als Partnerin benötigt man sicher viel Toleranz und Vertrauen, um das zu ertragen. Es soll sogar Frauen geben, die stolz darauf sind, einen umschwärmten Mann zu haben, und denen es nichts ausmacht, wenn er charmant zu anderen ist.
Elfie hätte damit mangels vorhandenem Selbstbewusstseins ein Problem mit ihrer Eifersucht. Wenn sie ehrlich zu sich ist, sind daran bereits Beziehungen zerbrochen, weil sie sich in eine Situation hineingesteigert hatte, die in Wahrheit bedeutungslos war.
Claire hat Elfie schon häufiger geraten, daran zu arbeiten, aber wie?
Carsten reißt sie aus ihren Grübeleien und flüstert: „Deine Tante war ja hübscher als die Braut."
Ruckartig dreht Elfie ihren Kopf zur Leinwand, die sie eine Weile aus dem Blickwinkel verloren hat.

Auf dem Foto ist Klara im Hochzeitskleid zu sehen und neben ihr Cordula und Astrid. Auf dem Nächsten ist es umgekehrt: Astrid als Braut, und die beiden Freundinnen legen jeweils einen Arm um sie. Von Cordula gibt es natürlich kein Bild als Braut, denn sie hat nie geheiratet. Ob es die Tante schmerzt, keinen Ehepartner gefunden zu haben? Diesbezüglich kennt Elfie Cordulas Innenleben nicht. Sie wirkte mit ihrem Leben immer zufrieden. Wie es wirklich um ihr Herz steht, wissen allein die Sterne.
„Lädst du deine Tante auch auf deine Hochzeit ein?", fragt Carsten völlig unerwartet.
Elfie blickt ihn verwirrt an. „Wer hat behauptet, dass ich jemals heirate?"
„Ich wette, dass eines Tages jemand um deine Hand anhält."
„Hast du bereits jemandem im Auge?", kokettiert Elfie ungewollt und beißt sich auf die Lippen.
Glücklicherweise ergreift Astrid in diesem Moment das Wort.
„Dieses Foto zeigt die liebe Elfie als Baby in den Armen ihrer Patentante am Taufbecken. Sie ist extra zum Geburtstag von München angereist, und ich weiß, wie sehr sich Cordula darüber freut. Hier seht ihr Elfie zusammen mit ihrer Mutter Marion und Cordula bei einem Urlaub auf Borkum."
Zur Bekräftigung von Astrids Aussage ergreift Cordula Elfies Hand und drückt sie. „Du bereicherst mein Leben, und ich bin sehr froh, dass ich damals deine Patenschaft angenommen habe."
„Und ich bin glücklich, heute mir dir feiern zu dürfen", ergänzt Elfie.
Dieses Mal meldet sich Klara zu Wort. „Das war unser kleiner Einblick in dein Leben, liebe Cordula. Ich hoffe, dir und den anderen Gästen hat die Show gefallen. Bitte lasst uns das Glas erheben und dem Geburtstagskind zuprosten."
Danach bedankt sich Cordula für die Einlage ihrer

Freundinnen. Ob sie tatsächlich begeistert ist oder es vortäuscht zu sein, bleibt ihr Geheimnis. Sie umarmt ihre Freundinnen und deutet der Band mit Handzeichen an, Musik zu machen.
Eike springt sofort auf. „Darf ich bitten?“
Elfie beobachtet, wie ihre Tante zunächst zögert, dann aber seine Aufforderung annimmt und ihm auf die Tanzfläche folgt. Wahrscheinlich will sie Eike vor den anderen nicht brüskieren.
„Was mein Vater drauf hat, können wir auch, oder?“, meint Carsten und reicht Elfie die Hand.
Der Pilot erweist sich als sicherer Walzertänzer und schwebt mit Elfie übers Parkett. Es löst ein Prickeln in ihr aus, in seinen Armen zu liegen und festgehalten zu werden. Vom Wein und Prosecco beschwingt gibt sich Elfie ganz Carstens Führung hin und genießt den Song von Robbie Williams.
Wie sich bald herausstellt, beherrscht Carsten zumindest die Grundschritte von fast allen Standard- und lateinamerikanischen Tänzen, was ihm einige Sympathiepunkte zusätzlich bei Elfie verschafft. Bisher ist sie eher an Tanzmuffel geraten, die höchstens einige Hopser zustande brachten.
Plötzlich versperrt Eike ihnen den Weg, als die Musik wechselt. „Partnertausch.“
Ehe Carsten sich versieht, hat Eike Elfie den Arm um die Hüften gelegt und tanzt mit ihr davon. Da ihm offenbar nichts anderes übrigbleibt, wendet Carsten sich Cordula zu.
Von wem er das Rhythmusgefühl hat, erkennt Elfie bald, denn Eike ist ebenfalls ein Naturtalent und wirbelt sie durch die Gegend. Dabei beginnt er nebenbei mit Smalltalk: „Wie geht es deiner Mutter? Ist sie glücklich? Warum ist Marion nicht mit dir gekommen? Ich hätte sie gerne einmal wiedergesehen.“
Elfie fühlt sich überrumpelt und überrascht zugleich. Weiß Eike nichts über den Zwist zwischen Cordula und ihrer

Mutter? Hat er die Tante nie danach gefragt? Auf keinen Fall möchte sich Elfie in die Nesseln setzen und reagiert äußerst vorsichtig. „Mama geht es gut. Sie fährt eher mit meinem Vater in den Süden als in den Norden, und kurz vor Weihnachten ist sie mit den Vorbereitungen zu beschäftigt, um zu verreisen." Damit möchte Elfie dieses Thema beenden.
Nicht mit Eike, der hartnäckig weiterbohrt: „Cordula wird aber nicht jedes Jahr fünfzig."
„Vielleicht kommt meine Mutter zum sechzigsten", weicht Elfie aus und ist Carsten dankbar, der sie wieder abklatscht und seinem Vater aus den Armen reißt.
„Hat dich mein alter Herr zugelabert?"
Elfie lacht. „Ist das Bürgermeistermanier?"
„Wahrscheinlich. In diesem Amt muss man oft reden, ob man will oder nicht. Was hältst du davon, einen Moment frische Luft zu schnappen? Ich bin total durchgeschwitzt." Carsten lenkt Elfie geschickt an den Rand der Tanzfläche.
„Einverstanden, aber vorher muss ich zur Toilette und zur Garderobe meinen Mantel holen. Wartest du in der Lobby?"
Carsten nickt.
In Wahrheit plant Elfie, sich kurz über WhatsApp bei Alex zu erkundigen, wie es mit Frieda läuft. Als sie ihr Smartphone einschaltet, wird als Erstes eine Nachricht angezeigt. Sie entpuppt sich von Claire. Na, endlich meldet sich diese treulose Tomate.

Hallo Elfie,
ich schreibe vom Handy meines Schatzis, da ich meins zuhause vergessen habe. Wir sind bei seiner Familie. Meine Sehnsucht war zu groß, um übers Wochenende ohne ihn zu sein. Ich melde mich Sonntagabend wieder. Schöne Feier.
Liebe Grüße,
Claire

Demnach hat die Freundin Elfies Hilferuf gar nicht

gelesen. Ihr auf dem fremden Handy ihr Innenleben anzuvertrauen, ist Elfie zu gefährlich. Deshalb antwortet sie kurz und wünscht eine gute Zeit mit der Patchwork-Familie.
Anschließend ruft sie bei Alex an. Niemand meldet sich. Ob er eingeschlafen ist? Um Carsten nicht länger zappeln zu lassen, schreibt Elfie:

Hallo Alex,
ist alles im grünen Bereich? Was macht Frieda? Versteht Ihr beiden Euch?
Grüße von Elfie

Nachdem sie ihren Mantel von der Garderobe abgeholt hat, betritt sie die Lobby.
Carsten eilt ihr entgegen. Auch er hat sich eine Jacke übergestreift. „Wollen wir es in die dunkle Nacht wagen?“, fragt er augenzwinkernd.
Elfie nickt und hakt sich bei ihm unter.
Draußen empfängt sie klirrende Kälte.
„Ich glaube, Schnee liegt in der Luft.“ Carsten hält die Nase hoch und schnuppert, was Elfie zum Lachen bringt. „Du bist also ein Schneeflüsterer?“
„Mit dem Wetter muss ich mich als Pilot gut auskennen. Das ist überlebenswichtig.“
„Bist du jemals in eine prekäre Situation mit dem Flieger geraten?“
„Nein, zum Glück nicht, aber jetzt bin ich in einer.“ Ohne Elfie vorzuwarnen, pressen sich Carstens Lippen auf ihre. Sie fühlen sich seidenweich an, und Elfie leistet keinen Widerstand, als seine Zunge Einlass in ihren Mund begehrt. Sein Kuss ist zunächst zärtlich, dann verlangender. Ein wohliges Gefühl erobert ihren Körper.
Plötzlich hält Carsten inne. „Gehen wir zu mir?“
Diese direkte Frage ernüchtert Elfie sofort. „Spinnst du? Einmal knutschen und dann ab in die Kiste? Wir feiern den Geburtstag meiner Tante, keine Orgie. Mir ist kalt. Ich

gehe wieder zurück." Elfie dreht sich auf dem Absatz um und wartet Carstens Reaktion erst gar nicht ab. Innerlich aufgewühlt kehrt sie in den Saal zurück. Zugegebenermaßen hat ihr Carstens Kuss gefallen, aber seine Forschheit, sie gleich ins Bett einzuladen, ist ihr nicht romantisch genug. Ob er das bei jeder neuen Eroberung praktiziert und erfolgreich damit ist?
Durch ihre Spekulationen unaufmerksam stößt Elfie mit Eike zusammen.
„Na, was hast du mit meinem Sohn angestellt?", erkundigt er sich prompt und grinst.
„Der braucht eine Abkühlung", kontert Elfie und wendet sich ab, auch wenn das Eike womöglich unhöflich erscheint. Auf einmal macht sich der Alkoholkonsum und damit Müdigkeit in ihr breit. Der Zeiger ihrer Armbanduhr steuert auf Mitternacht zu. Hoffentlich ist die Party bald vorbei.
„Elfie, da bist du ja wieder", spricht jemand hinter ihrem Rücken. Es ist Cordula. „Wo warst du denn solange?"
„An der frischen Luft. Mir war vom Tanzen zu heiß."
„Und wo ist Carsten?" Cordula lächelt verschmitzt. „Wenn ich mich recht erinnere, seid ihr zusammen raus aus dem Saal."
„Keine Ahnung", lügt Elfie und errötet. Geschickt lenkt sie vom Thema ab. „Die Band spielt ja nicht mehr. Hört sie auf?"
„Ja, die meisten sind ohnehin zu schlapp zum Tanzen. Einige brechen bald auf. Du musst nicht mehr durchhalten, sondern kannst Alex ablösen, wenn du magst", bietet die Tante unverhofft an.
„Wenn es dich nicht stört. Alex ist bestimmt froh, sein Katzensitterdasein zu beenden."
„Das glaube ich auch, aber natürlich darfst du gerne bleiben, bis sich die Gesellschaft verabschiedet. Ehrlich gesagt, bin ich selbst bettreif. Der Tag war schön und anstrengend zugleich."

♥

KAPITEL 14

Als Elfie das Hotel verlässt, ist von Carsten weit und breit nichts zu sehen. Im Saal ist er ebenso wenig wieder aufgetaucht. Die Vermutung liegt nahe, dass er beleidigt nach Hause gegangen ist. Es war nicht Elfies Absicht, ihn für immer abzuweisen, bloß der Moment passte einfach nicht. Ihre Vorstellung vom Umgarntwerden mag heutzutage altmodisch sein, aber gegen ihre Überzeugung handelt sie nicht. Leider sind die romantischen Männer offenbar vom Aussterben bedroht. Es müsste eine Rettungsaktion ins Leben gerufen werden, um ihre Spezies zu erhalten.
Gerade in letzter Zeit erreichten Elfie und Claire Erfahrungsberichte von Frauen, die über die Plattform Travel & Date Männer an ihrem Urlaubsort kennengelernt hatten, die in Wirklichkeit keine harmlosen Gleichgesinnten für eine Freizeitbeschäftigung suchten, sondern eine Bettpartnerin. Einer war sogar so dreist, im Grunde eine kostenlose Übernachtungsmöglichkeit zu ergattern, denn er stand gleich mit seinem Gepäck vor der Hotelzimmertür der Userin, die sich nur zum Tennis verabreden wollte.
Weder Elfie noch Claire können aus den angemeldeten Profilen herausfiltern, wer sich ehrlich präsentiert oder nicht. Schwarze Schafe gibt es überall. Sie können die Nutzerinnen lediglich ermutigen, es nochmals zu probieren und nicht sofort irgendwelche Daten von sich preiszugeben. Manche sind

so naiv und rücken direkt ihre Handynummern oder gar Adressen heraus.
Elfie beschleunigt ihren Schritt.
Wenige Lichter leuchten den Weg aus, und niemand begegnet ihr mehr zu so später Stunde. Es ist ihr unheimlich, und sie ist froh, den Hintereingang von Cordulas Haus zu erreichen.
Doch welch Schreck. Vergeblich kramt Elfie in ihrer Handtasche. Astrid hat vergessen, ihr den Schlüssel zurückzugeben. Was nun? Eine Klingel existiert nicht. Muss sie wirklich zurück zum Hotel? Es scheint keine andere Wahl zu geben. Schließlich kann Elfie nicht bei diesen Temperaturen auf dem Treppenabsatz warten, bis das kichernde Kleeblatt zurückkehrt. Womöglich bleiben die Gäste länger als Cordula lieb ist, und Elfie erfriert in der Zwischenzeit.
Wie machen das die Liebhaber in den Filmen? Richtig, sie werfen kleine Steine an das Fenster der Angebeteten, um Aufmerksamkeit zu erregen.
Im Dunkeln einige zu finden, erfordert Ausdauer. Nach einer Weile hat Elfie passende Objekte in der Hand. Glücklicherweise hat Cordulas Wohnzimmer ein Fenster zum Garten hinaus. Sie wirft in einigem Abstand einen Stein nach dem anderen an die Scheibe. Keine Reaktion.
Alex scheint nichts zu hören. Es ist zum Verzweifeln. Letzte Möglichkeit ist das Hämmern an der Haustür. Elfies Fäuste trommeln dagegen, und wie durch ein Wunder gibt die Tür nach. Demnach war sie nicht richtig verschlossen. Entweder war Astrid unaufmerksam, als sie ihren Laptop geholt hat, oder Alex ist der Täter, als er Frieda nach draußen gelassen hat. Wie dem auch sei, Elfies Problem löst sich zu ihrer Erleichterung in Luft auf. Zunächst hängt sie ihren Mantel in ihrem Zimmer auf und entledigt sich ihrer Schuhe, um in die warmen Pantoffel zu schlüpfen.
Oben im Dachgeschoss angekommen, schleicht Elfie den Flur entlang zu Cordulas Wohnzimmer. Die Stehlampe neben dem Ohrensessel, in dem die Tante bevorzugt liest,

spendet etwas Licht. Sonst verhält sich alles ruhig. Elfies Blick fällt auf das Sofa. Kein Wunder, dass ihre Steine am Fenster nicht wahrgenommen wurden.
Alex schläft tief und fest, und Frieda schnurrt auf seinem Bauch liegend.
Das Bild ist so berührend, dass Elfie es nicht wagt, die beiden zu wecken, sondern setzt sich leise in den Sessel, um sie zu betrachten.
Alex hat ein Lächeln im Gesicht und träumt demnach etwas Schönes.
Da Cordula außer Haus ist, wäre die Gelegenheit günstig, sich das gelbe Fotoalbum anzuschauen.
Gerade als Elfie danach greifen will, regen sich die Schlafenden.
„Hey, ihr seid ja zurück“, stellt Alex fest und reibt sich die Augen. „Warum hast du mich nicht wachgemacht?“
„Ich wollte eure Idylle nicht stören.“
Frieda blinzelt, ändert ihre Position jedoch nicht, bis Alex sich aufrichtet und sie notgedrungen neben ihm landet.
„Hast du dich sehr gelangweilt?“, fragt Elfie.
„Nein, überhaupt nicht. Erst habe ich mir einen Actionfilm im Fernsehen reingezogen, bis Frieda mal raus musste. Zwischendurch stand Astrid plötzlich im Türrahmen, verschwand aber nach einigen Minuten wieder. Sie faselte etwas von Foto-Vorführung. Ich habe nicht genau zugehört. Wo sind die drei? Sind sie nicht mit dir gekommen?“
„Sie feiern ein bisschen weiter.“
„Und du hattest keine Lust mehr? Das Durchschnittsalter der Gäste lag bestimmt bei Mitte fünfzig, und du musstest dir Geschichten über diverse Zipperlein anhören.“
Elfie schmunzelt und denkt insgeheim an Carsten. Seine Anwesenheit auf dem Fest verschweigt sie lieber. „Ich will dich ablösen und damit deine Gutmütigkeit nicht überstrapazieren.“
„Das ist nett von dir. Ich hätte im Schlaf jedoch nicht bemerkt, ob ihr eine Stunde früher oder später nach Hause

kommt. Frieda ist wirklich ein Juwel. Sie wollte bis auf das eine Mal nicht raus, ansonsten war sie mit meinen Streicheleinheiten zufrieden."
Elfie hockt sich auf die andere Seite von Frieda und krault sie am Kopf. Sofort schließt die Katze ihre Augen und genießt.
„Deine Tante wird die Entscheidung, sie zu behalten, nicht bereuen. Solch ein Tier kompensiert die Einsamkeit."
„Hast du Erfahrung damit?", wagt Elfie einen Vorstoß.
„Ich beobachte es bei meiner Nachbarin. Sie wurde vor einigen Monaten von ihrem Mann verlassen und vergrub sich zunächst in ihrem Kummer. Manchmal habe ich mir regelrecht Sorgen gemacht, wenn ich länger gar kein Geräusch von nebenan wahrnahm."
„Bist du denn mit ihr befreundet?" Elfie kann sich ihre Neugierde nicht verkneifen.
„Wir haben ein harmonisches nachbarschaftliches Verhältnis. Mit ihrem Mann bin ich öfter mal joggen gewesen, als er noch bei ihr wohnte. Mittlerweile haben wir uns aus den Augen verloren, denn er ist aufs Festland gezogen. Keine Ahnung, was zwischen den beiden vorgefallen ist. So genau will ich das gar nicht wissen. Jedenfalls sind wir nicht befreundet, sondern einfach gute Nachbarn."
Elfie mag es sich kaum eingestehen, dass Alex' Worte sie beruhigen. „Und was hat das mit Frieda zu tun?"
„Ach ja, entschuldige, ich habe ganz den Faden verloren, was ich im Grunde sagen wollte. Meine Nachbarin bekam eines Tages von ihrer Mutter eine Katze geschenkt. Dadurch ist sie wieder aufgeblüht und läuft nicht mehr mit griesgrämiger Miene im Treppenhaus herum. Ihr tut es gut, die vierbeinige Mitbewohnerin zu versorgen."
„Ich bin gespannt, wie Friedas Anwesenheit Tante Cordulas Leben beeinflusst. Bisher hatte ich allerdings nicht den Eindruck, dass sie mit ihrem Dasein unzufrieden ist."
Bevor Elfie und Alex weiter über den Vorteil von

Haustieren philosophieren, platzt Cordula in ihre Unterhaltung.
„Ihr seid ja noch auf", bemerkt sie.
„Wir haben uns ein bisschen verquatscht." Elfie grinst Alex von der Seite an, der ihren Blick erwidert.
„Jetzt breche ich aber auf", meint er und verabschiedet sich.
Cordula dankt ihm und spricht eine Einladung zum Essen aus.
„Da sage ich nicht nein. Elfie und ich sind morgen Nachmittag im Hallenbad verabredet. Flow-Riding macht hungrig. Vielleicht danach?"
Cordula überlegt nicht lange. „Das passt. Astrid und Klara sind bis dahin abgereist, und wir können uns einen gemütlichen Abend zu dritt gönnen. Oder spricht etwas dagegen?", wendet sie sich an Elfie.
„Nicht, dass ich wüsste. Wenn es für dich keinen allzu großen Stress bedeutet, wieder etwas zu kochen."
„Für mich ist das Entspannung, und ich freue mich über eure Gesellschaft. Sonst esse ich immer allein."
„Nun ist Frieda ja da", scherzt Alex und rafft sich zum Gehen auf.
Elfie wünscht ihrer Tante eine gute Nacht. „Darf ich Frieda mit zu mir nehmen, solange ich hier bin und sie keinen festen Schlafplatz hat?"
„Das ist mir sogar sehr recht. Dann muss ich nicht aufstehen und sie möglicherweise rauslassen."
Elfie nimmt Frieda auf den Arm und begleitet Alex nach unten, um die Haustür hinter ihm zu verriegeln.
„Bis später", ruft sie ihm hinterher, der ihr am Gartenzaun noch einmal zuwinkt.
„Ich freue mich schon und werde bis dahin von dir träumen." Aus dem Klang seiner Worte kann Elfie nie herausfiltern, ob er seine Nettigkeiten ernst oder scherzhaft meint. Handelt es sich um Alex' spezielle Art zu flirten?
Im Bett lässt Elfie den ereignisreichen Tag Revue

passieren, während Frieda längst auf ihrem Kissen eingeschlafen ist. Alex und Carsten tauchen vor ihrem inneren Auge auf. Wie unterschiedlich die beiden Männer sind.
Carsten weiß um seine Wirkung auf Frauen und fackelt nicht lange, diese sofort zu nutzen.
Alex mangelt es zwar auch nicht an Selbstbewusstsein, aber er begegnet der Weiblichkeit eher auf kumpelhafter Ebene. Er versprüht einen gewissen Charme auch Elfie gegenüber, ohne ihr jedoch zunahe zu treten, während Carsten sein Verlangen direkt äußert.
Fast ist Elfie auf Frieda neidisch. Die Art, wie Alex mit ihr umgeht, vermittelt Geborgenheit, Zärtlichkeit und Vertrauen. Friedas Schlaf auf seinem Bauch hat das bewiesen. Ohne ihn näher zu kennen, gab sich die Katze ganz seiner Obhut hin. Das betrachtet Elfie als deutliches Zeichen, dass auf Alex Verlass ist. Als wollte er dies bestätigen, trudelt eine Nachricht auf dem Smartphone bei ihr ein:

Bist Du wach? Durch mein Vorschlafen mit Frieda bin ich wieder munter und denke an Dich. Du hast übrigens toll in Deinem Kleid ausgesehen. Ich habe total vergessen, Dir das mitzuteilen.
Eine gute Nacht wünscht Dir
Alex

Seine Worte tun Elfie unglaublich gut und zaubern ihr ein Lächeln ins Gesicht. Auch wenn sie in einigen Tagen nach München zurückkehrt, hofft sie, dass die Verbindung zu Alex nicht abreißt und sie sich ab und zu schreiben. Vielleicht besucht er sie einmal, um im Eisbach zu surfen. Soll sie ihm antworten oder ist es taktisch klüger, nicht sofort zu reagieren? Schließlich soll Alex nicht glauben, sie hätte auf eine Nachricht von ihm gewartet.
Was Claire wohl in dieser Situation tun würde? Zu blöd, dass die Freundin ihr eigenes Handy nicht bei sich hat.
In diesem Moment meldet sich erneut Elfies Smartphone. Wieder Alex?

Mit Erstaunen entdeckt sie im Display Carstens Namen. Was will der denn?

Hallo Elfie,
es lässt mir keine Ruhe, Dir zu schreiben, dass es mir leid tut. Der Alkohol hat mein Benehmen vernebelt. Ich wollte Dich nicht so plump abschleppen. Verzeihst Du mir? Ich habe am Montag frei und könnte Dir schöne Plätze auf der Insel zeigen, die ein Tourist nicht zu sehen bekommt. Hast Du Lust? Natürlich darf es auch ein Rundflug sein. Dieses Angebot gilt, es sei denn das Wetter ist zu schlecht. Überleg es Dir in Ruhe.

Liebe Grüße,
Carsten

Verblüfft legt Elfie ihr Handy zurück auf den Nachttisch. Damit hat sie keinesfalls gerechnet und Carsten solch ein Einsehen nicht zugetraut. Sofort verschwindet das negative Bild, das sie sich von ihm nach seiner flapsigen Einladung ins Bett gemalt hat. Eine zweite Chance verdient er, zumal er Frieda endgültig in Cordulas Arme getrieben hat.
Eine Antwort erhält er dennoch nicht sofort. Sie benötigt tatsächlich Zeit, darüber nachzudenken. Allerdings steht fest, dass ein Rundflug flachfällt. Eher würde sie sich überwinden, in einer Höhle zu tauchen, obwohl es sie davor genauso gruselt. Warum sie solche Angst vor Kleinflugzeugen hat, ist Elfie selbst ein Rätsel. Schließlich sollte sie nichts verteufeln, was sie nie ausprobiert hat. Ohne Alex' Bekanntschaft wäre sie auch nie auf die Idee gekommen, Flow- Riding zu versuchen, was ihr großen Spaß bereitet. Womöglich ist Carsten der Richtige, um Elfie die Panik vor dem Fliegen zu nehmen.
Ehe sie sich weiter den Kopf darüber zerbricht, holt das Traumland sie zu sich.

♥

KAPITEL 15

Nach einem sehr späten Frühstück bringt Cordula ihre Freundinnen zum Inselbahnhof, während Elfie mit dem Aufräumen beginnt. Ihr schlechtes Gewissen rührt sich. Kann sie die Tante wirklich am Nachmittag allein lassen, um mit Alex im Hallenbad auf der Welle zu reiten? Sie ist nicht zum Daten auf der Insel. Auch Carsten ist sie bisher eine Antwort schuldig geblieben. Allerdings öffnet morgen Cordula ihren Laden wieder ganz normal und hat sowieso kaum Zeit für Elfie. Am besten redet sie mit der Tante nach ihrer Rückkehr darüber.
Während Elfie den Käse und die Wurst in den Kühlschrank stellt, kommt ihr plötzlich wieder das gelbe Fotoalbum in den Sinn. Flink huscht sie ins Wohnzimmer zum Regal, wo es zuletzt stand. Verflixt, es befindet sich nicht mehr dort. Was hat das zu bedeuten? Will Tante Cordula verhindern, dass sie darin etwas entdeckt, was Elfie nicht wissen soll? Hat sie das Album vor ihr absichtlich versteckt? Auf Elfies Stirn breiten sich viele unsichtbare Fragezeichen aus. Oder ist es besser, die Vergangenheit ruhen zu lassen? Das fällt Elfie schwer, die den Sachen gerne auf den Grund geht, vor allem, wenn davon Menschen betroffen sind, die sie liebt wie ihre Mutter und Cordula. Ein Gespräch mit Claire wäre hilfreich. Oft hat sie Probleme aller Art mit der Freundin diskutiert und meistens eine Lösung gefunden. Nun muss sie allein entscheiden, was zu tun ist.

Mit ihren Gedanken beschäftigt ist es Elfie entgangen, nicht mehr allein zu sein.
„Suchst du das gelbe Fotoalbum?“
Elfie zuckt ertappt zusammen und wendet sich der Tante zu, die am Türrahmen lehnt und Frieda auf dem Arm hält.
„Ja, ich gebe es zu und möchte endlich den Grund für Mamas und deine zerbrochene Freundschaft erfahren. Es ist nicht leicht für mich, zwischen den Stühlen zu sitzen. Den Kontakt zu dir habe ich weitestgehend vor Mama geheim gehalten. Ich fand es nie richtig, mir nie zu sagen, warum wir dich plötzlich nach unserem Urlaub auf Borkum ignorieren sollten.“
„Hat Marion dir explizit verboten, mit mir in Verbindung zu bleiben?“, hakt Cordula nach und setzt sich mit Frieda aufs Sofa.
„Nein, nicht direkt, aber ich habe natürlich gespürt, dass sie einen endgültigen Bruch lieber gesehen hätte. Bitte erzähl mir endlich, was euch getrennt hat.“
„Das wollte ich sowieso tun, wenn Astrid und Klara weg sind. Die beiden haben durch ihre Foto-Show zusätzlich Öl ins Feuer gegossen, wenn wahrscheinlich auch unbeabsichtigt.“
Cordula deutet mit einer Hand auf ihren Schreibtisch. „Dort liegt das Album bereit. Bitte hol es her und setz dich neben mich. Ich zeig dir etwas.“
Elfie lässt sich kein zweites Mal auffordern und tut, was Cordula wünscht.
„Einen Teil der Fotos hast du neulich gesehen. Schlag mal bitte die letzte Seite auf.“
Frieda dreht den Kopf zu Elfie, als wollte sie mit ins Album schauen.
Gespannt blättert Elfie nach hinten und findet zwei lose Fotos. Sie zeigen Cordula und Eike eng umschlungen und sich küssend.
Also hat Carsten recht. Die beiden waren einmal heftig ineinander verliebt.
„War meine Mutter auch in Eike verknallt, und du hast

damals dazwischengefunkt?", vermutet Elfie das Liebesdrama.
Cordula atmet tief ein. „Jedenfalls hat Marion das geglaubt. Die Geschichte ist etwas komplexer. Deine Mutter hat diese Fotos erst bei eurem letzten gemeinsamen Besuch auf Borkum zufällig entdeckt. Ich wusste gar nicht mehr, dass sie überhaupt existieren. Marion reagierte stinkwütend und machte mich dafür verantwortlich, dass aus Eike und ihr in jenem Sommer nicht mehr geworden war. Sie war fest davon überzeugt, ich hätte sie damals übelst verraten und ihr Eike weggeschnappt."
„Aber zum Zeitpunkt ihrer Entdeckung war das eine halbe Ewigkeit her und Mama längst mit meinem Vater verheiratet, von Hannes' und meiner Existenz ganz zu schweigen."
„Es ging ihr bei unserer Auseinandersetzung nicht mehr um Eike, sondern um die Tatsache, sie als Freundin betrogen zu haben, was in der Form nicht stimmt. Ich habe erst etwas mit Eike angefangen, als Marion wieder zurück in München war und er mir erklärte, das Techtelmechtel mit ihr sei eine flüchtige Sommerromanze gewesen. Sie hätten sich nach Marions Ferien auf eine freundschaftliche Ebene geeinigt, weil eine Beziehung wegen der großen Distanz keinen Sinn ergab. Ich habe allerdings den Fehler begangen, nicht mit Marion darüber offen zu reden. Wir haben das Thema *Eike* nie mehr erwähnt, und sie wusste bis zu eurem Urlaub nichts von ihm und mir."
„Was für ein mieses Spiel von Eike, euch Freundinnen gegenseitig auszutricksen. Warum wollte er euch auseinanderbringen? Das macht gar keinen Sinn", schimpft Elfie und redet sich in Rage. „Wenn ich daran denke, mir wäre so etwas mit Claire passiert, hätte ich sie auch in den Wind geschossen. Es muss für Mama so ausgesehen haben, als hättest du ihr Eike hinter ihrem Rücken absichtlich ausgespannt."
„Ja, leider. Eikes und mein Flirt dauerte nämlich nicht

lange und war es nicht wert, einen Keil zwischen deine Mutter und mich zu schieben. Deshalb habe ich Marion nie von dieser kurzen Episode erzählt. Wäre mehr aus Eike und mir geworden, hätte ich es ihr natürlich nicht länger verheimlicht."

Elfie beruhigt sich allmählich. Es liegt also ein großes Missverständnis zwischen Cordula und ihrer Mutter vor. Eike ist der Bösewicht. Die beiden Freundinnen müssen sich unbedingt aussprechen.

„Hast du meiner Mutter die Story so berichtet, wie mir jetzt?", bohrt Elfie weiter.

„Ja, sie hat mir nicht geglaubt, sondern die Koffer sofort gepackt und ist mit Robert und euch Kindern vorzeitig abgereist. Jeder Versuch, danach mit ihr einmal darüber zu reden, scheiterte. Eine ganze Weile habe ich sehr darunter gelitten, denn ihr wart immer eine Ersatzfamilie für mich."

„Das ist wirklich traurig und zeigt mir, wie wichtig es ist, Missverständnisse durch Offenheit aus dem Weg zu räumen."

Spontan legt Elfie einen Arm um Cordula und schmiegt sich an sie. „Darf ich wissen, warum das mit dir und Eike nicht funktioniert hat?"

„Ich war zu eifersüchtig."

„Gab es einen konkreten Grund dafür?"

„Nicht wirklich. Eike war damals einer der attraktivsten jungen Männer in meinem Alter. Ihn himmelten viele Mädchen an. Er war zu allen gleichermaßen charmant, ganz harmlos. Mein Selbstbewusstsein ließ zu dieser Zeit zu wünschen übrig. Ich fühlte mich klein und hässlich und redete mir ein, dass so ein toller Typ wie Eike sowieso nur mit mir spielt und mich als bloße Trophäe in seiner Eroberungssammlung einreiht. Ich war sehr froh, als er die Insel zum Studium verließ und ich ihm nicht mehr über den Weg lief."

„Demnach hast du ihn sehr gemocht?"

„Ja, ich wollte mir das lange Zeit nicht eingestehen. Als er nach Borkum zurückkehrte, brachte er seine Frau mit, und

es war zu spät für meine Erkenntnis."
„Schrecklich. Und es ist dir nie mehr jemand wie Eike begegnet?"
„Ach, Elfie. Ich habe viel gearbeitet in meinem Leben, und das hat mich ausgefüllt. Zumindest bilde ich mir das ein. Nach dem Tod von Eikes Frau hat er den Kontakt wieder zu mir gesucht. Ich fand das pietätlos, denn ich hatte sie echt gern, und wir waren befreundet. Folglich mied ich Eike wieder, und das ist bis heute so."
„Und wie war das gestern, als ihr zusammen getanzt habt?" Elfie wittert den Fortgang der einstigen Liebesgeschichte.
Cordula seufzt leise. „Es fühlte sich auch nach all den vielen Jahren gut an, in Eikes Armen zu liegen."
„Kannst du ihm denn nicht sein damaliges Verhalten einfach verzeihen? In der Jugend begeht man einfach Fehler, die man nicht mehr ausbügeln kann."
„Vielleicht, wenn deine Mutter und ich wieder zueinander finden würden. Außerdem weiß ich nicht, ob Eike etwas für mich empfindet. Er hat seine Frau sehr geliebt."
Elfie räuspert sich: „Carsten hat mir verraten, dass sein Vater dich mag, du ihn jedoch immer wieder abweist."
Elfie bemerkt ein Erröten in Cordulas Gesicht. „Eike holt fast jeden Tag die Zeitung in meinem Laden ab, obwohl er sie direkt nach Hause abonnieren könnte."
Elfie lacht. „Wenn das mal kein Liebesbeweis ist."
Cordula stimmt in ihr Gekicher ein. „Wozu brauche ich einen Mann? Frieda ist jetzt bei mir, und sie ist sogar dankbar für jede Streicheleinheit. Du bist mit der Beichte dran. Wie sieht deine Bilanz mit Männern aus?"
Elfie hält daraufhin nicht mit ihren Pleiten, Pech und Pannen hinter dem Berg.
Cordula erweist sich als geduldige Zuhörerin und gibt ab und zu ihren Senf dazu ab. „Wieso nutzt du nicht eure eigene Plattform? Du hast den direkten Zugriff und bekommst die Sahneschnitten auf dem Tablett serviert."
„Natürlich habe ich einen Account und mich mit Typen

getroffen. Das waren allesamt Nieten."
„Gib die Hoffnung nicht so schnell auf. Wie meine Mutter immer prophezeite: *Auf jeden Topf passt ein Deckel.*"
Elfie schmunzelt. „Genau das behauptet meine Mutter auch."
„Apropos, bist du nicht mit Alex im Hallenbad verabredet?", erinnert Cordula an das Date.
„Ja, aber wenn ich lieber hier bleiben soll, sage ich ihm ab. Wir beide können gerne einen gemütlichen Nachmittag allein verbringen, bis Alex zum Abendessen kommt."
„Nein, er wäre bestimmt sehr enttäuscht. Einen Korb hat er nicht verdient. Denke daran, wie nett er sich gestern um Frieda gekümmert hat. Außerdem habe ich den Eindruck gewonnen, dass es zwischen euch knistert."
„Ein kleiner Flirt ist okay, solange ich auf Borkum bin. Das ist viel zu kurz, um sich näher kennenzulernen. Außerdem soll sich das Schicksal meiner Mutter mit Eike nicht wiederholen. Ich genieße die Zeit mit dir und hoffe, dass sich zwischen euch Freundinnen alles einrenkt. Ich rede mit Mama und erkläre ihr, wie es damals wirklich war."
„Das wäre zu schön, und nun pack die Schwimmsachen ein und dann nichts wie ins Gezeitenland. Frieda und ich ruhen uns inzwischen ein wenig aus. Das Feiern war anstrengender als gedacht, auch wenn ich es genossen habe. Du warst wirklich eine tolle Unterstützung für mich. Danke dir dafür."
Elfie umarmt ihre Tante. „Mir hat es Spaß gemacht, und ich bin sehr froh, noch einige Tage bei dir zu sein."

Pünktlich trifft Elfie vor dem Schwimmbad ein. Von Alex keine Spur. Hat er sie etwa vergessen? Das wäre mehr als ärgerlich, denn der Wind fegt trotz Mütze stürmisch um Elfies Ohren, und sie sehnt sich ins Warme. Das Grau der

aufgewühlten See vermischt sich mit der Farbe des Horizonts. Bei diesem Wetter möchte Elfie weder in der Luft noch auf dem Wasser sein.
„Entschuldige", ruft eine Stimme. „Im Treppenhaus hat mich meine Nachbarin angequatscht, weil sie wissen wollte, wie es Frieda geht. Es wäre unhöflich gewesen, sie abzuwimmeln."
Alex strahlt Elfie wie ein frischgebackener Lebkuchenmann an. „Sie freut sich total über die Entscheidung deiner Tante, Frieda zu adoptieren, und hat mir sogar einen kleinen Katzenkorb für sie mitgegeben. Den musste ich erst in meine Wohnung bringen. Hier passt er nicht ins Schließfach."
„Das ist ja cool. Tante Cordula wird sich darüber freuen."
„Wir holen ihn nachher ab, bevor wir zu ihr zum Essen gehen. Einverstanden?"
Elfie nickt. Sie ist nie einem Mann begegnet, der sich derartig um fremde Tiere bemüht. Ob er ein ebenso guter Vater für Kinder wäre? Sie ruft sich zur Vernunft. Was für abwegige Spinnereien. Beide Dinge sind nicht vergleichbar.
Alex hält Elfie die Tür zum Hallenbad auf, und ihre Wege trennen sich zunächst zum Umziehen.
Heute ist es besonders voll. Offenbar vertreiben sich nicht nur Touristen den Sonntag hier, sondern auch Insulaner. Endlich erwischt Elfie eine freie Umkleidekabine, in der sie kurze Zeit später ungewollt Zeugin eines seltsamen Gespräches wird. Offenbar unterhalten sich zwei Frauen direkt vor ihrer Tür. Obwohl sie flüstern, versteht Elfie jedes Wort.
„Wie war deine erste Flugstunde?", hört Elfie eine von beiden fragen.
„Aufregend", meint die andere.
„Inwiefern? Wegen der Fliegerei oder wegen des knackigen Piloten, auf den du stehst?"
Elfie hält den Atmen an. Meinen die Frauen etwa Carsten? Neugierig bemüht sie sich, durch den Türschlitz einen Blick auf die Damen zu erhaschen. Vergeblich, sie drehen

ihr den Rücken zu. Lediglich blonde, lange Haare sind zu erkennen.
Elfie belauscht den Dialog weiter und versucht, sich geräuschlos den Badeanzug anzuziehen.
Die hellere Stimme äußert sich: „Wegen des Fluglehrers."
„Was du alles auf dich nimmst, um in seiner Nähe zu sein. Von den Kosten eines Flugscheins mal ganz zu schweigen."
„Ja, ich bin wirklich verrückt. Er hat sich allein darauf konzentriert, mir erst einmal alle Funktionen im Cockpit zu erklären. Total langweilig. Mich haben all die Schalter und Anzeigen nicht die Bohne interessiert. Von mir hat er gar keine Notiz genommen."
„Du bist wirklich crazy. Warum gibst du so viel Geld für die Flugstunden aus, wenn du gar keinen Bock aufs Fliegen hast?"
„Weil ich mir so ein Sahneschnittchen von Mann ungern durch die Lappen gehen lasse. Wir haben eine Menge Stunden im engen Cockpit vor uns, und ich hoffe, er entdeckt dabei meine Qualitäten. Jedenfalls haben wir ein gemeinsames Gesprächsthema, und im Übrigen zahlt mein Vater den Unterricht."
Du hast Nerven. Ich würde mich niemals für einen Mann zu etwas überwinden, was ich nicht mag. Das, was du tust, finde ich total gaga, auch wenn ich deine Freundin bin. Am Ende hast du gar nichts, weder deinen Flugschein, noch den tollen Piloten."
Die Flugschülerin kichert. „Aber eine abenteuerliche Zeit. Im Winter habe ich so gut wie keine Konkurrenz in der Flugschule und werde von allen dort hofiert. Das allein ist der Spaß wert."
Ob es sich bei dem Angehimmelten um Carsten handelt, erfährt Elfie nicht, denn plötzlich verstummen die Frauen. Sicher ist er nicht der einzige Fluglehrer. Dass jemand auf die Idee kommt, das Fliegen allein wegen Carsten zu erlernen, ist für sie unvorstellbar. Man könnte Elfie sogar eine Million dafür versprechen, sie würde am Boden bleiben.

♥

KAPITEL 16

Elfie grübelt immer noch über das Gespräch der beiden Frauen vor der Umkleidekabine nach, als sie die Flow-Riding-Halle betritt. Was für komische Zufälle es gibt. Sie hätten sich genauso gut vor einer anderen Umkleidekabine unterhalten können.
Elfies Augen entdecken Alex, der bereits auf einem Board elegant auf der Welle reitet und kleine Kunststücke vorführt, die von zwei Wassernixen am Rand des Bedeckens beklatscht werden. Hat er diese etwa gleichzeitig mit Elfie eingeladen, um ihnen das Flow-Riding beizubringen? Mit Konkurrentinnen hat sie nicht gerechnet.
Als Alex Elfie sieht, unterbricht er seinen Ritt und steigt aus dem Becken. Dabei ruft er seinen Bewunderinnen etwas zu, was Elfie nicht versteht. Die beiden schnappen sich ein Board und nutzen die Welle. Fast synchron kommen sie darauf zum Stehen und vollführen ähnliche Glanznummern wie Alex.
„Wow, sind das Schülerinnen von dir?“, fragt Elfie, als er sich zu ihr gesellt.
„Ja, Annika und Chrissi trainieren schon lange bei mir. Sie nehmen inzwischen an Wettkämpfen teil.“
„Das werde ich wohl nie schaffen.“ In Elfie macht sich plötzliche Frustration breit. Was hat sie überhaupt zu bieten? Es gibt nichts, womit sie sportlich auftrumpfen könnte. Sie ist Oberbayerin und fährt nicht einmal Ski. Auf

Männer wirkt sie garantiert langweilig. Elfie fühlt sich neben diesen Superweibern unwohl und überflüssig. Wäre sie nur bei Tante Cordula geblieben und würde mit ihr einen Sanddorntee trinken.
Alex reißt sie aus ihren Grübeleien. „Wenn dir das Flow-Riding Spaß macht, gibt es sicher eine Möglichkeit in deiner Nähe, es weiter zu betreiben. Soweit ich weiß, habt ihr in München eine Arena dafür. Wenn du sicher genug bist, geht es danach auf den Eisbach."
Elfie zuckt mit den Schultern und findet es süß von Alex, ihr Mut einzureden. „Mal sehen, ob ich Zeit dazu finde", äußert sie ausweichend.
In diesem Moment steuern Chrissi und Annika auf sie zu und stoppen bei ihnen, ohne Elfie eines Blickes zu würdigen.
„Hi, Alex, wir wärmen uns eine Runde in der Sauna auf. Kommst du mit?", fragt die mit den blonden langen Haaren, die Annika heißt.
Elfie stutzt. Die helle Stimme klingt bekannt. Sie gehört zu der Flugschülerin vor der Umkleidekabine. Auch das noch. Die beiden haben es offenbar drauf. Annika ist auf Carsten scharf, Chrissi womöglich auf Alex, denn irgendwie lächelt sie ihn besonders intensiv an.
Glücklicherweise blitzen sie bei ihm ab. „Viel Spaß, aber ich surfe lieber."
„Du weißt nicht, was du verpasst", flötet Chrissi.
„Vielleicht überlegst du es dir", ergänzt Annika.
Elfie spürt den geringschätzigen Blick, mit dem Chrissi sie streift, und ist froh, als die Tussis aus der Halle verschwinden. Trotzdem ist sie neugierig. „Was tun die beiden, wenn sie nicht auf dem Brett abhängen?" Was Annika neuerdings als Hobby betreibt, weiß Elfie bereits.
Alex gibt bereitwillig Auskunft. „Annikas Vater besitzt das größte Hotel auf Borkum, das sie mal übernehmen wird."
„Offenbar hat sie viel Zeit, um diese optimal für ihre Vergnügungen zu nutzen", diagnostiziert Elfie mit einem ironischen Unterton.

Alex scheint ihn nicht zu bemerken und fährt fort: „Chrissi führt eine Edel-Boutique und ist mega stolz auf ihre Promi-Kunden, die ab und zu bei ihr vorbeischneien."
Täuscht sich Elfie oder lästert Alex gerade darüber? Das würde bedeuten, dass er kein näheres Interesse an Chrissi hat. Irgendwie ein beruhigender Gedanke. „Dann ist der Laden nichts für meinen Geldbeutel."
„Solche Klamotten hast du gar nicht nötig, um gut auszusehen", schäkert Alex.
Wieder errötet Elfie und hasst es, nichts dagegen ausrichten zu können. Hoffentlich sieht es Alex nicht. Sie verzichtet darauf, das Kompliment zu kommentieren und freut sich einfach darüber.
„Wollen wir uns auf die Welle wagen?", schlägt Alex vor.
„Klar."
„Hier herrscht ein stilles Gesetz. Es geht streng der Reihe nach. Niemand drängt sich vor. Wir müssen folglich ein bisschen warten."
„Kein Problem", äußert Elfie. „Ich schaue den Profis gerne zu."
Alex grinst und prophezeit: „Bald bist du selbst einer, wetten?"
„Das hängt entscheidend von meinem Lehrer ab", kokettiert Elfie mutiger als ihr lieb ist.
„Ich bemühe mich, dich nicht zu enttäuschen."
Ihr Geplänkel geht hin und her, bis sie endlich dran sind.
Es klappt erstaunlich gut, sich aus der Bauchlage auf die Knie zu schwingen. Zwar verliert Elfie einige Male die Balance, aber sie bleibt immer längere Phasen auf dem Board, ohne ins Wasser zu plumpsen.
Alex spart nicht mit Lob und motiviert immer wieder.
Schließlich bittet Elfie erschöpft um eine Pause. Bis sie wieder an der Reihe wären, dauert es mindestens eine halbe Stunde.
„Wollen wir für heute aufhören?", unterbreitet Alex seinen Vorschlag. „Wenn wir den Katzenkorb aus meiner Wohnung holen, trinken wir erst einmal einen heißen Tee."

„Einverstanden“, willigt Elfie ein, denn allmählich schmerzen ihre Muskeln. So eine Anstrengung ist sie sonst nicht gewohnt. Folglich ist es besser, sich am Anfang nicht zu viel zuzumuten.
Alex und Elfie treffen sich nach dem Umkleiden in der Eingangshalle wieder. Da sie keine Ahnung hat, wo Alex wohnt, vertraut sie seiner Führung. Glücklicherweise laufen sie kaum zehn Minuten, bis Alex ein Vorgartentor zu einem Haus öffnet und Elfie aufhält.
Auf der Klingelleiste zählt sie sechs Namen. Alex‘ steht links oben, woraus Elfie schließt, dass er unter dem Dach lebt. Wenig später wird ihre Vermutung bestätigt. Nach Luft ringend erreicht Elfie die oberste Etage, denn einen Aufzug gibt es nicht, und unterdrückt ein Keuchen. Natürlich soll Alex auf keinen Fall registrieren, wie sehr sie außer Atem ist.
Gespannt betritt sie sein Reich. Der Flur ist großzügig bemessen, von dem aus alle anderen Zimmer abzweigen. Die Tür zum Wohnraum steht offen, und Elfie bewundert als Erstes die freiliegenden Balken. Sie erinnern an die Dachstühle in bayerischen Bauernhäusern und strahlen Gemütlichkeit aus.
„Setz dich bitte. Ich hänge kurz meine Badesachen zum Trocknen auf und koche Wasser für den Tee.“
Elfie inspiziert zunächst die große Schiebetür, die zu einem eingeschnittenen Balkon führt. Von hier aus hat man den direkten Blick aufs Watt. Einfach traumhaft diese Aussicht. Hinsichtlich der Möbel beweist Alex einen eigenwilligen Geschmack. Teils besteht sein Inventar aus antiken Einzelstücken, teils aus modernem Design wie die in Grau gehaltene Stoffcouch, auf der Elfie Platz nimmt. Zahlreiche größere Kübel mit verschiedenen Palmenarten verleihen dem Raum ein Gewächshaus-Ambiente. Alex entpuppt sich damit nicht nur als Tierliebhaber, sondern auch als Pflanzenexperte. Nach einer Weile kehrt er mit einem Tablett in der Hand zu Elfie zurück, die ihm hilft, die Teekanne, die Tassen und den Kandiszucker auf den

Tisch zu stellen. Plötzlich hat sie das Bedürfnis herauszufinden, ob nicht eine Frau mit Alex hier zusammenlebt.
„Darf ich kurz in dein Bad?", bittet sie.
„Logisch. Im Flur die Tür nach rechts. Ich schenke uns derweil ein."
„Zu Elfies Erleichterung deutet im Badezimmer nichts auf eine Freundin hin. Keine zweite Zahnbürste, keine sonstigen weiblichen Utensilien, wie Schminkzeug oder Parfüm.
Zufrieden beendet Elfie ihre Inspektion und hockt sich zu Alex auf das Sofa, der ihr eine volle Tasse reicht. „Auf dein neues Hobby, das Flow-Riding."
„Danke für alles, was du mir beigebracht hast."
„Bei Naturtalenten wie dir, ist das easy", versprüht Alex seinen Charme und deponiert seinen Tee zurück auf den Tisch.
Elfie ahnt, was er plant, als er ein Stück näher rückt. Sie ist jedoch nicht bereit zu Intimitäten, auch wenn sie Alex mehr als sympathisch findet. Die Überrumpelung von Carsten ist keine vierundzwanzig Stunden her und bedarf keiner übereilten Wiederholung. Ihr Kopf beschäftigt sich außerdem ständig mit der Geschichte ihrer Mutter und Cordula. Allein deswegen ist ihr romantisches Zentrum im Moment erheblich gestört, und sie könnte eine Annäherung von Alex gar nicht genießen. Automatisch schüttet sie aus der Kanne für ihn und sich in die Tassen nach und fragt: „Kennst du Carsten Harms?"
Sofort entfernt sich Alex wieder ein Stück von ihr, als hätte Elfie ihm eine Ohrfeige verpasst. „Den Piloten?"
„Ja."
„Was willst du von ihm? Soll er dich aufs Festland fliegen?"
„Nein, bloß nicht. Keine zehn Pferde bringen mich in solch ein Gerät."
Alex schaut Elfie schräg von der Seite an und erwartet offenbar eine Erklärung, die Elfie ihm in wenigen Sätzen gibt und von ihrer Begegnung mit Jakob im Zug und

anschließender Übernachtung bei Carstens Schwester Beate erzählt.
„So ein Zufall. Hat er dich zu einem Rundflug eingeladen?"
„Woher weißt du?", fragt Elfie irritiert nach.
„Weil er jeder Frau damit imponiert." Es klingt ein wenig frustriert aus Alex' Mund.
„Mir sicher nicht. Ich hasse die Fliegerei", outet sich Elfie und verschweigt Carstens Angebot.
„Da bist du eine rühmliche Ausnahme. Ich kenne viele Frauen, die auf Piloten scharf sind und sogar Flugstunden nehmen, obwohl sie sich vor Angst in die Hose machen."
Sofort denkt Elfie an Annika. Soll sie Alex direkt nach ihr fragen? Sie traut sich: „Gehört Annika auch zu denen?"
„Ja, wie kommst du darauf?"
Elfie berichtet von ihrem unfreiwilligen Lauschangriff vor der Umkleidekabine.
„Wobei es sich ausnahmsweise nicht um Carsten dreht, sondern um Mattes. Er ist Annikas Auserwählter, spannt es jedoch nicht. Deshalb versucht sie es mit Flugstunden, ihn von ihrer Liebe zu überzeugen, und dass er sie ebenso will. Fast die ganze Insel weiß Bescheid und amüsiert sich darüber."
Elfie verspürt eine seltsame Erleichterung, die blonde Schönheit nicht als Konkurrentin zu haben. Den unbekannten Mattes darf Annika geschenkt haben. „Ich wünsche ihr viel Erfolg", meint Elfie großzügig.
„Mir wäre es lieber, Annika würde sich an Carsten festbeißen."
Elfie wird hellhörig. „Wieso?"
„Weil wir beide einen ähnlichen Frauengeschmack haben und ich Carsten gerne in festen Händen wüsste. Einen Piloten als Rivalen zu haben, macht die Beute schwieriger."
„Dann musst du dich eben anstrengen und Carsten ausstechen. Deine Surfnummer ist durchaus ebenbürtig. So Flugverweigerer wie ich stehen mehr auf Wasserspiele."

Elfie wundert sich über ihre eigene Forschheit. Noch vor einigen Tagen hätte sie das nicht gewagt, einen fremden Mann aus der Reserve zu locken.
Dieses Mal hält sich Alex zurück und schlägt stattdessen vor: „Wollen wir zu deiner Tante? Sie erwartet uns bestimmt schon."
Elfie nickt und ist ein wenig enttäuscht, dass Alex plötzlich aufbrechen will.
Das Katzenkörbchen unter dem einen Arm und eine Flasche Wein unter dem anderen, bittet Alex Elfie, seine Wohnungstür ins Schloss zu ziehen.
Schweigend laufen sie nebeneinander her bis zu Cordulas Gebäude.
Im Treppenhaus duftet es bereits nach einer Mischung aus Curry, Zimt und Marzipan. Was die Tante wohl auftischen wird?
Als Erstes bereitet Frieda Elfie und Alex einen stür-
mischen Empfang. Das Körbchen erkennt sie gleich als ihren neuen Platz an und hüpft hinein.
Cordula dankt Alex, der verspricht, es seiner Nachbarin weiterzuleiten. Die beiden beginnen den Smalltalk über Frieda, sodass Elfie einen Blick auf ihr Smartphone wirft. Drei entgangene Anrufe. Einer von ihrer Mutter, einer von Claire und einer von Carsten. Vorläufig kann sie niemanden zurückrufen.
Cordula hat ein leckeres Currygericht gezaubert, das Alex in den höchsten Tönen lobt. Die Marzipantart mit Äpfeln und Zimt bildet den Schluss des Mahls. Bewundernswert, woher Cordula nach den Geburtstagsfeierlichkeiten die Energie und Lust hernimmt, Alex und Elfie so fürstlich zu bekochen. Danach sitzen sie bei einem Sanddornglühwein in der Wohnstube, und Elfie lauscht mit halbem Ohr den Inselgeschichten, die Alex und Cordula austauschen. Sie ist in Gedanken bereits bei den Rückrufen. Das Gespräch mit ihrer Mutter schiebt Elfie auf den morgigen Tag, da es länger dauern wird. Außerdem liegt es ihr im Magen. Wie sie wohl reagiert, wenn Elfie die Konfrontation

hinsichtlich Cordula sucht? Wird sie ihr zuhören und glauben, was die Tante geschworen hat? Es wäre Elfies größter Weihnachtswunsch, wenn sich die beiden wieder vertragen würden.

♥

KAPITEL 17

Am nächsten Morgen fasst sich Elfie ein Herz und ruft ihre Mutter noch im Bett liegend an.
„Hallo, Mama, wie geht es euch? Gibt es einen besonderen Grund, warum du dich gestern Abend gemeldet hast?"
„Guten Morgen, mein Schatz. Du hast dich solange nicht gerührt. Da wollte ich einfach hören, was bei dir los ist."
„Jede Menge, und ich weiß gar nicht, womit ich anfangen soll", schindet Elfie zunächst Zeit. Plötzlich hält sie es für besser, erst nach ihrer Rückkehr das brisante Thema mit ihrer Mutter zu erörtern. Am Telefon könnte es zu neuen Missverständnissen kommen. Deshalb erzählt sie von Frieda, bis Marion von sich aus das Gespräch auf Cordula lenkt.
„War Eike auch auf der Geburtstagsfeier?", fragt Marion unerwartet.
Elfie holt tief Luft, bevor sie antwortet: „Ja, er ist inzwischen der 2. Bürgermeister von Borkum und hat Tante Cordula als solcher im Namen der Gemeinde gratuliert."
„Ist sie denn sonst nicht mehr mit ihm befreundet?", liefert Marion das Stichwort.
„Nein, sonst meidet sie Eike, weil er eure Verbindung zerstört hat."
„Das war nicht er, sondern sie, diese Verräterin", braust Elfies Mutter auf.
„Es gibt immer zwei Seiten der Medaille. Warum hast du

Cordulas Version damals nicht geglaubt? Eike hat ihr eingeredet, dass ihr beide euch nach eurer Sommerromanze als Freunde getrennt habt. Allein deswegen hat sie sich auf ihn eingelassen, nicht um ihn dir auszuspannen."
„Warum hat Cordula mir dann nie von ihrer Beziehung zu Eike erzählt? Das ist mehr als verdächtig. Ich habe es erst auf den Fotos zufällig entdeckt, als wir bei ihr als Familie Urlaub gemacht haben, und war wie vor den Kopf geschlagen."
„Ist das denn heute wirklich noch wichtig? Ich halte Cordulas Aussage für absolut glaubwürdig, und sie leidet unter der Situation. Ganz bestimmt wollte sie dich nicht hintergehen oder verletzen. Denk bitte in Ruhe mal darüber nach. Cordula ist jederzeit bereit, mit dir zu reden. Ihr solltet das Kriegsbeil begraben. Kein Mann ist es wert, eine so enge Freundschaft für immer zu begraben."
„Hm ... komm du erst einmal wieder zurück nach Hause und berichte mir mehr über Cordula und ihr Leben. Vielleicht sehe ich die Angelegenheit danach aus einem anderen Blickwinkel."
„Das wäre zu schön", ruft Elfie aus. „Ich freue mich auf euch alle und Weihnachten. So allein wie Tante Cordula möchte ich die Feiertage über nie sein."
Marion hakt nach: „Hat sie tatsächlich niemanden?"
„Wir haben bisher gar nicht darüber gesprochen, wie sie den Heiligen Abend verbringt. Ihr Geburtstag stand im Mittelpunkt. Ich hoffe, sie ist irgendwo eingeladen. Es täte mir weh, sie einsam zu wissen."
„Ja, das stelle ich mir auch sehr traurig vor", gibt Marion zu. „Ich bin sehr froh, Kinder wie euch zu haben, die sogar als Erwachsene mit uns Weihnachten verbringen, und einen Mann wie Robert, dem die Familie am wichtigsten ist."
„Und deshalb solltest du wieder Frieden mit Cordula schließen", beendet Elfie die Unterhaltung mit ihrer Mutter und hat einen Hoffnungsschimmer, dass zwischen

den beiden bald wieder ein Dialog stattfindet.
Als Nächstes probiert es Elfie, Claire im Büro zu kontaktieren. Niemand meldet sich. Ihr Smartphone ist ebenfalls abgeschaltet. Was hat das zu bedeuten? Ist sie gestern Abend nicht nach München zurückgekehrt, sondern länger geblieben? Wollte Claire das Elfie in ihrem Anruf mitteilen? Es hat keinen Zweck, darüber nachzugrübeln. Auf Elfie warten einige Aufgaben, die sie für Tante Cordula erledigen soll. Es gilt, eine Katzenklappe zu kaufen und mit Frieda zur Tierärztin zu gehen, um sie chipen zu lassen. Ob Zeit übrigbleibt, mit Carsten die Insel zu erobern, bezweifelt Elfie. Bevor sie den Gedanken weiterspinnt, meldet sich der Pilot per WhatsApp:

Guten Morgen, Elfie,
ich warte auf eine Antwort von Dir. Steh ich heute auf Deinem Programm? Das würde mich sehr freuen.
Bis hoffentlich gleich,
Carsten

Unabhängig davon, ob Elfie sich mit Carsten überhaupt treffen möchte, weiß sie nicht, wie lange sie mit Frieda in der Tierarztpraxis zubringen wird. Für den Abend hat sich Alex nach seinem Dienstschluss angeboten, die Katzenklappe in die Haustür zu montieren. Weder Elfie noch Tante Cordula sind dazu fähig. Was soll sie Carsten antworten? Ihn zunächst auf den frühen Nachmittag vertrösten?
In diesem Moment klopft es an Elfies Zimmertür. Tante Cordula?
„Einen Augenblick." In ihrem rosa Schlafanzug bedruckt mit Mickymäusen wagt sich Elfie, nur im vertrauten Umfeld zu zeigen. Umso peinlicher, als sie die Tür öffnet und Carsten gegenübersteht. „Was tust du denn hier?", fragt sie entsetzt.
„Da du offenbar meine Nachrichten nicht liest, bin ich spontan hergeeilt und möchte dich abholen."

„Ich bin noch im Schlafgewand“, protestiert Elfie.
„Das sehe ich.“ Carsten grinst erneut. „Hübsches Modell übrigens.“
Elfie verzieht ihr Gesicht. Auf Sarkasmus auf nüchternen Magen verzichtet sie lieber. „Wer hat dich denn ins Haus gelassen?“
„Ich bin durch den Laden, und deine Tante hat mich hoch geschickt. Ich lade dich zum Frühstück in ein besonderes Café ein.“
„Das ist nett von dir.“ Elfie ringt sich ein Lächeln ab. „Ich muss mit Frieda zum Tierarzt. Das habe ich Tante Cordula versprochen.“
„Okay, dann trinken wir hier erst eine Tasse Kaffee, und ich begleite dich anschließend.“ Offenbar lässt sich Carsten nicht so leicht abschütteln.
„Okay, überredet. Ich ziehe mich schnell an.“
Als Elfie wenig später in der Küche erscheint, hält Carsten Frieda im Arm und liebkost sie. Ihr Schnurren zeigt an, dass ihr seine Streicheleinheiten gefallen. Lauter Männer, die katzenfreundlich sind? Liegt das am Inseldasein? In München sind Elfie solche Typen bisher nicht begegnet.
„Magst du etwas essen?“, bietet Elfie ihrem unverhofften Gast an.
„Ja, gerne, wenn es dir keine Umstände bereitet. Ich habe noch nicht gefrühstückt. Ich wollte dich ja dazu ausführen.“
Mit einigen Handgriffen zaubert Elfie den Tisch voll Leckereien und brüht den Kaffee auf. Frisch getoastetes Brot bildet die Unterlage für Käse und Wurst oder Marmelade.
„Du bist die perfekte Hausfrau“, erkennt Carsten an.
„Danke für die Blumen.“ Insgeheim fühlt sich Elfie mit dieser Art Kompliment veräppelt, obwohl sie keinen ironischen Unterton wahrgenommen hat. Was will Carsten von ihr? Warum hat er es so eilig, sie zu treffen, und wartet ihre Nachricht nicht ab? Fast ein bisschen aufdringlich.
„Hast du etwas auf dem Herzen?“, nimmt Elfie plötzlich

allen Mut zusammen.
„Merkt man mir das an?“ Carsten trinkt einen Schluck aus seinem Becher und fixiert dabei seinen Blick auf Elfie.
„Na, ja, dein früher Überfall muss einen anderen Grund haben, als mich zum Frühstück einzuladen.“
„Stimmt. Ich muss dringend etwas mit dir besprechen, was keinen Aufschub mehr duldet.“ Carstens Worte klingen ernst und nicht flapsig wie gewöhnlich.
Jetzt wird es interessant. Hat es mit Elfie zu tun? Will ihr Carsten möglicherweise beichten, sich in sie verknallt zu haben? Was soll sie erwidern? Ist sie in ihn verliebt? Carsten ist ein toller Typ, aber ihre Schmetterlinge schlafen weiter in ihrem Bauch und formieren sich nicht zu einem Freudentanz in seiner Gegenwart. Ein Zeichen, dass kein Funke von Carsten auf Elfie übergesprungen ist.
Nervös nestelt sie mit ihren Händen am Tischtuch. Mit solch einer Situation ist sie überfordert. Alle erdenklichen Liebesfilmszenen laufen in ihrem Kopfkino ab und suchen nach einer entsprechenden Konstellation. Wie würde Julia Roberts oder Penelope Cruz reagieren? Elfie fällt nichts Passendes ein und harrt der Dinge, die nicht passieren, wie erdacht.
„Ich habe ein Attentat auf dich vor“, outet sich Carsten, „und brauche deine Unterstützung.“
„Was meinst du?“ Irritiert hält Elfie Carstens eindringlichem Blick stand.
„Es geht um meinen Vater und deine Tante“, rückt er endlich heraus. „Wir müssen sie zusammenbringen. Meine Schwester Beate drängt ebenfalls darauf.“
Elfies imaginäre Seifenblase mit einem Liebesgeständnis von Carsten platzt. Ist sie erleichtert oder enttäuscht? Sie entscheidet sich, ein inneres Häkchen an den Piloten zu setzen und sich auf seinen Vorschlag zu konzentrieren.
„Hast du denn eine Idee, wie die Verkuppelung funktionieren könnte?“
„Eben nicht. Ich habe meinem Vater geraten, Cordula zu Weihnachten zu uns einzuladen. Sie ist doch allein, oder?“

„Soweit ich weiß, ja. Ich reise übermorgen wieder ab. Hat Eike meine Tante gefragt?"
„Nein. Er traut sich nicht und hat Angst, sich wieder einen Korb einzufangen. Deshalb habe ich die Bitte an dich, bei ihr vorzufühlen, wie sie reagieren würde."
„Du hast Nerven. Die beiden sind alt genug, um das selbst in die Hand zu nehmen."
„Bei diesen Sturköpfen muss man dem Glück nachhelfen. Die zwei gehen ansonsten daran vorbei."
„Das ist nicht so einfach", beginnt Elfie, „meine Tante bildet sich ein, meiner Mutter gegenüber verpflichtet zu sein, deinen Vater zu meiden."
„Was für ein Quatsch. Diese Story ist über dreißig Jahre her."
„Trotzdem sitzt sie in den Köpfen von Cordula und meiner Mutter fest. Es gibt nur eine Lösung."
„Die da wäre?" Carsten zieht die Augenbrauen hoch.
„Dein Vater beichtet meiner Mutter die Wahrheit und bestätigt Cordulas Version. Nur wenn sich die beiden Freundinnen wieder vertragen, hat Eike eine neue Chance bei Cordula."
„Puh, was verlangst du da?" Begeistert klingt Carstens Reaktion nicht.
„Ich verlange gar nichts. Es ist Eikes Entscheidung. Er hat damals mit seinem Verhalten und jugendlichem Eroberungswahn eine Freundschaft zerstört. Ich finde, er ist es Cordula und meiner Mutter schuldig, endlich reinen Tisch zu machen."
„Ich fürchte, du hast recht. Wie soll mein Alter denn Kontakt zu deiner Mutter aufnehmen? Telefonisch?"
„Nein, die Überrumpelungstaktik finde ich schlecht. Ich gebe dir ihre Mailadresse. Besser er schreibt ihr, und sie hat die Möglichkeit zu reagieren."
„Glaubst du, deine Mutter antwortet ihm?"
„Ich hoffe es. Gerade heute Morgen habe ich ihr nahegelegt, sich endlich mit Cordula zu versöhnen. Vielleicht hilft Weihnachten, das Fest der Liebe, wenig-

stens darüber nachzudenken."
„Dein Wort in Cordulas Ohr." Carstens trinkt seine Tasse leer.
„Ich weiß, dass sie nur auf ein Zeichen wartet."
Carsten springt unvermutet auf. „Ich danke dir. Bist du mir böse, wenn ich dich nicht zur Tierärztin begleite, sondern sofort mit meinem Vater rede?"
Elfie schüttelt mit dem Kopf und lächelt. „Nein. Hauptsache, unser Plan funktioniert. Ich komme auch ohne dich klar." Wie Elfie das meint, bleibt ihr Geheimnis.

Elfie transportiert Frieda in einer Tasche zur Tierärztin. Der Warteraum ist voll und die Geräuschkulisse wie im Dschungel. Ein Papagei quasselt unentwegt, während sich zwei Katzen anfauchen und ein kleiner Welpe jault. Fehlt noch das Gebrüll eines Löwen oder das Klappern einer Schlange.
Glücklicherweise scheint Frieda davon unbeeindruckt. Elfie hebt sie aus der Tasche auf ihren Schoß. Von dort aus beobachtet sie das Geschehen.
Nach einer gefühlten halben Stunde sind Elfie und Frieda endlich an der Reihe.
„Ist das die Katze, mit der Alex neulich hier war?", fragt die Ärztin.
Elfie bejaht und erklärt ihr Anliegen.
„Eine programmierbare Katzenklappe werden Sie auf der Insel nicht kaufen können. Die gibt es auf dem Festland oder im Internet zu bestellen."
„Macht es dann Sinn, Frieda heute zu chipen?"
„Natürlich. Der Code dient in erster Linie zur Identifizierung, wenn sie einmal verlorengeht. Das arme Tier hat offenbar einiges hinter sich, wie mir Alex sagte."
„Ja, ich bin froh, dass sich meine Tante um sie kümmert. Bei ihr hat Frieda ein schönes Zuhause gefunden."

Die Katze lässt die Prozedur des Chipens problemlos zu, und nach weiteren zehn Minuten befindet sich Elfie auf dem Rückweg.
Alex' Hilfe mit der Katzenklappe ist erst einmal hinfällig. Tante Cordula muss zunächst eine bestellen und bis diese eintrifft, ist Elfie längst wieder in München. Die Aussicht, Alex womöglich nicht mehr zu sehen, verursacht ihr plötzlich Unbehagen. Wie kann sie ihn trotzdem zu Tante Cordula locken oder ihn anderweitig daten? Vermisst sie ihn etwa? Elfies Gefühlschaos ist perfekt. Bisher war sie zwischen Alex und Carsten hin und her gerissen. Seit sie den Piloten eher als Verbündeten in der Verkupplungsaktion mit Eike und Cordula betrachtet, ist ihr Herz frei für Alex.
Er verkörpert das, was sich Elfie von einem Mann erhofft: Fürsorge, Verantwortungsbewusstsein und Stärke. Dass er auch zärtlich sein kann, hat Alex im Umgang mit Frieda bewiesen. Katze müsste man sein. Elfie sehnt sich auf einmal danach, von seinen Armen umschlungen zu werden, ihn zu schmecken und zu fühlen. Allein ihr Verstand verdrängt ihr Verlangen. Sie sollte sich lieber um eine vorläufige Alternative für die Katzenklappe kümmern. Eine Tierhandlung wird es wohl auf Borkum geben. Wo kann man besser nachfragen als im Tourismusbüro?
Elfie fackelt nicht lange und schaut bei Alex vorbei. Ihr Puls beschleunigt sich, als er sie anlächelt.
„Je später der Morgen, desto hübscher die Gäste", begrüßt er sie. „Wie war's bei der Tierärztin?"
„Deshalb bin ich hier." Elfie erklärt das Problem.
„Wenn deine Tante die Katze als Freigängerin erziehen will, würde ich kein Katzenklo einsetzen, sondern erst einmal eine ungechipte Klappe montieren, bis die andere eintrifft."
„Aber das bedeutet doppelte Kosten."
„Nicht unbedingt. Ich höre mich um, ob jemand eine gebrauchte Klappe hergibt."
„Dir fällt immer etwas ein", äußert Elfie bewundernd und

frohlockt insgeheim, Alex nun doch nach seinem Dienstschluss zu sehen.
„Ich kümmere mich und rufe dich an", verspricht er.
„Danke, das ist mega cool von dir. Wo finde ich trotzdem eine Tierhandlung? Frieda braucht endlich etwas Nahrhafteres als das Trockenfutter aus Tante Cordulas Laden."
„Es gibt keine, aber im Supermarkt wirst du fündig." Alex erklärt Elfie den Weg und flüstert, damit es seine Chefin und die anderen Angestellten offenbar nicht hören: „Ich freue mich auf heute Abend."
„Ich mich auch", gibt Elfie zu.

♥

KAPITEL 18

Als Elfie das Tourismusbüro verlässt, tanzen ihr einige Schneeflocken ins Gesicht. Damit rechnet sie auf Borkum gar nicht. Selten hat Tante Cordula von einem Wintereinbruch berichtet. Durch die Küstenlage begünstigt, verfügt die Insel auch zur kalten Jahreszeit über ein etwas milderes Klima, und das Thermometer sinkt kaum unter null Grad.

Bestimmt werden sich die kleinen Insulaner riesig über die weiße Pracht freuen, sofern sie liegen bleibt. Wahrscheinlich schmelzen die Flocken gleich wieder weg, wenn sie den Boden berühren.

Irritiert schaut Frieda aus der Tasche und versucht, das unbekannte Element, das vom Himmel fällt, zu schnappen. Als dies nicht gelingt, zieht sie sich wieder ins Innere zurück. Dagegen findet Elfie den Schnee herrlich. Sofort vermittelt er ein weihnachtliches Gefühl. Trotzdem beeilt sie sich wegen Frieda, das Tierfutter einzukaufen.

Anschließend huscht Elfie kurz bei Cordula im Laden vorbei, um ihr vom Tierarztbesuch und dem Klappenproblem zu berichten.

„Schau dir den Schnee an. Hoffentlich muss ich nicht schippen“, befürchtet die Tante.

„Falls erforderlich, erledige ich das. Ein bisschen Bewegung schadet mir nicht. Wo finde ich denn die Schneeschaufel?“

„Im Keller. Ich habe sie seit Jahren nicht benutzt.“

„Wahrscheinlich brauchen wir sie ohnehin nicht", prophezeit Elfie. „Das ist bloß ein kurzes Intermezzo, das uns Petrus beschert, um uns auf Weihnachten einzustimmen." Sie wartet mit ihrer brennenden Frage, bis die Kundin aus dem Laden verschwindet. „Wie verbringst du überhaupt die Feiertage? Ich hoffe, du bist nicht allein."
„Dieses Jahr sieht es ganz danach aus. Zwar hat mich Astrid eingeladen, aber der Aufwand ist mir zu groß. Ich könnte erst am Nachmittag des Heiligen Abends aufbrechen und muss mein Geschäft schließlich wieder pünktlich nach Weihnachten öffnen. Den Stress tue ich mir nicht an, zumal ich jetzt Frieda habe. Ich könnte sie kaum mitnehmen."
„Oh ja, daran habe ich gar nicht gedacht." Elfie schmunzelt. „Schließlich hat Alex sicher etwas Besseres zu tun, als an den Feiertagen auf deine Katze aufzupassen."
„Allerdings. Er tut ohnehin schon so viel, dass ich mich frage, ob das nicht dir zuliebe geschieht." Cordula zwinkert Elfie zu.
„Er gefällt mir, aber genau wie bei meiner Mutter damals hätte so eine Beziehung mit dieser riesigen Distanz keine Chance."
„Manche Paare fliegen regelmäßig durch die Welt, um sich zu sehen. Liebe kennt keine Grenzen oder Entfernungen."
Ihr Dialog wird von zwei neuen Kundinnen unterbrochen, die sich heftig über den Schneefall beschweren.
„Haben Sie Streusalz?", fragt eine von beiden Cordula.
„Nein, tut mir leid. Es lohnt sich für mich nicht, einen Vorrat davon im Laden zu horten."
Dabei fällt Elfie ein, kein passendes Schuhwerk für so ein Wetter mehr zu haben. Ihre Stiefel hat sie im Zug eingebüßt. Ob sie vorsichtshalber welche kaufen soll? Sie benötigt ohnehin ein Ersatzpaar.
Während die Frauen und Cordula weiter über die Beschaffung von Streugut diskutieren, steigt Elfie mit Frieda zu Cordulas Wohnung hoch und füttert sie.
Ihr Smartphone zeigt zwei Nachrichten an. Die von Alex

liest sie zuerst.

Dem Einbau der Klappe steht nichts mehr im Weg. Ich habe eine Gebrauchte gefunden und installiere sie später bei Euch. Hast Du danach Lust auf die Welle? Anschließend könnten wir bei mir chillen.

Das klingt verlockend. Elfie zögert mit einer spontanen Zusage. Ihr vorletzter Abend gehört Cordula. Ausweichend antwortet Elfie:

Darf ich das entscheiden, wenn Du hier bist? Ich muss mir erst einmal Stiefel besorgen, um den möglichen Schneemassen Widerstand zu leisten .

Das mit den *Schneemassen* nimmt Elfie nicht so ernst. Die Ausrede verschafft ihr jedoch Aufschub bis zum Abend.
Manchmal erledigen sich Probleme von selbst.
Vielleicht kommt Cordula sogar auf die Idee, dass Elfie mit Alex etwas unternehmen soll.
Die zweite Nachricht stammt endlich von Claire:

Meine Liebe,
ohne eigenes Smartphone ist die Welt nicht in Ordnung. Ich bin froh, es zurück zu haben. Gestern bin ich erst sehr spät wieder zuhause gewesen und wollte Dich nicht mehr stören. Heute Morgen habe ich etwas länger gepennt und sitze erst jetzt im Büro. Kannst mich also gerne anrufen.
Liebe Grüße, Claire

Elfie ergreift die Gelegenheit sofort beim Schopf und läutet bei Claire an. In der folgenden Stunde erzählt Elfie der Freundin jedes erlebte Detail auf Borkum und verschweigt auch ihre Zuneigung zu Alex nicht.
„Worauf wartest du noch? Schlag zu, wenn du ihn magst“, rät Claire.
„Aber ...“

„Hör auf mit *aber.* Damit findest du nie den richtigen Mann fürs Leben. Auch wenn ihr euch durch die Entfernung nicht dauernd sehen könnt, ist es ein Versuch wert. Deine Anwesenheit hier ist nicht zwingend jeden Tag notwendig. Also gibt es verlängerte Wochenenden."
„Ich weiß ja gar nicht, ob Alex ernsthaft an mir interessiert ist", gibt Elfie zu Bedenken.
„Du ewige Zweiflerin. Mit dir wird das so nie etwas. Find es heraus. Wenn die Sache scheitert, päppele ich dich wie immer wieder auf."
„Du bist die beste Freundin, die ich jemals hatte."
„Das beruht auf Gegenseitigkeit. Du hast mir bei meinen Problemen genauso geholfen. Ich hatte anfangs auch Angst, unsere Liebe sei ein Luftballon, aus dem allmählich das Gas wieder entweicht. Wie gut, dass ich mich auf eine Beziehung mit ihm eingelassen habe. Wir sind wirklich glücklich."
„Das hast du mehr als verdient. Dein Zuspruch tut mir gut. Mir bleibt nur noch bis morgen Abend, Alex näher kennenzulernen."
„Dann vergeude deine Zeit nicht mit mir. Wir quatschen, wenn du zurück bist", fordert Claire und kichert. „Übrigens halte ich die Daumen, dass sich zwischen deiner Mutter und Tante alles wieder einrenkt."
„Danke und bis übermorgen." Elfie blickt aus dem Fenster. Der Schneefall hat sich erheblich verstärkt. Zusätzlich stürmt es. Sie sollte sich beeilen, um Stiefel zu kaufen, bevor sie es mit ihren Halbschuhen gar nicht mehr bis zum Geschäft schafft.
Tatsächlich haben sich in der kurzen Zeit bereits einige Zentimeter der weißen Substanz angehäuft, als Elfie die Haustür öffnet.
In München wären längst alle Hausbesitzer am Schaufeln. Hier auf der Insel scheint niemand damit gerechnet zu haben. Ob es überhaupt einen Schneeräumer gibt?
Halb erfroren von dem eisigen Wind betritt Elfie den Schuhladen. Sie ist offenbar nicht die Einzige, die für

diesen Wetterumschwung neue Stiefel benötigt.
Der Verkaufsraum ist völlig überfüllt. Angestellte rennen eilfertig mit Kartons hin und her. Kinder quengeln voller Ungeduld, und Mütter weisen sie zurecht.
Elfie sehnt sich nach Ohrstöpseln.
Unter diesen Umständen verzichtet sie auf Bedienung und sucht allein nach einem geeigneten Paar. Endlich entdeckt sie eines in ihrer Größe in einer Ecke und will danach greifen.
„Hey, das sind meine", schreit eine Frau Elfie an und schlägt ihr auf die Hand.
„Aua, was fällt Ihnen ein? Woher soll ich wissen, dass die nicht verkäuflich sind?", protestiert Elfie. „Sie sehen neu aus."
„Sind sie auch. Gerade als Sie sie nehmen wollten, habe ich mich dafür entschieden."
„Ach, dann diene ich Ihnen also als Entscheidungshilfe? Interessant." Elfies Geduld weicht einer aufsteigenden Wut.
Plötzlich mischt sich eine Verkäuferin ein und wendet sich an Elfie: „Ich biete Ihnen die Stiefel eine Nummer größer an. Wollen Sie sie mal anprobieren?"
Elfie nickt und läuft hinter der Retterin her. Für ihre angeschlagene Zehe ist ein größeres Modell ohnehin bequemer.
Fünf Minuten später trägt sie neue Stiefel an den Füßen und die alten Halbschuhe in einem Beutel an der Hand. Das wäre geschafft.
Die Mütze tief in die Stirn und den Schal bis über die Nase gezogen begibt sich Elfie mit gesenktem Blick auf den Rückweg und stößt kurz vor Cordulas Haus mit jemandem zusammen. Immer noch mit Groll im Bauch wegen der dreisten Frau im Schuhgeschäft brüllt sie: „So passen Sie gefälligst auf."
„Bist du es, Elfie?"
„Ja, warum?" Erst als sie aufschaut, identifiziert sie Carsten. „Entschuldige bitte meinen Ausbruch. Wolltest

du zu mir?"
„Ja, ich war am Hintereingang, nicht durch den Laden, um Cordula nicht zu begegnen. Leider habe ich dich nicht angetroffen."
„Geht es um deinen Vater?", vermutet Elfie.
„Ja, können wir das nicht lieber drinnen besprechen? Ich friere mir einen Ast ab."
Bei einem heißen Tee mit Kluntjes tauschen sich Elfie und Carsten in Cordulas Küche aus.
„Schieß los. Was hat dein Vater zu deinem Vorschlag gesagt?"
„Er hat ihn gleich umgesetzt und deiner Mutter eine Mail geschrieben. Ich war total erstaunt und hatte Gegenwehr einkalkuliert."
„Wow, damit habe ich nicht gerechnet. Hat meine Mutter bereits reagiert?"
„Eben nicht. Deshalb bitte ich dich, bei ihr einmal nachzuhaken."
„Dazu ist es viel zu früh. Sie schaut nicht permanent in ihr Postfach und würde unser Komplott riechen, wenn ich plump frage, ob sie Nachricht von Eike hat." In Carstens Gegenwart beabsichtigt Elfie ohnehin nicht, mit ihrer Mutter zu telefonieren. Sie könnte nicht frei sprechen.
„Hm ... so gesehen, hast du recht", räumt Carsten ein.
„Am besten gedulden wir uns, bis ich wieder in München bin und sie es mir freiwillig erzählt. Das ist am unverfänglichsten."
„Solange warten? Das hält mein Vater nicht aus."
Elfie verspürt kein Mitleid. „Er hat über dreißig Jahre gebraucht, um die Wahrheit auszuspucken, und zugesehen, wie eine Freundschaft wegen ihm zerbricht. Da kommt es auf zwei bis drei Tage nicht mehr an." In Elfie keimt ein Verdacht auf. „Bist eher du es, der ungeduldig ist?"
„Ich wüsste meinen Vater gerne glücklich und nicht einsam."
„Er hat dich, Beate und ihre Familie."
„Beate kommt nicht so häufig nach Borkum, und ich bin

bald weg."
Vor Erstaunen vergisst Elfie den Tee im Mund, den sie gerade aus der Tasse getrunken hat, und verschluckt sich, sodass Carsten ihr auf den Rücken klopft, bis sie sich beruhigt hat.
„Besser?"
„Jaaa", krächzt sie. „Wo willst du denn hin?"
„Ich habe das Angebot, in Südfrankreich eine Flugschule zu leiten. Ich brauche Tapetenwechsel. Wegen des Todes meiner Mutter bin ich geblieben, um meinem Vater zur Seite zu stehen. Ich werde auch nicht jünger. Wenn ich nicht bald eine neue Herausforderung annehme, wird es zu spät sein."
„Aha, daher pfeift der Wind." Elfie bekommt wieder Luft und teilt aus: „Du willst nicht mit schlechtem Gewissen einen neuen Job antreten."
„Findest du das egoistisch?"
Elfie überlegt. „Vielleicht ein bisschen. Auf der anderen Seite ehrt es dich, dass du Eike nicht im Stich gelassen hast. Irgendwann sollte das eigene Leben wieder im Mittelpunkt stehen und du die Hauptrolle spielen. Reizvolle Jobangebote existieren leider nicht so zahlreich wie Würmer im Watt."
Carsten lacht. „Das ist mal ein cooler ostfriesischer Vergleich. Den merke ich mir."
„Und wann soll es bei dir losgehen?"
„Erst ab Februar. Ich müsste mir allerdings bis dahin eine Wohnung suchen. Das ist in Nizza nicht so leicht."
„Nizza? Traumhaft", schwärmt Elfie. „Darf ich dich mal besuchen?"
„Gerne. Dann kannst du dort deinen Rundflug einlösen. Bei diesem Sauwetter klappt es bis zu deiner Abreise wahrscheinlich nicht mehr."
Nun holt Elfie zur Wahrheit aus. „Ich hasse es, mit kleinen Maschinen zu fliegen, und hätte deine Einladung ohnehin nicht angenommen."
Carsten rollt mit den Augen. „Du bist die erste Frau, die

mir das ins Gesicht sagt. Bei allen anderen konnte ich bisher damit punkten."
„Wer gibt gerne seine Feigheit zu."
„Ich finde es nicht schlimm, wenn jemand nicht gerne fliegt. Andere meiden das Wasser oder haben Angst, in den Bergen zu klettern. Dafür sind wir alle Individuen. Beate steigt übrigens auch widerwillig zu mir in die Maschine. Ihr wird meistens schlecht. Hoffentlich bessert sich das Wetter wieder bis zum Heiligen Abend. Ich hole sie und ihre Familie nämlich mit der Cessna über die Feiertage nach Borkum."
„Bewundernswert, dass deine Schwester sich trotzdem überwindet. Warum nimmt sie nicht die Fähre?"
„Weil die Kinder lieber mit ihrem Onkel durch die Luft düsen. Die finden das obermega cool und wollen natürlich in meine Fußstapfen treten."
„Was man nicht alles für Opfer bringt, wenn man Mutter ist", sagt Elfie und ist froh, nicht in Beates Haut zu stecken.
„Wer weiß, womöglich probierst du es eines Tages aus und bist begeistert. Die Erfahrung habe ich häufiger mit Menschen gemacht, die sich vorher strikt geweigert haben, sich in eine fliegende Kiste zu setzen. Es gibt sogar welche, die bei mir ihre Flugangst hinsichtlich Verkehrsmaschinen bewältigten."
„Wie geht das?", hakt Elfie interessiert nach.
„Ich habe ihnen die Funktionen eines Flugzeugs erklärt, und sie durften selbst steuern. Danach fühlten sie sich sicherer und verloren ihre Panik, den Piloten ausgesetzt zu sein."
Dieses Mal widerspricht Elfie nicht.
„Jedenfalls finde ich es gut, dass du deine Angst offen zugibst. Die meisten Menschen vertuschen ihre Schwächen oder tun sogar Dinge, die sie im Grunde nicht wollen. Es ist für mich als Pilot unangenehm, wenn ein Fluggast neben mir zittert und Panik hat. Ich merke das natürlich und versuche dann, ihn mit Smalltalk abzulenken."

„Das bleibt dir mit mir erspart. Schade, dass ich so ein Angsthase bin. Die Aussicht von oben auf die ostfriesische Inselwelt ist bestimmt gigantisch, und andere würden mich darum beneiden. Vielleicht schaffe ich es eines Tages, mich zu überwinden, und nehme deine Einladung an."
„Das ist ein Wort. Um zum Thema zurückzukehren. Sobald du von deiner Mutter etwas hörst, gibst du mir dann Bescheid?"
„Klar, aber du solltest deine Entscheidung pro oder contra Nizza nicht davon abhängig machen, ob sich Eike und Cordula finden. Ich wette, dein Vater hat Verständnis für dein Fernweh und den Inselkoller, dem du derzeit ausgeliefert bist."
„Danke, Elfie. Unser Gespräch hat mir echt gutgetan."
„Mir auch."
Tatsächlich ist Elfie froh, dass Carsten ihre Flugangst endlich kennt und sie ihm nichts mehr vorheucheln muss.

♥

KAPITEL 19

Es schneit und stürmt unaufhörlich weiter, sodass Elfie am Nachmittag zur Schaufel greift, die sie zunächst von Spinnweben und Staub befreit.
Vor der Ladentür türmen sich inzwischen zehn Zentimeter der weißen Pracht auf.
Auch der Geschäftsinhaber von gegenüber kämpft gegen die Massen und winkt Elfie kurz zu. Fast im gleichen Rhythmus schaufeln sie weiter. Ist eine Stelle gerade sauber, bedecken die dicken Flocken sie bereits wieder, als wollten sie Elfie ärgern. Nach einer halben Stunde gibt sie erschöpft auf. Es hat keinen Zweck, gegen die Invasion von oben anzukämpfen.
Frustriert kehrt Elfie in den Laden zurück und beschwert sich bei ihrer Tante: „Ich kann nicht mehr. Mir fallen die Arme ab."
„Für so etwas fehlt eindeutig der Mann im Haus", klagt Cordula. „Ich habe keine Kraft dafür. Jedenfalls danke ich dir, dass du es versucht hast."
„Kein Problem. Hoffentlich rutscht nicht ausgerechnet jemand vor deinem Laden aus."
„Zum Glück schließe ich gleich. Morgen ist der Spuk ohnehin vermutlich vorbei, und der Schnee verschwindet in der Sonne schnell wieder."
Elfie widerspricht ihrer Tante nicht, obwohl Carsten die Befürchtung geäußert hat, dass eine Schneefront über Borkum zieht und nachfolgend eisiger Nordwind die

Temperaturen in den Keller schickt. Zu diesem Zeitpunkt sorgt sich Elfie nicht um den Fährbetrieb und damit nicht um ihre Rückfahrt nach München. Sie brennt darauf, mit ihrer Mutter persönlich über die Mail von Eike zu reden, auch wenn ihr der Abschied von Cordula, Alex und Borkum nicht leicht fällt. Die Freude auf Weihnachten in der Familie wiegt schwerer als die Trauer, die Insel zu verlassen. Am liebsten würde sie Cordula überreden, mit ihr nach Bayern zu reisen und das Geschäft einige Tage zu schließen, wäre da nicht Frieda. Die gebeutelte Katze benötigt erst einmal in ihrem neuen Zuhause Stabilität. Sowohl Cordula als auch Frieda müssen sich aneinander gewöhnen. Elfie ist gespannt, wie sich die Zweisamkeit der beiden entwickelt.
Als sie ihr Zimmer erreicht, brummt ihr Smartphone, das auf ihrem Bett liegt. Ohne sich die dicke Jacke auszuziehen, stürzt sie hin und liest neugierig die Nachricht ihrer Mutter:

Eike hat mir geschrieben und Cordulas Version der Geschichte bestätigt. Er bittet mich um Verzeihung für sein damaliges Verhalten. Was sagst Du dazu? Oder hast Du die Finger im Spiel? Wieso outet er sich ausgerechnet jetzt, wo Du auf Borkum bist?

Die Fragen prasseln auf Elfie nieder wie die dicken Schneeflocken vorhin beim Schaufeln. Sie ruft sofort zurück.
„Hallo, Mama, hier bin ich und stehe dir Rede und Antwort."
„Dann verrate mir, ob du hinter Eikes plötzlicher Wahrheitsliebe steckst? Ein komischer Zufall."
„Wie ich dir erzählt habe, kenne ich seine Kinder."
„Was haben die mit der Geschichte von Cordula und mir zu tun?", unterbricht Marion. „Gehört sie zum Inseltratsch?" Ihre Worte klingen bitter, und Elfie beeilt sich, ihre Mutter zu besänftigen.
„Nein, aber Eike leidet darunter, wie Cordula ihn mit

Missachtung straft und meidet. Er kommt fast jeden Tag in ihren Laden, um die Zeitung zu holen, vermutlich mit der Hoffnung, wieder intensiveren Kontakt zu ihr zu haben."
„Mag Cordula ihn denn und geht ihm nur wegen mir aus dem Weg?"
„Ich fürchte ja. Solange du ihr grollst, will sie nichts von Eike wissen."
„Ihm ist wohl gar nicht bewusst, was er damals kaputt gemacht hat."
„Offenbar nicht. Es tut ihm inzwischen aufrichtig leid. Das hat sein Sohn Carsten mehrfach beteuert."
„Okay, ich denke über Eikes Entschuldigung nach und spreche mit Robert darüber", lenkt Marion ein. „Und nun berichte, wie es bei euch läuft. In den Nachrichten höre ich von heftigen Schneefällen wie seit Jahren nicht mehr. Fahren die Schiffe überhaupt zum Festland? Hier ist alles grün, und wir wünschen es uns zu Weihnachten weiß."
„Bisher läuft der Fährbetrieb normal. Bis übermorgen hat sich die Wetterlage bestimmt beruhigt, und ich kann wie geplant abreisen."
„Das hoffen wir und vermissen dich. Ich habe gerade deine Lieblingsplätzchen im Backofen. Riechst du sie?", scherzt Elfies Mutter.
„Wenn ich mich anstrenge ..." Über die Kalorien dieser Kekse denkt Elfie lieber nicht nach.
„Bevor sie anbrennen, mache ich Schluss. Bestell Cordula einen schönen Gruß von mir", verabschiedet sich Marion.
„Wirklich?", hinterfragt Elfie und glaubt plötzlich an Weihnachtswunder.
„Ja, zumindest ein Anfang in Richtung Versöhnung."
Den Gruß ihrer Mutter richtet Elfie sofort an Cordula aus, als sie nach Ladenschluss in die Wohnung kommt.
„Woher der plötzliche Sinneswandel?" Die Tante runzelt die Stirn. „Zum Geburtstag hat sie mir nicht gratuliert."
„Offenbar ist die Zeit erst heute dafür reif." Dass Eike sich mit ihrer Mutter in Verbindung gesetzt hat, ver-

schweigt Elfie vorläufig. Er soll es Cordula lieber selbst sagen. Sie fragt sich allerdings, wann Eike dafür eine Gelegenheit erhält. Beim Kauf der Tageszeitung bietet sie sich eher nicht, weil meistens andere Kunden im Laden sind. Ob Carsten eine Idee parat hat, die beiden einmal allein zusammenzubringen?
In diesem Augenblick läutet Elfies Smartphone. „Ja bitte“, ruft sie hinein.
„Hast du mich vergessen? Ich warte unten vor der Tür, um die Klappe zu installieren. Ich friere hier fest, wenn du mich nicht erlöst“, behauptet Alex.
„Ich bin in zehn Sekunden bei dir.“ Elfie fliegt die Treppe hinunter und öffnet die Tür.
Alex bietet einen lustigen Anblick, denn er sieht wie ein Schneemann aus, dem allerdings die Mohrrübe als Nase fehlt. Bevor er das Haus betritt, drückt er Elfie die Katzenklappe in die Hand und klopft sich ab. Gut erzogen entledigt er sich obendrein seiner Stiefel. „Was für ein Wetter. Der Schneefall überfordert alle. Mit dem Schippen kommt niemand mehr nach.“
„Ich auch nicht. Mein Versuch, vor dem Laden den Schnee zu räumen, ist kläglich gescheitert.“
„Es ist wahrscheinlich sinnlos, sich abzumühen, solange es schneit, und der Sturm Verwehungen anrichtet. Hast du einen Tee für mich, bevor ich mich an die Arbeit mache?“, bittet Alex.
„Logo, Tante Cordula hat bestimmt schon das Wasser dafür gekocht.“
Elfies Vermutung bewahrheitet sich, als sie in die Küche treten. Die Teekanne thront bereits auf dem Stövchen. Von Cordula fehlt allerdings jede Spur.
Ein Zettel neben dem Kandiszucker sticht Elfie ins Auge.

Bitte entschuldigt mich. Ich telefoniere mit Marion. Das kann länger dauern.

Die Zeilen zaubern ein Lächeln auf Elfies Gesicht, sodass

Alex ihr einen fragenden Blick zuwirft. „Etwas Schönes?"
„Ja, ich hoffe, dass meine Mutter gerade dabei ist, sich mit Tante Cordula auszusprechen."
„Cool, ich halte die Daumen, dass es klappt. Ich weiß, wie wichtig dir das ist."
„Danke." Elfie gießt die Tassen voll und greift nach einem Keks. Etwas Süßes beruhigt in der Regel ihre Nerven. Dieses Mal benötigt sie einen Zweiten, um ihre Nervosität zu übertünchen. Zu gerne wäre sie eine Maus in Cordulas Arbeitszimmer und würde lauschen.
„Hörst du, wie der Wind ums Haus pfeift?", unterbricht Alex Elfies Gedanken.
„Ja, er klingt bedrohlich."
„Ich fürchte, bei dem Sturm kann ich die Haustür nicht aushängen, um die Klappe einzubauen. Sonst können wir einen Iglu im Flur bauen, und die Kälte zieht in die oberen Etagen."
„Hm ... also müssen wir wie gehabt Frieda die Tür solange öffnen, bis der Spuk vorbei ist. Wo hast du die Katzenklappe überhaupt her?"
„Meine Nachbarin hat mir den entscheidenden Tipp gegeben. Ich habe sie bei einer Hausratsauflösung ergattert."
„Gibt es irgendetwas, für das du keine Lösung findest?", fragt Elfie bewundernd.
„Ja."
„Und das wäre?"
„Für uns." Alex schaut Elfie mit einem ernsten Gesichtsausdruck an.
Ihr steigt wie so oft die Röte ins Gesicht, und die Atmung setzt für einen Moment aus. Gespannt wartet sie auf eine nähere Erklärung. Als keine folgt, hakt sie nach: „Wie meinst du das?"
„Ich finde keine Lösung für die Distanz zwischen uns. Borkum liegt ungefähr 900 Kilometer von München entfernt."
Elfie hält die Luft an und greift erneut zu einem

Weihnachtsplätzchen. Ist Alex dabei, ihr seine Zuneigung zu beichten? Darauf ist sie keineswegs vorbereitet. Unge--schickt wiegelt sie seinen möglichen Versuch dahingehend ab: „Es gibt Telefon, WhatsApp und Skype. Wir können jeden Tag kommunizieren."

Alex' treuherziger Dackelblick trifft sie mitten ins Herz.

Warum stellt sie sich so dämlich an und küsst ihn nicht einfach? Insgeheim sehnt sie sich nämlich danach.

In diesem Moment fliegt die Tür auf, und Cordula erscheint mit einem strahlenden Lächeln im Gesicht.

Elfie ahnt sofort, was das zu bedeuten hat. „Du hast dich mit meiner Mutter versöhnt?"

„Ja, wir haben uns nach all den Jahren endlich ausgesprochen, nachdem Eike Marion reinen Wein eingeschenkt hat. Ich bin so froh. Das ist die schönste Weihnachtsüberraschung."

Spontan umarmt Elfie ihre Tante. „Ich freue mich riesig mit. Endlich ist meine Mutter über ihren Schatten gesprungen."

„Gratuliere", mischt sich Alex ein. „Weihnachten ist gerettet." Er schenkt ihnen ein Lächeln, das etwas gequält wirkt. Vermutlich ist Alex frustriert, weil Cordula in sein intimes Geständnis geplatzt ist, während Elfie zunächst darüber erleichtert ist.

Zur Feier des Tages köpft die Tante einen Prosecco, und sie stößt mit Elfie und Alex auf die gekittete Freundschaft mit Marion an.

„Verzeihst du Eike auch?", möchte Elfie wissen.

Cordula zögert einige Sekunden. „Warum nicht. Wenn er mich offiziell darum bittet, vielleicht. Bisher hat er mir gegenüber nie zugegeben, damals gelogen zu haben."

Insgeheim nimmt sich Elfie vor, Carsten den Tipp für seinen Vater zu geben, falls er nicht von sich aus die Initiative ergreift.

Nach einer Weile räuspert sich Alex: „Seid ihr böse, wenn ich aufbreche? Der Sturm wird stärker, und ich komme sonst womöglich nicht mehr nach Hause. Den Besuch im

Schwimmbad können wir ohnehin knicken."
„Ach, das ist das kleinste Problem. Du kannst in einem der Gästezimmer übernachten", bietet Cordula an. „Wir sollten nur in einem die Heizung aufdrehen."
„Das ist nett, aber nicht nötig. Ich muss morgen pünktlich ins Tourismusbüro und zwar in frischen Sachen. Meine Chefin legt sehr viel Wert darauf." Ob dies eine Ausrede ist, bleibt Alex' Geheimnis.
Elfie befürchtet allerdings, dass sie ihn mit ihrer Zurückhaltung verletzt hat. Das war keinesfalls ihre Absicht. In der Gegenwart der Tante kann sie im Moment nichts mehr gerade biegen, und eine neue Gelegenheit bis zu ihrer Abreise wird es nicht geben. Warum verhält sie sich immer falsch? Tief in ihrem Herzen gesteht sie sich ein, mehr als bloße Kameradschaft für Alex zu empfinden. Allein die Art, wie er sich von Frieda verabschiedet, rührt sie. Stattdessen unterdrückt Elfie jeglichen Impuls, ihm die Enttäuschung über sein Gehen zu zeigen. Claire würde sie eine naive Kuh schimpfen. Womit sie recht hätte. Hoffentlich hat sie Alex' Sympathien nicht für immer vergeigt.
Er möchte nicht einmal, dass Elfie ihn zur Haustür begleitet. „Ich schaffe es allein hinaus. Bleib im Warmen. Je nach Wetterlage kümmere ich mich morgen um die Klappe."
Ehe Elfie sich versieht, hat sich Alex von Cordula verabschiedet und eilt die Treppen hinunter.
„Habt ihr euch gestritten?", erkundigt sich Cordula mit besorgter Miene.
„Nein, das zwar nicht, aber ich habe mich blöd verhalten. In Liebesdingen bin ich einfach eine unschlagbare Niete."
„So wie ich?", ergänzt Cordula. „Wenn du Alex magst, solltest du es ihm sagen."
„Es ist zu spät. Übermorgen bin ich sowieso weg, und er vergisst mich schnell. Lass uns lieber über meine Mutter und dich reden. Was hat sie denn gesagt?"
Anschließend zieht Elfie ihrer Tante jeden Satz aus der

Nase, die Auskunft erteilt.
„Morgen telefonieren wir in Ruhe, wenn dein Vater auf seiner Firmenweihnachtsfeier ist. Eben wirkte Marion mit Robert im Rücken etwas gestresst."
„Ja, Papa mag lange Gespräche am Telefon nicht und funkt ständig dazwischen. Das nervt."
Cordula schaut auf die Küchenuhr. „Apropos anrufen. Frag bitte mal bei Alex nach, ob er gut nach Hause gekommen ist. Inzwischen müsste er es geschafft haben."
„Das tue ich lieber per WhatsApp. Ich glaube nicht, dass er nach meiner indirekten Abfuhr meine Stimme hören will."
„Okay, mit dieser Art der Kommunikation kenne ich mich nicht aus. Hauptsache, du zeigst dich besorgt um ihn."
Zögerlich befolgt Elfie Cordulas Rat, erhält aber keine Antwort. Entweder ist Alex noch nicht zu Hause eingetroffen oder zu sauer, um zu reagieren. Ihre Grübeleien darüber begleiten Elfie bis ins Bett. Fast vergisst sie darüber, Carsten, wie versprochen, über die Versöhnung von Cordula und ihrer Mutter zu unterrichten.
Er wenigstens meldet sich sofort per WhatsApp:

Das ist eine super Nachricht. Hoffentlich renkt sich auch alles wieder zwischen meinem Vater und Deiner Tante ein. Dann darf Weihnachten kommen. Ich befürchte allerdings, dass ich Beate und ihre Familie nicht mit dem Flieger holen kann. Die Wetterlage verheißt keine Besserung für die nächsten Tage. Das betrifft wahrscheinlich auch Deine Heimreise.

Eine gute Nacht,
Carsten

Der Typ hat Nerven, Elfie eine gute Nacht mit dieser Prognose zu wünschen. Wird sie wirklich auf der Insel vorläufig festsitzen?

♥

KAPITEL 20

Der Tag der Abreise rückt näher. Elfie verpackt nicht mehr benötigte Kleidungsstücke bereits im Koffer. Sie mag gar nicht daran denken, Tante Cordula und Frieda für längere Zeit nicht mehr zu sehen, von Alex ganz zu schweigen. Er hat sich bis zu diesem Augenblick seit gestern Abend nicht mehr gemeldet. Wie wäre es mit einem unverfänglichen Besuch im Tourismusbüro? Elfie sollte ohnehin dringend in Erfahrung bringen, ob der Fährbetrieb reibungslos bei diesem Wetter durchgeführt wird. Zwar könnte sie dies im Internet herausfinden, aber auf diese Weise hat sie einen Grund, Alex zu besuchen und zu hören, wann und ob er am Abend einen neuen Anlauf mit der Installierung der Katzenklappe wagt. Bei dieser Gelegenheit erkennt sie womöglich, ob er ihr Verhalten übelgenommen hat oder nicht.

Mit einigem Kraftaufwand schiebt Elfie die Haustür zum Garten auf, hinter der sich der Schnee türmt. Wo und wie hat Tante Cordula heute Morgen Frieda nach draußen gelassen? Katzenspuren sind jedenfalls nicht sichtbar. Frieda würde ohnehin im Tiefschnee hoffnungslos versinken.

Als Elfie um die Ecke biegt, staunt sie nicht schlecht. Vor dem Laden ist eine zwei Meter breite Spur gefegt. Ihre Bewunderung gilt Tante Cordula. Wie hat sie das geschafft? Das Rätsel wird alsbald gelöst. Ein Sitzrasenmäher mit vorgebautem Schneeschub kurvt gerade aus

einer Einfahrt und räumt vor dem nächsten Geschäft. Die Insulaner wissen sich zu helfen. Der Schneefall hat außerdem nachgelassen, und sogar die Sonne blinzelt hier und da durch die Wolken. Und wer thront auf dem Gerät? Niemand anderer als der 2. Bürgermeister persönlich. Fast hätte Elfie Eike nicht erkannt mit seiner Mütze und dem Schal, der bis unter die Nasenspitze reicht. Kein Wunder, denn es ist klirrend kalt. Sofort bereut Elfie, einen Fuß vor die Tür gesetzt zu haben. Der Gedanke an Alex treibt sie trotzdem voran. Welche Enttäuschung, als sie ihn im Tourismusbüro nicht antrifft. Er befindet sich bereits im Weihnachtsurlaub. Seltsam. Warum hat er behauptet, heute Morgen müsse er mit sauberen Sachen seinen Job antreten? War das eine Notlüge, um nicht bei Tante Cordula zu übernachten? Ob Elfie einmal im Gezeitenland vorbeischauen soll? Alex hätte sie fragen können, ob sie mit möchte. Anscheinend hat er sie endgültig abgeschrieben. Vielleicht reitet er gerade die Welle. Elfie kennt eine Stelle, von der aus man gut in die Halle blicken kann. Ihre Augen suchen das Becken nach Alex ab. Nichts. Zwei andere Männer trainieren, während die anderen Flow-Rider zuschauen.
Elfies Blick bleibt an Chrissi hängen, die sich gerade einem Typen zuwendet, der ihr den Rücken zudreht. Sie tippt ihm auf die Schulter, und als er sich umdreht, legt Chrissi die Arme um seinen Hals.
Es wird Elfie übel, denn es handelt sich um Alex. Also trügt sie ihr Gefühl nicht, dass zwischen den beiden etwas läuft.
Chrissis Talent auf dem Board hat Elfie nichts entgegenzusetzen. Logisch, dass Alex ihr den Vorzug gibt, noch dazu, wo sie auf Borkum wohnt.
Frustriert verlässt Elfie den Schauplatz der Erkenntnis und läuft der Kälte trotzend in Richtung Strand.
Die weiße Decke, die sich über Dünen und Marschland ausbreitet, übt beinahe eine meditative Wirkung auf Elfie aus. Sie atmet die eiskalte Luft tief ein, sodass sich die

Lungen öffnen. Ein ganz besonderes Erlebnis bedeutet der Spaziergang am Meer bei festgefrorenem Sand. Elfie wird vom dem Gefühl, eine Einheit mit der Natur zu werden, überwältigt. Außer ihr ist weit und breit kein Mensch zu sehen. Die Insel scheint ihr zu gehören, und der Anblick der Landschaft beruhigt sie. Eine Idee drängt sich ihr auf. Wieso war sie bisher nicht auf dem neuen Leuchtturm? Die Aussicht über die Winterlandschaft muss fantastisch sein. Der Turm misst etwa 60 Meter Höhe und ist die imposanteste Erscheinung im Ortskern. Elfie hat Glück, denn trotz des extremen Wetters ist die Besteigung möglich, und sie erhält mit ihrer Kurkarte Einlass.
315 Stufen über eine Wendeltreppe warten auf Elfie, die anscheinend heute die Einzige ist, die sich die Kletterei antut. Keuchend erreicht sie eine Eisenleiter am Ende des Aufstiegs, die die letzten drei Meter nach oben überbrückt. Belohnt wird Elfie mit einem herrlichen Rundumblick über Borkum. Ein Selfie mit der gigantischen Winterlandschaft im Hintergrund landet per Smartphone bei ihren Eltern und Claire. Ein Wermutstropfen ist der starke Wind, der ihr um die Ohren heult und ihr die Luft zum Atmen nimmt. Lange hält sie es deswegen auf der Aussichtsplattform nicht aus. Gleichwohl waren die vielen Stufen jede Anstrengung wert. Die körperliche Betätigung hat Elfie auch seelisch geholfen, an Alex innerlich ein Häkchen zu setzen. Sie freut sich wieder auf zuhause und Claire, mit der es viel zu bequatschen gibt.
In den wenigen Tagen hat Elfie gelernt, dass es keine Schwäche ist, sich zu Ängsten zu bekennen, und dass Missverständnisse einem Leben eine ganz andere Richtung geben können. Womöglich hätte Cordula damals Eike geheiratet und eine Familie mit ihm gegründet, statt ein ewiger Single zu bleiben und nur für das Geschäft zu schuften. Ihre Mutter und Cordula wären heute noch Freundinnen und hätten die Zeit nicht mit Groll und Frust gegeneinander verplempert. Kaum auszudenken, wenn Elfie etwas Ähnliches mit Claire passieren würde. Dann

wäre nicht nur ihre Freundschaft beendet, sondern auch ihre berufliche Partnerschaft. Glücklicherweise führen sie zwei Dating-Plattformen und könnten sich diese aufteilen. Trotzdem wären neben dem persönlichen Verlust finanzielle Einbußen die Folge. Elfie möchte dieses mögliche Szenario gar nicht weiterspinnen.
An einer der Weihnachtsbuden riecht es verführerisch nach Backfisch. Da Elfie nichts Konkretes für den Mittagstisch geplant hat, kauft sie für Cordula und sich jeweils eine Portion mit Pommes Frites als Beilage. Oh Sünde.
Als Elfie vor Cordulas hinterer Haustür steht, staunt sie nicht schlecht. Die Katzenklappe ist installiert. Wie kann das sein? Alex war in der Flow-Riding-Halle. Wie hat er das gleichzeitig bewerkstelligt?
Erneut wird Elfie überrascht, als sie mit dem Fastfood-Paket Cordulas Küche betritt.
Dort sitzt niemand anderer als Eike und grinst sie an. „Moin, moin, schönes Kind. Cordula hat mich zum Essen eingeladen, dafür dass ich die Katzenklappe angebracht und den Schnee vor ihrem Laden geräumt habe.“ Seine Stimme strotzt vor guter Laune.
„Moin. Gehören hier solche Tätigkeiten zum Bürgermeisteramt?“, scherzt Elfie und grinst in sich hinein. Demnach haben Cordula und Eike ihr Kriegsbeil offenbar begraben. Ihre Mission ist hiermit erfolgreich beendet, alle haben sich versöhnt. Ihr bleiben die schönen Erinnerungen an Borkum und so manchen Insulaner.
Eike räuspert sich. „Das hat mit meinem Amt als zweitem Bürgermeister nichts zu tun. Wir helfen uns alle untereinander, sofern man uns lässt. Er schielt zur Tür, in der Cordula gerade erscheint. Auch sie strahlt über beide Wangenknochen. „Was hast du uns zu Mittag mitgebracht?“, fragt sie und deutet auf den Tisch.
„Backfisch mit Pommes für euch. Ich habe unterwegs gegessen“, lügt Elfie, um einen Grund zu haben, die beiden Turteltauben allein zu lassen. Außerdem wird es ihr

das Hüftgold danken, wenn sie einmal eine Mahlzeit versäumt. Bevor sie sich in ihr Zimmer zurückzieht, erklärt Cordula: „Stell dir vor, Elfie, Eike hat mich zu Weihnachten zu sich und seiner Familie eingeladen. Frieda darf ich mitbringen."

„Cool. Es freut mich riesig, dich nicht einsam zu wissen, und mit kleinen Kinder Weihnachten zu feiern, ist besonders schön."

„Welche Kinder?", fragt Cordula sichtlich irritiert.

„Na, die von Beate und Jakob, Eikes Enkelkinder", erläutert Elfie.

„Die werden nicht kommen." Eike setzt eine betretene Miene auf.

„Wieso nicht?"

„Beide Jungen haben sich die Windpocken eingefangen und werden vor Weihnachten nicht mehr gesund."

„Das tut mir aber leid", bedauert Elfie. „Beate und die Kinder haben sich so sehr auf dich und Borkum gefreut."

Eike ergänzt: „Carsten hat heute Morgen sowieso den Wetterbericht für die nächsten Tage eingeholt. Er sieht schlecht aus. Jedenfalls hätte er seine Schwester und die Familie nicht mit dem Flieger holen können."

„Und was ist mit der Fähre?", hakt Elfie nach und wird allmählich unruhig.

Jetzt mischt sich Cordula ein: „Die fährt zwar noch, aber wer weiß, wie lange."

„Hoffentlich kann ich pünktlich nach Emden. Die Züge sind kurz vor Weihnachten ausgebucht. Ich würde keinen anderen bekommen."

„Du solltest auf jeden Fall die Website der Schifffahrtslinie im Auge behalten. Es gibt stündliche Updates", rät Eike.

„Mache ich." Trotz Eikes düsterer Prognose ist Elfie zuversichtlich, wie geplant abzureisen. Nun, da Cordula Weihnachten versorgt ist, braucht sie kein schlechtes Gewissen zu haben. „Ihr solltet endlich den Backfisch essen, sonst wird er pappig", empfiehlt Elfie und schickt sich an, aus dem Raum zu verschwinden.

„Halt", ruft Cordula hinter ihr her. „Kannst du Alex bitte sagen, dass er die Klappe nicht mehr montieren muss?"
Das hat Elfie gerade noch gefehlt. Sie mag mit Alex nicht mehr reden nach der Entdeckung mit Chrissi. Allerdings will sie das in Gegenwart von Eike nicht zugeben. „Okay, wird erledigt", verspricht sie widerwillig.
Am besten schickt Elfie ihm per WhatsApp eine entsprechende Nachricht. Damit wäre sie aus dem Schneider. Auf der anderen Seite möchte sie zu gerne wissen, warum er sie hinsichtlich seines Urlaubs angelogen hat. Mit einem Hang zum Sarkasmus schreibt Elfie ihm von ihrem Zimmer aus:

Hallo Alex,
Eike hat Dir die Arbeit mit der Katzenklappe abgenommen.
Meine Tante dankt Dir für Deine Unterstützung in der Angelegenheit. Du kannst Deinen Urlaubstag also weiter genießen.
Ich wollte Dich übrigens heute im Tourismusbüro besuchen. Leider ohne Erfolg. Morgen geht meine Fähre.
Ich wünsche Dir schöne Weihnachten.
Viele Grüße,
Elfie

Sie erwartet keine Antwort, denn Alex wird seine Freizeit sicher weiter im Gezeitenland beim Flow-Riding mit Chrissi verbringen. Offenbar hat sie es nicht nötig, ihre Boutique zu betreiben oder Angestellte, die für sie schuften.
Um so erstaunter ist Elfie, als sie Alex' Nachricht erhält:

Hallo Elfie,
cool, dass Frieda endlich per Klappe raus und rein kann. Das mit meinem Urlaub hat sich erst gestern Abend ergeben, als ich wieder zuhause war. Meine Chefin hatte mir eine Mail geschrieben, dass ich so viele Überstunden abzubauen habe und die nehmen könnte. Da habe ich natürlich nicht lange gezögert und erst einmal ausgeschlafen. Schade, dass Du mich nicht angetroffen hast. Ich bin kurzfristig im

Hallenbad für einen Kumpel zum Training eingesprungen. Leider habe ich es nicht mehr vorher geschafft, Dir Bescheid zu geben. Allerdings darfst Du nicht einfach von Borkum verschwinden, ohne Dich persönlich von mir zu verabschieden. Magst Du nicht am Abend auf einen Glühwein bei mir vorbeischauen? Schlag mir die Bitte nicht ab.

Es grüßt Dich
Alex

An sich klingt seine Einladung sehr verlockend, aber Elfie zweifelt, ob es eine gute Idee ist, ihn wiederzusehen. Innerlich hat sie mit ihm abgeschlossen. Allerdings hat er sich rührend um Frieda gekümmert, sogar auf sie an Cordulas Geburtstag aufgepasst. Es wäre wirklich undankbar, ihm ohne guten Grund abzusagen. Intuitiv wartet sie mit der Antwort. Manche Dinge brauchen ihre Zeit bis zur Reifung. Sie fühlt sich nicht wohl in ihrer Haut. Der Gedanke, Alex zu begegnen, verursacht ein Kribbeln im Bauch. Empfindet sie mehr für diesen Mann, als sie sich eingestehen will? Ihre Grübeleien finden ein Ende, als ihr Smartphone läutet. Es handelt sich um Elfies Mutter.
„Hallo, mein Schatz. Ich wollte mal hören, ob Cordula und Eike sich versöhnt haben."
„Die beiden sitzen gerade einträchtig in der Küche und vertilgen Backfisch."
„Ach, wie schön. Ich bin froh, dass alles wieder im Lot ist."
„Und ich erst. Vielleicht seht ihr euch alle einmal hier auf Borkum wieder."
„Ja, Cordula hat deinen Vater und mich bereits eingeladen."
„Für den Sommer?", vermutet Elfie.
„Nein, zu Silvester, aber das ist uns ein bisschen zu knapp."
„Und ich könnte auch nicht dabei sein, weil ich mit Claire und der Clique in München feiere."

„Wir haben uns Jahre nicht gesehen, da kommt es auf einige Monate mehr nicht an. Vielleicht planen wir zu Ostern einen Trip nach Borkum. Da macht Cordula wenigstens ihren Laden dicht.“
„Überlegt es euch in Ruhe. Holt ihr mich morgen vom Bahnhof ab?“
„Klar, schreib mir von unterwegs, ob der Zug pünktlich ist. Wir freuen uns riesig auf dich.“
Die Worte ihrer Mutter sind Elfie wie Balsam auf der Seele. Auf die Familie ist immer Verlass.

♥

KAPITEL 21

Einer inneren Stimme folgend bewaffnet sich Elfie am Nachmittag wieder mit ihrer Daunenjacke, Mütze, Schal und Handschuhen. Was sie draußen in der Kälte will, weiß sie nicht so genau. Irgendetwas treibt sie an, einen klaren Kopf zu bekommen.
Im Gegensatz zum Vormittag herrscht Leben in den Straßen. Vermutlich liegt es an den geräumten Wegen, die inzwischen ein gefahrloses Betreten der Flächen ermöglichen. Außerdem sind Touristen und Insulaner wahrscheinlich froh, nicht mehr ans Haus gefesselt zu sein.
Bisher hat Elfie nur den Weihnachtsbuden Aufmerksamkeit geschenkt, und nunmehr interessiert sie sich für die einzelnen Geschäfte. Plötzlich sticht ihr die Leuchtreklame von *Chrissis Boutique* ins Auge. Hat ihr Herz sie direkt hierher gelenkt? Vorher ist ihr der Laden nie aufgefallen, obwohl sie ein gefühltes Duzend Mal vorbeigelaufen sein muss.
Bereits die Auslagen im Schaufenster zeigen Elfie, dass sie nicht zu dem Kundenkreis zählt, der hier einkauft. Als würde eine unsichtbare Macht sie zur Tür schubsen, öffnet Elfie diese und steht zu ihrer eigenen Verwunderung im Verkaufsraum, in dem es herrlich nach Zimt und Glühwein duftet. Zwei potenzielle Kundinnen hocken auf einem roten Samtsofa und schlürfen den Inhalt aus einer dampfenden Tasse. Eine gute Geschäftsidee, die Kaufwilligkeit mit Alkohol zu beeinflussen. Elfie hat keine

Ahnung, was sie an diesem Ort verloren hat und stürzt hektisch zu einem Regal mit edlen Kaschmir-Pullovern, um Interesse vorzutäuschen. Beim Blick auf das Preisschild treten ihr die Augen aus dem Kopf. Ihre Anwesenheit ist deutlich fehl am Platz. Als sie gerade fluchtartig das Geschäft wieder verlassen will, versperrt ihr zu ihrem Entsetzen Chrissi den Weg. Damit hat Elfie nicht gerechnet, wähnte sie die Freundin von Alex im Gezeitenland.
„Kennen wir uns nicht?“, flötet Chrissi und lächelt gewinnend.
Wie konnte Elfie so dumm sein, hierher zu kommen, um ausgerechnet ihrer Kontrahentin ins Gesicht zu starren?
„Ich ...“, stottert sie hilflos.
„Du bist das Naturtalent auf dem Flow-Riding-Board, stimmt's?“, quatscht Chrissi weiter auf Elfie ein, die keine Ironie aus ihren Worten heraushört und nach einigen Schrecksekunden zu ihrem Sprachzentrum zurückfindet.
„Wer sagt das?“
„Na, Alex, wer denn sonst? Er hat mir mehrfach von dir vorgeschwärmt.“
Will Chrissi Elfie vorführen oder sich über sie lustig machen? Das würde ihr angeschlagenes Seelenleben gerade gebrauchen.
„Das Flow-Riding ist wirklich cool, aber als Naturtalent würde ich mich kaum bezeichnen“, wiegelt Elfie ab.
„Ich glaube, dass das mein Cousin sehr wohl beurteilen kann, ob du Potenzial hast oder nicht.“
Cousin? Hat Elfie das richtig verstanden? Demnach sind Chrissi und Alex im Schwimmbad sich rein verwandtschaftlich nahe gewesen? Sie fühlt, wie ein Stein nach dem anderen von ihrem Herzen plumpst. Soll sie Chrissi direkt danach fragen oder wäre das zu auffällig? Ihre Neugierde siegt über ihre Skrupel. „Ich dachte, ihr seid ein Paar.“ Elfie hält die Luft an.
„In gewisser Weise sind wir das. Ab und zu nehmen wir gemeinsam an Mixed-Wettbewerben im Flow-Riding teil.

Alex ist gleichzeitig mein Trainer, aber liiert sind wir nicht."
Hoffentlich sieht Chrissi Elfie ihre Erleichterung nicht an, die geschäftstüchtig meint: „Hast du in meinem Laden nicht das Richtige gefunden? Suchst du etwas Bestimmtes?"
„Ich glaube, es gibt hier nichts für meinem Geldbeutel", gibt Elfie unumwunden zu.
„Als Freundin von meinem Cousin erhältst du auf alle Teile Rabatt. Das ist Ehrensache."
Aus dieser Zwickmühle kommt Elfie kaum wieder heraus, aber die Freude darüber, dass Alex frei ist, entfacht bei ihr einen Einkaufsrausch. Mit zwei prall gefüllten Tüten verlässt Elfie die Boutique und hat dank Chrissis großzügigem Preisnachlass eine überschaubare Summe ausgegeben. An Weihnachten darf das einmal sein.
Wieder zuhause hat es Elfie eilig, auf Alex' WhatsApp-Nachricht zu reagieren.

Hallo Alex,
danke für Deine Einladung. Wann erwartest Du mich?

Nachdem Alex ihr die Zeit geschrieben hat, steigt bei Elfie die Anspannung. Sie muss ihre Verabredung Tante Cordula beichten. Allzu lange darf sie nicht bei Alex verweilen. Schließlich gilt es, mit Cordula ein wenig Abschied zu feiern.
Wie so oft im Leben kommt es anders, als gedacht. Zufällig hört Elfie im Radio die Unwetterwarnung:

Ein Sturmtief zieht erneut über Borkum. Bitte verlassen Sie die Häuser nicht und sichern Sie Fenster und Türen. Es wird mit Wind gerechnet, der in Böen Orkanstärke erreichen kann. Schneeverwehungen vermögen den Verkehr zum Erliegen zu bringen. Sehr gefährdet sind die Stromleitungen durch die Schneelast. Stromausfall kann die Folge bedeuten.
Anscheinend tauchen immer wieder neue Felsbrocken auf,

die zwischen Elfie und Alex geraten. Soll sie trotz der Warnung das Risiko eingehen und zu seiner Wohnung laufen? Weit ist es nicht. Aber solch starke Windböen können Gegenstände durch die Luft wirbeln und einen treffen. Elfie will nicht verunglücken. Sonst ist es aus mit der Heimreise. Es ist zum Verzweifeln. Gerade hat sich das Problem mit Chrissi gelöst, schon ist das nächste da. Es wird Zeit, sich damit abzufinden, dass Elfie Alex nicht wiedersehen soll. Sie teilt ihm mit, aufgrund der prekären Wetterlage lieber bei Tante Cordula zu bleiben, und er zeigt Verständnis, wenn Alex ihre Entscheidung auch sehr bedauert.
Mit kummervollem Blick sucht Elfie ihre Tante im Geschäft auf. Außer ihr ist niemand anwesend.
„Ich glaube, bei dem Sturm mache ich den Laden dicht. Heute kauft niemand mehr ein", verkündet sie und schaut Elfie an. „Was ziehst du denn für ein Gesicht? Ist etwas passiert?"
„Nein." Anschließend erzählt Elfie von sich und Alex. Wie die zwei Königskinder aus der Volksballade finden sie einfach nicht zusammen.
„Muss sich alles wiederholen? Wie bei Eike und mir."
„Die Zeit, sich kennenzulernen, war zu kurz. Ich habe es außerdem nicht richtig zugelassen. Das ist typisch für mich. Vorsichtig und ohne Risikobereitschaft", jammert Elfie.
„Jetzt klage dich nicht so an. Das Wetter hat dir einen Strich durch die Rechnung gemacht. Es liegt nicht an deinem Verhalten. Dass Chrissi Alex' Cousine ist und nicht seine Freundin, hätte ich dir allerdings schon früher sagen können."
„Zu spät. Hat Alex denn Eltern, die auf der Insel leben oder Geschwister?", erkundigt sich Elfie.
„Seine Eltern wohnen auf dem Festland in einem kleinen Kaff, dessen Name mir entfallen ist. Sein jüngerer Bruder studiert in den USA. Frag mich bitte nicht, was. Hat Alex dir denn nichts von seiner Familie erzählt?"

„Darauf kam die Sprache nie. Ich habe eher von meiner gequatscht“, gibt Elfie zu. „Weißt du, ob er Weihnachten auf Borkum verbringt oder zu seinen Eltern aufs Festland fährt?“
Cordula verschließt die Ladentür und drückt auf den Knopf für die elektrischen Rollläden. „Keine Ahnung. So gut bin ich nicht informiert, obwohl mein Geschäft ein wahrer Umschlagplatz für Klatsch und Tratsch ist.“
Elfie ringt sich ein Lächeln ab. „Ist auch egal. Wir beide genießen unseren vorläufig letzten Abend miteinander. Wer weiß, wann wir uns das nächste Mal besuchen.“
„Vielleicht begleitest du deine Eltern zu Ostern hierher. Das wäre schön.“
„Mal sehen. Ich spreche mich mit Claire ab, wer wann im nächsten Jahr seinen Urlaub plant.“
Cordula knipst das Licht im Laden aus und im Flur an. Frieda kommt ihnen miauend auf dem Treppenabsatz entgegen.
„Die muss bestimmt raus“, vermutet Elfie. „Hoffentlich fliegt sie bei dem Wind nicht weg.“
„Am besten warten wir ab, bis sie fertig ist und zurückkehrt“, schlägt Cordula vor und erntet damit Elfies Zustimmung.
Sie setzen sich auf eine Treppenstufe, während Frieda durch die Klappe verschwindet.
Der Wind heult ums Haus.
„Dabei jagt man wirklich kein Tier vor die Tür“, bemerkt Cordula.
Glücklicherweise dauert es nur kurze Zeit, bis die Katze wieder auftaucht und sich zunächst den Schnee vom Pelz schleckt.
Später sitzen Elfie und ihre Tante bei einem Sanddornglühwein und Weihnachtskeksen auf dem Sofa, Frieda zwischen sich, die beim Kraulen vor Wohlbehagen schnurrt.
„Wird es für dich und Eike eine gemeinsame Zukunft geben?“, fragt Elfie direkt heraus.

„In unserem Alter geht man die Dinge langsam an. Im Grunde passt in mein Leben kein Mann. Ich habe viel Arbeit und zum Schmusen dient mir Frieda. Was brauche ich mehr?“
„Ihr müsst ja nicht gleich zusammenziehen, aber so ein Mann für alle Fälle ist ganz praktisch, meinst du nicht?“
Elfie und Cordula fangen an zu lachen, sodass Frieda aus ihrem Halbschlaf hochschreckt.
„Du denkst an Katzenklappen und dergleichen?“, gluckst Cordula unter Lachtränen.
„Zum Beispiel, aber auch an Schneeräumen oder Einladungen ins Restaurant“, ergänzt Elfie und greift sich einen Keks.
Sie philosophieren bis Mitternacht und sind sich einig, eine wunderbare Zeit miteinander verlebt zu haben.
Als Elfie im Bett liegt, lauscht sie dem Sturm. Die geschlossenen Schlagläden klappern in ihrer Verankerung, und durch einige Ritzen strömt ein kalter Luftzug, sodass Elfie die Decke bis zur Nasenspitze hochzieht. Ist die Insel bei einer Sturmflut sicher? Darüber hat sie sich bisher nicht den Kopf zerbrochen. Was passiert, wenn das Meer die Dämme und Landmassen wegreißt und Cordulas Haus geflutet wird? Hoffentlich tobt sich das Inferno bis zum Morgen aus. Elfie malt sich lieber nicht aus, wie die Fähre nach Emden schwanken wird. Dank des Glühweinkonsums schläft Elfie trotz des heulenden Windes endlich ein.

Sie schreckt aus dem Schlaf, als es wild an ihre Tür klopft.
„Elfie, bist du schon aufgestanden?“, hört sie ihre Tante fragen.
„Nein, wieso?“
„Du darfst liegen bleiben. Der Fährbetrieb ist eingestellt. Du kommst von Borkum zurzeit nicht weg.“

Elfie springt aus dem Bett und reißt die Tür auf. „Das meinst du nicht ernst, oder?"
„Es tut mir leid, aber Eike hat mich vor zehn Minuten angerufen."
„Oh nein, bis Weihnachten schaffe ich es nicht mehr zurück", jammert Elfie. „Hört denn das Pech gar nicht mehr auf?" Sie wirft sich in Cordulas ausgebreitete Arme.
„Des einen Leid ist des anderen Freud", frohlockt die Tante. „Wir werden es uns gemütlich machen. Für mich ist dein Bleiben ein vorgezogenes Weihnachtsgeschenk."
„Du hast recht. Das nennt man Schicksal. Meine Eltern werden allerdings traurig sein, dass wir nicht alle zusammen feiern."
„Sie haben Hannes und gönnen dich mir hoffentlich."
„Ich rufe Mama sofort an."
„Okay, derweil koche ich uns Kaffee. Den Laden schließe ich später auf. Wahrscheinlich kauft ohnehin niemand etwas. Die Unwetterwarnung gilt nämlich weiter. Auch wenn das Schlimmste mit dem ersten Tiefausläufer und der Front vorüber ist, bringt das Rückseitenwetter meist noch Schauer mit Starkwind."
„Hey, du bist ja die reinste Wetterexpertin", staunt Elfie.
„Jeder Insulaner kennt sich notgedrungen damit aus."

Nachdem Elfie alle Telefonate mit ihrer enttäuschten Mutter und Claire erledigt hat, zieht sie sich an. Was hat es zu bedeuten, dass sie auf Borkum festgehalten wird? Allmählich glaubt sie an eine höhere Macht. Soll sie Alex benachrichtigen? Kaum ist dieser Gedanke zuende gesponnen, rührt sich ihr Smartphone.
„Moin, Elfie. Habt ihr die Sturmnacht gut überstanden?", meldet er sich.
„Ja, soweit ist alles okay, bis auf die Tatsache, dass keine Fähre mehr geht."
„Ich weiß. Das tut mir für deine Familie in München leid, aber nicht für Cordula und mich. Wir dürfen dich nun eine Weile länger genießen. Ich hoffe, die Warnung wird bald

aufgehoben, und wir können uns sehen."
„Das wäre cool." Elfie ist froh, dass Alex ihr laut pochendes Herz nicht hört. Allein seine Stimme bringt ihre Schmetterlinge im Bauch in Aufruhr. „Was hast du Weihnachten vor?"
„Ursprünglich wollte ich zu meinen Eltern aufs Festland. Ich hatte einen Flug bei Carsten gebucht. Wie er mir mitteilte, wird daraus nichts."
„Dann bist du ganz allein?"
„Nein, bei Chrissi und ihrer Familie verbringe ich den Heiligen Abend. Dich möchte ich zum 1. Weihnachtsfeiertag einladen. Meinst du, deine Tante entbehrt dich abends?"
„Ich habe bisher keinen Plan. Natürlich würde ich gerne zusagen. Bis wann willst du das wissen?"
„So schnell wie möglich. Es wird eine Überraschung, für die ich einige Dinge organisieren muss."
„Das klingt spannend. Ich rede mit meiner Tante und rufe dich danach zurück."

Beim Frühstück bespricht Elfie mit Cordula das bevorstehende Weihnachtsprozedere.
„Eike hat mich am Heiligen Abend zu sich und seiner Familie eingeladen. Da die Enkelsöhne erkrankt sind, bleiben Carsten und Eike allein. Ich habe mir überlegt, dass sie am besten zu uns kommen, da seine Tochter Beate als Köchin ausfällt. Ich habe die Tiefkühltruhe und den Laden voller Delikatessen. Hast du etwas dagegen?"
„Überhaupt nicht." Elfie räuspert sich nach einer Pause: „Alex ... hat mich für den 1. Feiertag abends zu sich eingeladen."
Cordula räuspert sich. „Das war zu erwarten. Prima, dann gehe ich mit Eike ins Weihnachtskonzert."
„Und du bist nicht enttäuscht?", hakt Elfie lieber noch einmal nach.
„Quatsch, ich freue mich für dich. Das extreme Wetter beschert dir die Gelegenheit, Alex endlich näher kennen-

zulernen. Nutz sie. Mancher Sturm hat nicht nur Unheil und Verwüstung im Gepäck, sondern er lässt die Menschen zusammenrücken." Ein Grinsen breitet sich über Cordulas Gesicht aus, bevor sie fortfährt: „Es gibt sogar eine Statistik, aus der hervorgeht, dass neun Monate nach einer Isolation der Insel die Geburtenrate gestiegen ist."

Verlegen lächelt Elfie. So viel Anzüglichkeit hätte sie Cordula gar nicht zugetraut. „Du bist die beste Patentante, die man sich wünschen kann."

Spontan umarmt sie Cordula, und Frieda stimmt miauend zu, was sie beide erheitert.

Anschließend schmieden sie Menüpläne für den Heiligen Abend. Selbst wenn der Sturm anhält und ein Einkaufen unmöglich macht, sind die Vorräte alle vorhanden.

Nur die kurzfristige Beschaffung eines Weihnachtsbaumes fällt wohl ins Wasser. Dafür scheint es zu spät. Auf der Insel sind die Bäume ohnehin nicht leicht zu erwerben. Tante Cordula hat die Erleuchtung. „Auf dem Dachboden fristet ein künstliches Exemplar sein Dasein. Nicht schön, aber besser als nichts. Es erfüllt zumindest den Zweck von etwas weihnachtlicher Stimmung."

Elfie stürzt sich in die Vorbereitungen und findet es inzwischen gar nicht mehr so schlimm, dass Borkum sie festhält.

♥

KAPITEL 22

Glücklicherweise hat Elfie für ihre Tante einen Kaschmir-Schal in *Chrissis Boutique* zu Weihnachten gekauft und gleich in Geschenkpapier verpacken lassen. Ihre Familie wird sie erst nach ihrer Rückkehr bescheren. Alle ursprünglichen Pläne hat das Unwetter verhindert.
Die Aufgaben für das Gelingen des Heiligen Abends haben sich Elfie und Cordula aufgeteilt.
Die Tante übernimmt weitestgehend das Kochen des Festmenüs mit Ausnahme des Desserts, das Elfie zubereitet. Ihre Lebkuchenmousse ist legendär und wird besonders von Claire sehr geschätzt, der sie jedes Jahr eine extra Portion abtritt. Dieses Mal hat sich Cordula diesen Nachtisch explizit gewünscht. Elfie fabriziert etwas mehr, um am nächsten Tag Alex eine Portion mitzubringen. Wenn sie an ihn denkt, erhöht sich ihr Puls. Per WhatsApp haben sie sich seit dem gestrigen Tag pausenlos hin und her geschrieben. Dabei hat Elfie ständig versucht herauszufinden, was Alex für sie am morgigen ersten Weihnachtsfeiertag plant. Vergeblich. Er hält dicht. Sie vermutet ein spezielles Festessen. Das bedeutet, die Knäckebrot-Diät nach dem Urlaub zuhause zu verlängern. Was soll's? Vielleicht ergeht es Claire genauso, und sie dehnen ihre Fastenzeit gemeinsam aus. Jedenfalls hat ihre Freundin ihr geraten, die verbleibende Zeit mit Alex auszukosten. Claires Wunsch ist Elfie Befehl. Obwohl sie sich auf den Heiligen Abend mit Cordula, Eike und Carsten freut, gilt ihre innere Spannung dem Wiedersehen

mit Alex.
Bevor die beiden Gäste eintrudeln, wünscht Elfie per Skype ihren Eltern und Hannes ein schönes Weihnachtsfest. Etwas wehmütig ist ihr nun doch ums Herz, als sie ihre Mutter einige Tränchen aus den Augen wischen sieht.
Mit Claire tauscht sich Elfie ebenfalls aus. Die Freundin hofft, dass sie bis Silvestern wieder zurück in München ist.

Es wird eine schöne Heilige Nacht, in der sich Eike und Carsten im wahrsten Sinne des Wortes zu Cordulas Haus durch den Schnee gekämpft haben. Zum Auftauen erhalten sie zunächst einen heißen Tee, bevor Cordula das Lachsparfait auf den festlich gedeckten Tisch stellt. Danach serviert sie Fisch im Salzteigmantel mit Petersilienkartoffeln und einem Gemüseragout.
Als krönenden Abschluss schlemmen alle Elfies Dessert, und Cordula und die Männer sparen nicht mit Lob.
An Frieda wird natürlich auch gedacht. Sie erhält eine extra Portion von ihrem Lieblingsfutter mit Karotte und Apfel.
Niemand stört sich am künstlichen Weihnachtsbaum, der mit einem echten natürlich nicht konkurrieren kann. Trotzdem vermittelt seine Lichterkette ein gemütliches Ambiente.
Das beherrschende Thema ist Carstens Plan, in Nizza die Flugschule zu leiten.
Elfie merkt Eike an, dass es ihm schwer fällt, Carsten in die Fremde ziehen zu lassen. Trotzdem redet er nicht dagegen, sondern spricht von einer großen Chance und Abwechslung für seinen Sohn. Dabei wirft er Cordula einen liebevollen Blick zu. Offenbar ist sie der Grund, warum er Carstens Entscheidung befürwortet.
Bereits beim Essen ist Elfie die stille Kommunikation zwischen den beiden aufgefallen. Sie ist sich sicher, dass es zwischen ihnen erneut gefunkt hat. Von wegen für Cordula gibt es für einen Mann keinen Platz mehr im Leben. Wie wunderbar zu sehen ist, ändert sich das

manchmal ganz schnell.
„Auf ein gelungenes Weihnachtsfest, das zunächst unter keinem guten Stern stand“, prostet Eike ihnen zu. „Das Essen war ein Genuss. So lecker kocht nicht einmal meine Tochter.“
„Lass das Beate nicht hören, sonst kommt sie nicht mehr“, scherzt Carsten.
„Nein, keine Sorge. Das bleibt unter uns. Nächstes Jahr darf sie wieder mitmischen und Cordula sich als Gast fühlen.“
„Darauf freue ich mich, wobei dieses Weihnachtsfest durch die Anwesenheit von Elfie nicht mehr zu toppen ist.“ Dieses Statement rührt Elfie tief. „Danke, liebe Tante. Die Zeit hier bei dir und auf Borkum war trotz aller Widrigkeiten ungewöhnlich schön. Ich komme bestimmt bald wieder.“
Carsten wendet ein: „Und mich besuchst du in Nizza. Das hast du versprochen.“
„Klar, wann hast du Geburtstag?“
„Im Juli.“
„Cool, dann treffen wir uns zum Feiern alle bei dir“, beschließt Elfie.
Diese Idee findet große Zustimmung.
„Wenn ich alles früh genug organisiere, kann auch ich das einrichten. Vielleicht passt Alex solange auf Frieda auf.“ Cordula strahlt Eike an, der ihre Hand ergreift und drückt.
„Das wäre zu schön, meine Liebe. Ich zeige dir die Côte d’Azur.“
Nach Mitternacht brechen Eike und Carsten auf. Es hat aufgehört zu schneien und zu stürmen, als hätte das Wetter extra zu Weihnachten eine Pause eingelegt.
Nachdem Elfie und Cordula ein wenig aufgeräumt haben, verabschieden sie sich für die restliche Nacht voneinander.
„Das war das wundervollste Fest seit vielen Jahren. Danke dafür“, sagt Cordula und umarmt Elfie. „Ich hoffe, du hast deine Familie nicht allzu sehr vermisst.“
„In Gedanken sind sie immer bei mir.“

„Das weiß ich. Die Versöhnung zwischen deiner Mutter und mir ist das kostbarste Geschenk. Du hast uns den Weg zueinander bereitet. Lange habe ich nicht mehr daran geglaubt."
„Ich auch nicht", gibt Elfie zu. „Um so glücklicher bin ich, dass es endlich geklappt hat, und wie ich beobachte, ist Eike dabei, sich wieder in dein Herz zu schleichen."
Cordula wirkt verlegen, als sie antwortet: „Ist das so auffällig? Du hast recht. Ich mag ihn sehr und fühle mich in seiner Gegenwart total geborgen und wohl. Mal sehen, wie es mit uns weitergeht. Wir sind uns einig, unserer Freundschaft eine neue Chance zu geben. Ob mehr daraus wird, steht in den Sternen. Ich habe es nicht eilig und außerdem jetzt Frieda."
Elfie kichert. „Ein Ersatz für einen Mann ist sie aber nicht."
„Frieda hat einen Vorteil: Sie gibt keine Widerworte und ist äußerst pflegeleicht. Hast du gesehen, wie sie sich über das Dosenfutter gefreut hat? Für Eike und Carsten habe ich dagegen stundenlang gekocht."
„Das hast du auch für uns getan", kontert Elfie. „Es war übrigens sensationell lecker. Mal etwas anderes als Fondue oder Raclette."
„So hat jeder seine Weihnachtsrituale. In meiner Familie gab es am Heiligen Abend immer Fisch."
„Morgen essen wir die Reste. Ob ich bei Alex abends etwas bekomme, hat er bisher nicht verraten."
„Lass dich überraschen. Ich würde mir an deiner Stelle den Magen vor eurem Treffen nicht so vollschlagen." Cordula setzt eine geheimnisvolle Miene auf, als wäre sie von Alex eingeweiht.

♥

KAPITEL 23

Elfie rekelt sich genüsslich unter der warmen Bettdecke. Wie ein Bär im Winterschlaf hat sie sich süßen Träumen hingegeben und möchte gar nicht in die Realität zurückkehren.
Eine gerade eingehende Nachricht auf ihrem Smartphone stört die Fortsetzung. Elfie nimmt Claire das jedoch nicht übel, im Gegenteil.

Sie schreibt:

Liebe Elfie,
wie war Euer Heiliger Abend? Sehr improvisiert oder feierlich? Ich gebe zu, dass es bei uns sehr turbulent zuging. Eine Großfamilie kann ganz schön nervig sein. Selbst mein Vater hat gestöhnt, dem unsere letzten Weihnachtsfeste immer zu einsam waren. Heute genieße ich dagegen die Ruhe zuhause. Einzelheiten erzähle ich Dir, wenn Du wieder hier bist. Ich wünsche Dir einen wunderbaren Abend mit Alex und hoffe, dass Dein Herz richtig entscheidet. Wenn er es wert ist, spielt letztendlich die Distanz zwischen München und Borkum keine Rolle. Dafür gibt es eine Lösung. Genieß es einfach, von ihm umworben zu werden. Du hast es verdient. Ich denke an Dich. Übrigens geht mir Deine Portion Lebkuchenmousse ab. Einziger Trost ist, dass sie meine Figur nicht zusätzlich ausdehnt. Sie nimmt stündlich zu, weil Deine Plätzchen so lecker sind. Ich kann einfach nicht widerstehen.

Liebe Weihnachtsgrüße,
Deine Claire

Gerührt dankt Elfie für die guten Wünsche und antwortet der Freundin, dass ihr Heiliger Abend im Kreis von Tante Cordula, Eike und Carsten sehr harmonisch und unterhaltsam war. Was das bevorstehende Date mit Alex anbetrifft, gibt sie ihre innere Unruhe zu und die Bedenken, sich womöglich zu weit aus dem Fenster zu lehnen. Zu oft hat Elfie Schiffbruch mit Typen erlitten, wenn sie sich zu schnell auf sie eingelassen hatte.
Claire rät ihr, einfach nicht zu viel zu erwarten, sondern den Moment zu genießen. Das verspricht Elfie und verabschiedet sich.
Kaum setzt sie einen Fuß aus dem Bett, trudelt die nächste Nachricht per WhatsApp ein.

Hallo, schöner Weihnachtsengel,
ich hoffe, Du hattest einen wunderbaren Heiligen Abend und bist fit für ein Abenteuer mit mir. Bitte zieh ganz warme Sachen an, als würdest Du zum Skifahren ausrücken. Ich freue mich auf Dich,
Dein Weihnachtsmann

Elfie weiß nicht, ob sie sich über den Text wundern oder ihn nicht ernst nehmen soll. Was hat Alex mit ihr vor? Bei diesem Wetter plant er hoffentlich keine Wattwanderung über Eisschollen. Dazu hat sie nicht die geringste Lust. Ob sie ihm das besser mitteilt? Dann wäre sie womöglich eine Spielverderberin und Spaßbremse. Sie wird Alex stattdessen vertrauen und ihm den Gefallen tun, sich in warme Klamotten zu hüllen. Vielleicht handelt es sich bloß um einen Winterspaziergang durch die verschneiten Dünen.
Mal schauen, wie sich der Himmel präsentiert. Elfie öffnet die Schlagläden und staunt nicht schlecht. Die Sonne blinzelt durch die Wolkendecke, und Schneefall und Sturm haben sich offenbar verzogen.
Ob die Schifffahrt ihren Betrieb bald wieder aufnimmt?

Selbst wenn, wird es schwierig sein, ein neues Zugticket von Emden nach München zu ergattern, und mit Carsten zum Festland zu fliegen, ist keine Option. Um dieses Problem kümmert sich Elfie später und hat insgeheim beschlossen, erst nach den Feiertagen abzureisen. Claire hat ihr bereits grünes Licht erteilt. Zwischen Weihnachten und Neujahr überwacht sie die Plattformen allein. Dafür revanchiert sich Elfie ein anderes Mal. Bisher gab es zwischen ihnen nie Konflikte mit der Koordination. Mit Claire funktioniert die berufliche Zusammenarbeit bisher reibungslos, und ihre Freundschaft geht Elfie über alles. Möge dies für immer andauern.
Mit Verwunderung entdeckt Elfie später, dass Cordula noch schläft. Es sei ihr von Herzen gegönnt, denn abgesehen von Sonn- und Feiertagen steht sie immer sehr früh auf, um ihren Laden pünktlich zu öffnen.
Frieda dagegen begrüßt Elfie freudig und verlangt nach Streicheleinheiten, indem sie sich auf den Rücken dreht und schnurrt. Eine Weile krault Elfie die Katze und ist froh, dass die Tante durch sie endlich Gesellschaft hat. Wie gerne hätte sie selbst so ein liebes Tier.
Im Handumdrehen räumt Elfie die Spülmaschine aus, die über Nacht das schmutzige Geschirr vom Vorabend gereinigt hat, und deckt den Frühstückstisch. Einen frisch aufgebrühten Kaffee gönnt sie sich, bevor Tante Cordula eine halbe Stunde später eintrudelt.
„Guten Morgen, liebes Tantchen. Ich hoffe, du hast etwas Schönes geträumt."
Cordula lächelt. „Ich sehe dir an, an wen du denkst. Eike kam aber nicht in meinen Träumen vor."
„Hauptsache in der Realität. Zunächst hatte ich jede Menge Vorurteile gegen ihn wegen seines damaligen Verhaltens dir und Mama gegenüber, aber mittlerweile mag ich ihn. Er strahlt sehr viel Ruhe aus und scheint ein verlässlicher Typ zu sein."
„Irgendwann sollte man mit Jugendsünden abschließen. Eike hätte sich allerdings besser früher geoutet. So haben

deine Mutter und ich viele Jahre unserer Freundschaft verloren."
„Ich hoffe, dass mir solche Missverständnisse mit Claire niemals passieren", wünscht sich Elfie und schenkt ihrer Tante die Tasse mit Kaffee voll.
„Du bist ja durch Marion und mich gewarnt. Bei Unstimmigkeiten solltet ihr stets miteinander reden und diese klären. Damit erspart ihr euch viel Leid."
„Ich merke es mir."
„Wann gehst du zu Alex?", fragt Cordula und beißt in eine Brötchenhälfte, bestrichen mit Heidelbeermarmelade.
„Er hat mich erst für den späten Nachmittag zu sich gebeten. Solange können wir ausgiebig quatschen."
Wieder grinst Cordula verschmitzt, was Elfie nicht deuten kann. Weiß sie etwas über Alex' Planung? Dieses Mal hakt Elfie nach: „Du scheinst etwas zu wissen. Was hat er mit mir vor?"
„Selbst wenn er mich ins Vertrauen gezogen hätte, würde ich nichts verraten. Ein bisschen Spannung würzt das Leben. Genieß es, wenn ein Mann dich überraschen will. So oft passiert das nicht."

Wie Alex empfohlen hat, hüllt sich Elfie in mehrere Schichten und bewaffnet sich mit Mütze, Schal und Fäustlingen. Damit ist es gar nicht so einfach, die Schüssel mit der Portion Lebkuchenmousse zu balancieren. Daher ist Elfie froh, Alex' Haus ohne Ausrutscher zu erreichen. Zu ihrem Erstaunen bittet er sie, sich erst einmal auszuziehen.
„Ich dachte, wir machen einen Spaziergang?", täuscht Elfie Empörung vor, ist jedoch insgeheim erleichtert, der Kälte zu entfliehen.
„Später. Erst einmal hast du bestimmt Hunger." Alex nimmt die Mousse entgegen und saugt ihren Duft ein. „Hm ... lecker. Darauf freue ich mich."

Im Gegensatz zu Cordulas künstlichem Weihnachtsbaum schmückt eine echte Tanne den Wohnraum. Sie ist mit viel Lametta und Engelchen aus dem Erzgebirge verziert. Die bunte Lichterkette rundet das Weihnachtsfeeling ab.
Elfie wundert sich darüber, dass Alex sich als Single so viel Mühe mit einem feierlichen Ambiente gibt und spricht in darauf an.
„Ich liebe Weihnachten mit allem, was dazu gehört. Ein Baum darf auf keinen Fall fehlen. Ich hatte Glück. Der Vermieter von einem Ferienhaus hatte einen übrig, weil seine Gäste wegen des Unwetters nicht erschienen sind. Das ist der Vorteil, in einem Tourismusbüro zu arbeiten. Die Kontakte sind oft Gold wert."
„Du hast ihn sehr schön hergerichtet", lobt Elfie. „Sammelst du die Figuren im Baum?"
„Ja, zum großen Teil stammen sie von meiner Großmutter, die sie mir vererbt hat. Ich gönne mir jedes Jahr ein bis zwei neue Figuren dazu."
„Ungewöhnlich für einen Mann."
„Findest du?"
„Ja, ich habe noch nie einen kennengelernt, der irgendetwas Schönes gesammelt hat, höchstens Kronkorken."
„Dann wurde es Zeit, dass du mir begegnest." Alex tritt ganz nahe an Elfie heran, deren Herz zu galoppieren anfängt. Er duftet nach einem herben Aftershave, das sie in sich aufsaugt. Gerade ist sie in Versuchung, sich umzudrehen und ihn einfach zu umarmen.
Ein lautes Schrillen hindert sie abrupt daran.
„Unser Essen ist fertig." Alex hechtet in die Küche und Elfie neugierig hinterher.
„Was gibt es denn?", fragt sie um ihre Verlegenheit zu überspielen.
„Käsefondue. Ich hoffe, du magst das."
„Und ob." Elfie vermutet nach dem Essen einen Verdauungsspaziergang, für den sie so warme Sachen anziehen sollte.

Während des Festschmauses erzählen sich Elfie und Alex, wie sie als Kinder und Jugendliche das Weihnachtsfest verbracht haben, und dass sich heute daran nicht viel geändert hat. Immer noch feiern sie in der Familie bis zu diesem Moment, den ihnen das Sturmtief beschert hat. Sie beide sind sich einig, es trotzdem zu genießen.
Nach der restlichen Lebkuchenmousse sehnt sich Elfie nach dem bequemen Sofa. „Wofür habe ich die dicken Klamotten angezogen? Bestimmt nicht für deinen Balkon, oder?“, neckt sie.
„Nein. Ich habe dir eine Überraschung versprochen. Du musst noch ein wenig Geduld haben.“
Das fällt Elfie schwer. Je später der Abend, desto kälter wird es draußen. Es reicht, später zurück zu Cordula zu laufen. Am liebsten würde sie nicht mehr vor die Tür gehen.
Plötzlich klingelt Alex‘ Smartphone. Er wendet sich an Elfie: „Entschuldige bitte. Es ist wichtig.“ Er verschwindet in der Küche, und Elfie hört nur Bruchstücke.
„Dann müsst ihr eben improvisieren. Strengt euch an und lasst mich nicht im letzten Moment hängen.“
Elfie versteht nur Bahnhof. Was hat dieses Telefonat zu bedeuten? Es klingt fast dramatisch, was Alex sagt.
„Ist etwas passiert?“, erkundigt sie sich, als er ins Wohnzimmer zurückkehrt.
„Nein. Ich erkläre es dir später. Bist du bereit?“
„Für was?“ Naiv schaut Elfie Alex an.
„Für die Überraschung natürlich.“
„Hatte der Anruf damit zu tun?“, vermutet Elfie und hofft, endlich dem Geheimnis auf die Spur zu kommen.
„Kann sein“, antwortet er ausweichend und grinst. „Jedenfalls darfst du dich jetzt warm anziehen. Wir unternehmen einen kleinen Ausflug in die Dünen.“
„Aber es ist schon spät und bestimmt eiskalt draußen“, wagt Elfie zu protestieren.
„Ich sorge dafür, dass du nicht frierst.“
Es kostet Elfie Überwindung, die kuschelige Wohnung zu

verlassen, aber ihre Neugierde siegt.
Zu ihrem Erstaunen wartet vor der Tür ein Schlitten. Wie kommt der dorthin?
„Bitte nimm Platz und wickel dich ins Fell. Ich ziehe dich zu unserem Ziel."
Elfie begehrt auf: „Ich bin viel zu schwer."
„Ich bin gut trainiert."
Daraufhin fügt Elfie sich in ihr Schicksal und gleitet auf dem Schlitten in die dunkle Nacht. Es fehlt ihr jede Orientierung, wohin die Reise führt.
Nach einer Weile tauchen in der Ferne vereinzelte Lichter auf, die sich als Fackeln entpuppen. Ein Lagerfeuer? Es fehlt Elfie jegliche Vorstellungskraft, was das alles zu bedeuten hat.
Alex hält an und packt Elfie aus den Fellen aus. „Und, ist dir kalt?"
„Nein, gar nicht. Was tun wir hier?"
„Du hast mal gesagt, auf Borkum gäbe es kein richtiges Winterfeeling. Ich möchte dir das Gegenteil beweisen." Er nimmt Elfies Hand und führt sie über einen von weiteren Fackeln umsäumten freigeschaufelten Pfad. Und wo endet dieser?
Elfie fallen vor Erstaunen die Augen aus dem Kopf.
Mitten zwischen zwei Dünen duckt sich ein Iglu.
„Wer hat den denn gebaut?", ruft sie vor Entzücken aus.
„Gute Freunde, die für einen Spaß zu haben sind. Komm rein und sieh ihn dir an."
Elfie folgt Alex ins Innere.
Auf einem Eisblock thront eine Matratze, die wiederum mit dicken Fellen bestückt ist und auf der zwei Expeditionsschlafsäcke auf Besetzung warten. In eine Wand ist ein Loch geschnitzt, in dem eine Kerze auf Rosenblättern gebettet Licht spendet. Auf einer Holzpalette befinden sich eine Flasche Champagner und zwei Gläser. Über dem Kopfende des Eisbettes hängt eine Girlande, auf der zu lesen steht:

I mog di

Hat Elfie jemals so etwas herrlich Kitschiges und Romantisches erlebt? Sie glaubt sich im falschen Film. Träumt sie das alles?
„Kneif mich bitte mal", verlangt sie von Alex.
„Warum?", fragt er sichtlich irritiert.
„Damit ich spüre, dass dies hier real ist und keine bloße Vision.
Alex schließt Elfie lachend in die Arme.
„Küss mich endlich, du Weihnachtsmann", fordert Elfie, und Alex lässt sich kein zweites Mal bitten. Sie sinken auf das Iglu-Bett nieder und fühlen dank ihrer erhitzten Körper keine Kälte mehr. Eine innere Glut bemächtigt sich ihrer. Vergessen sind Elfies Zweifel, als sie später eng an Alex gekuschelt im Schlafsack liegt. „Ich muss Tante Cordula Bescheid geben. Die macht sich sicher schon Sorgen."
„Kaum, denn ich habe sie eingeweiht. Sie wird dich diese Nacht nicht vermissen."
„Ihr seid gemein. Ich hatte nämlich Angst, du würdest mich zu einer Wattwanderung entführen." Elfie trommelt scherzhaft mit den Fäusten gegen Alex' Brust.
„Ein bisschen Spaß muss sein."
„Ja, aber leider hält er nicht lange an, denn bald sind wir wieder getrennt."
Im faden Lichtschein der Kerze bemerkt Elfie ein Grinsen auf Alex' Gesicht und deutet es falsch. Heißt das, du bist froh darüber, dass ich bald wieder weg bin?"
„Wie kannst du das denken, nachdem ich all das für dich inszeniert habe?"
„Entschuldige bitte. Ich muss erst lernen, mit Glück umzugehen." Elfie streichelt Alex über seine Wange.
„Ich habe noch eine Überraschung für dich. Wenn du einverstanden bist, bewerbe ich mich auf einen Job im Münchner Tourismusbüro, der gerade ausgeschrieben ist."
Ein Glücksgefühl breitet sich in Elfie aus. „Da fragst du noch?" Voller Leidenschaft küsst sie Alex und freut sich auf eine mögliche, gemeinsame Zukunft mit ihm. ♥♥♥

Weitere Romane der Autorin auf:
www.rike-stienen.de

Aus der Reihe Travel & Date sind bisher erschienen:

Verrückt nach Korfu: Travel & Date, Band 3

Das hat Claire, eine der Inhaberinnen der Agentur Travel & Date, nicht einkalkuliert. Ausgerechnet ihr verwitweter Vater Georg hat über ihre Plattform auf Korfu Sophia kennen- und liebengelernt, und jetzt will er sie sogar heiraten. Claire ist entsetzt. Sie fliegt kurzentschlossen nach Korfu, um das zu verhindern. Unerwarteterweise findet sie auf der Insel einen Verbündeten, nämlich den Sohn der Auserwählten ihres Vaters. Doch das scheint schon die einzige Gemeinsamkeit zu sein, denn Nikos ist in Claires Augen ein Schnösel und alles andere als ihr Traumtyp. Nikos ist jedoch nicht der einzige Mann, der Claire auf der Insel begegnet und ihr Kopfzerbrechen bereitet.

Verliebt auf den Seychellen: Travel & Date, Band 2

Ein Traum scheint für Elena in Erfüllung zu gehen. Sie wird sich mit Marc auf den Seychellen treffen, um ihn dort zu heiraten und mit ihm den Honeymoon zu verbringen. Ihr Bräutigam taucht jedoch nicht auf der Insel Praslin auf. Was ist passiert? Elena ist verzweifelt, sodass sich ihre Schwester Jasmin ins nächste Flugzeug setzt, um ihr beizustehen. Die beabsichtigten Flitterwochen mit Marc gestalten sich plötzlich ganz anders als geplant, voller ungeahnter Begegnungen und Abenteuer.

Verliebt in Ibiza: Travel & Date, Band 1

Simones Abiturgeschenk soll Erholung und Entspannung bedeuten. Genau das Gegenteil ist bei der Reise mit ihrer Mutter Thea nach Ibiza der Fall. Der Plan, Thea auf der Insel über die Agentur Travel & Date mit einem Blind Date zu beschäftigen, um eigenen Interessen nachzugehen, scheitert. Stattdessen sorgen diverse Verehrer und ein streunender Hund für ungeahnte Turbulenzen. Ob ihr gemeinsamer Urlaub doch noch ein Erfolg wird?

Zur Autorin:

Rike Stienen war einige Jahre als Rechtsanwältin und Mediatorin tätig, bevor sie sich ihren Traum erfüllte, eine Ausbildung zur Drehbuchautorin zu absolvieren. Aus einem Filmstoff entstand schließlich der erste Roman. Die Liebesgeschichten spielen vorzugsweise im Alpenvorland oder vor exotischer Kulisse spielen. Dabei ist es der Autorin wichtig, zwischenmenschliche Konflikte auf humorvolle Weise zu lösen. Mittlerweile sind zusätzlich einige Kurzgeschichten in Anthologien und zahlreiche Liebesromane veröffentlicht worden. Besonders erfolgreich ist die Travel & Date Buchreihe. Die Autorin lebt und arbeitet in der Nähe des Chiemsees und gehört verschiedenen Autorenverbänden an. Ihre Kreativität schöpft sie aus ihrem eigenen Gartenparadies.
Die Autorin freut sich auch über Ihren Besuch auf ihrer Homepage und bei Facebook unter:

www.rike-stienen.de
www.facebook.com/RikeStienenAutorin

Die im Inhalt genannten Personen und Handlungen sind frei erfunden. Sollten Ähnlichkeiten mit tatsächlich existenten Personen oder stattgefundenen Handlungen entstanden sein, oder sollte ein solcher Eindruck erweckt werden, so ist dies von der Autorin auf keinen Fall gewollt oder beabsichtigt.

Printed in Great Britain
by Amazon